柔情王爷霸气妃

夏末一◎著

中國華僑出版社

图书在版编目(CIP)数据

柔情王爷霸气妃/夏末一著. —北京:中国华侨出版社,
2013.5

ISBN 978-7-5113-3554-8

Ⅰ.①柔…　Ⅱ.①夏…　Ⅲ.①长篇小说—中国—当代
Ⅳ.①I247.5

中国版本图书馆 CIP 数据核字(2013)第 089866 号

●柔情王爷霸气妃

著　　者/夏末一
出 版 人/方　鸣
策　　划/周耿茜
责任编辑/文　慧
责任校对/孙　丽
装帧设计/玩瞳装帧
经　　销/全国新华书店
开　　本/710mm×1000mm　1/16　印张 16　字数 240 千字
印　　刷/北京紫瑞利印刷有限公司
版　　次/2013 年 7 月第 1 版　2013 年 7 月第 1 次印刷
书　　号/ISBN 978-7-5113-3554-8
定　　价/28.80 元

中国华侨出版社　北京市朝阳区静安里 26 号通成达大厦 3 层　邮编:100028
法律顾问:陈鹰律师事务所
编辑部:(010)64443056　64443979
发行部:(010)64443051　传真:(010)64439708
网　址:www.oveaschin.com
E-mail:oveaschin@sina.com

目录

第一章　荒野间夺命厮杀

微风吹皱了一地青草，沧海桑田，转换了时空，正是花红柳绿之际。僻静的荒野，空旷的山谷，绿草葱翠，野花零星地散落着，点缀了一季的生气，溪水叮咚，敲打着欢快的拍子，不知名的鸟儿从远处的树林里飞来，发出低低的鸣叫声。

快马奔驰之声远远地传来，惊动了林间安心栖息的鸟儿，一匹马当先从茂密树林中蹿出，马上的青衣男子鬓发凌乱，脸上身上有让人触目惊心的血痕。身后几匹快马紧跟着冲了出来，马上的黑衣人亦是一身狼狈，血溅身衣，但仍穷追不舍。

“嗖嗖”几声利箭破空的声音传来，眼看着就要射中青衣人，千钧一发之际，青衣人手中剑光涌动，以迅雷不及掩耳之势的速度躲过呼啸而来的利箭，斜身跃起，身体一个前扑，在箭雨中蹿了出去，而那老马悲鸣的一声长嘶，轰然倒地。

马蹄狂乱，后面的十几个黑衣人风驰电掣般地追了上来，什么话也不说，挥舞着长剑就朝青衣人追杀过去。

青衣人脸上神色不动，眼睛里遍布着象征疲惫的血丝，但眼神却凝聚成一股凌厉的戾气，让人不寒而栗。几个回合下来黑衣人已死伤大半，青衣人身上也多出了好几处血痕，渐觉体力不支，他一个飞身上马，一手拉缰，一手横向握着利剑，一头散乱的黑发在半空中飞扬，浓烈的眉如利剑一般，那双浓黑深沉的双眼凌厉地惊人，高挺的鼻子下是薄而寡淡的唇，线条分明的脸颊上混合着血水，透着绝对的肃杀和凶狠。

马蹄未停，一个黑衣人纵马飞跃追上，一刀横空而过，迎面砍向青衣人的脖颈，青衣人剑在瞬间闪过，如定格一般停在了半空。黑衣人眼睛瞪得铜铃般大，身体僵硬着从马上坠落，脖颈间血水飞速迸发出来。血花四溅，马蹄长嘶，远离了树林的草丛里似乎还有一个黑色的死神，拿着镰刀正拭目以待。黑衣人的刀快，青衣人的剑更快。那剑几乎快得让人看不见，铁硬的杀气让人窒息。青衣人不屑地瞟了一眼坠马的黑衣人，停也不停，一提马缰绳，快如闪电在草地上奔驰。

前面竟是万丈深渊。青衣人手下马绳一提，骏马嘶鸣着抬起了前蹄，稳稳地落在悬崖的边缘上，那黑衣人连人带马依旧追冲而来，似是要将青衣人一起带入崖底，却在下一刻，血色如利剑而出，身形骤然折断，马和人连一声都没叫出，便直愣愣地坠入悬崖。

后面追杀而上的黑衣人一个个将心提到了嗓子眼，纵是下了必死的决心，真正站在了死神面前，那透入骨髓的杀气依旧让人禁不住颤抖，而眼前的青衣人，跟收割生命的死神又有何差异？

“今日便是你的死期，你杀了我极乐门那么多的弟兄，今日定将用你的人头去祭奠他们!”一个领头黑衣人上前说道。

青衣人眉眼中肃杀之色不收，血红着双眼，却突然起了一丝玩味的笑容，“你也知你极乐门弟子平日作恶多端，今天一一送来让我灭门。”

一句极具挑衅的话语点燃了黑衣人的怒气，他们纷纷下马，一步一步向青衣人逼近，青衣人握紧了手中的剑，眉头紧蹙，前有追兵后是悬崖峭壁，今日怕是要绝命于此。既然免不了一死，不如竭力厮杀一场，即使是死也要再多几个人陪葬，他眸子骤紧，嗜血之气让人生寒。

刀光剑影中，青衣人心口上渗出的血水越来越多，即便是人剑合一也抵挡不住黑衣人致命的绝杀，领头黑衣人看出了其中的端倪，运气于冰冷的剑上，看中了一个缝隙，一剑刺向青衣人心口处，这一剑集中了他所有的力量。

眼看剑尖就要刺上青衣人的胸口，突然一团白影笼罩了下来，还没来得及抬头去看是何物，那团白影便扑向了悬崖边缘的青衣人，一人一影紧贴着坠入悬崖，黑衣人首领赶紧跑到崖边，只见一团白影覆盖着一团青影一起消失在云层里。

第二章　人生若只如初见

“不要!”柳芷烟从昏迷中醒了过来，突如其来的光亮刺得她眼睛生疼，她用手遮住了眼，阳光明媚，可是却感觉到彻骨的寒冷，她打量起周遭的环境，自己竟然躺在一条小溪边，白色婚纱早已湿透，凉凉地贴在同样冰冷的皮肤上。

“啊嚏!!!”她忍不住打了个喷嚏，“好冷啊……”，赶紧从水里爬起，突然发现溪边还有一个人，她顾不上寒冷，费了好大的劲终于把那人拖到了岸上，探了下鼻息还有微弱的气息，应该才落水不久。

眼前这男子看起来也就二十出头的样子，一米八几的身高，肤色白皙，一袭青衣因沾上溪水紧紧贴在身体上，将完美的身材展露无遗，光洁的脸庞透着棱角分明的冷峻，长长的睫毛下是高挺的鼻，绝美的唇形，无一不在张扬着高贵与优雅，又有狂野不羁，邪魅性感。但他身上穿的衣服却怪异得很，不是T恤也不是衬衫，竟然是袍子，像是古装戏里的衣服，头发好长，散乱地披着。

她将他口鼻中的杂物清除，然后用手捏住了他的鼻子，俯下身去给他做人工呼吸，弄了半天那个男人还是没有醒。

“你是怎么回事，初吻给了你，最后的力气也用在你身上了，你还不醒来，你对得起我吗，小心我把你扔在这荒郊野外让你被虎狼叼去!”她恶狠狠地说着，虎狼……某女子这才意识到自己是在荒郊野外，万一天黑之前还没有遇到活人，那被叼去的可能是自己了呀。又做了几次胸部按压，再次向那香艳的唇上凑了去，那人竟然睁开了眼睛，像黑水晶一样闪烁着的深邃双眸，让人无端生畏。

还没来得急说话脖子就被一双有力的手给掐住了，呼吸好困难啊。

“你是要掐死我吗，这可是标准的恩将仇报啊，我诅咒你，诅咒你买泡面没有调料包!”芷烟吐字不清地骂着，爹妈虽给了她一个淑女的名字，可她从不按淑女行为出牌。脖子处被掐得更紧了，看着那双带着绝对杀意的眼，她心生绝望，她是遇上杀人犯了吗？

“你是何人？”他开口道，声音中带着丝丝沙哑，还有掩饰不住的疲惫与虚弱。芷烟瞪着他，用眼神告诉他：你这么掐着我我要怎么说话啊。青衣男子好像看懂了她眼里的意思，掐住她脖颈处的手指微微松了松，然后放了下来。女孩身上没有一丝危险的气息，纵使经过一场劫杀后每一个细胞都还保持着警惕，但却莫名其妙地对她放下心来。

“你这人有没有良心啊，是我把你救活的呃，要不是我你早就死在冰凉的水里了。”芷烟大口地呼吸着新鲜空气。

“你是何人！”他再次低低地问道，声音里却有着令人无法忽视的威严，同时手貌似无意地抚上了胸膛，怀里一直佩戴的玉竟然微微发着热。

芷烟对着他零下几十度的脸一个劲翻白眼，“你管我是谁！”她没好气地回答道。

杀机如冰刃遽起，他深眸中闪着异样的光。芷烟一惊，“好了好了，你别瞪着我好不，我叫柳芷烟，21世纪的三好公民，麻烦你别这么紧张好不好？这样子很容易患上心血管疾病的。”说着拍上了他的肩膀。

手却在空中突然被抓住，男子眼睛里满是冷意，“男女授受不亲，请姑娘自重。”然后用力地甩开了芷烟的手。

芷烟气结，小声地嘀咕着：“那我刚刚还吻了你呢，你怎么不快点醒来，里外不一的禽兽！”

他轻蔑地笑了一声：“姑娘自己投怀送抱，岂能怪在下无礼，请恕在下无法对姑娘负责。”

“谁要你负责了，接个吻而已，要我嫁给你我还不如去死呢，长得好看了不起啊，姐姐我帅哥见多了，不带你这么讨厌的！”

他丝毫不理会她的怒骂，冷声问道：“你为何从天而降？”

“从天而降？”芷烟瞪大了眼睛，她是从天而降的吗？

青衣男子冷眼看着芷烟脸上瞬间变了几变的神情，心底暗暗一沉，深知问不出什么了，也不再浪费时间，起身准备离开，晕眩感如洪流一般涌向他的大脑，即使有意志支撑着，身体却不由控制地想要停歇下来，终于在阳光的照射下轰然倒地。

芷烟大惊失色，急忙跑到他身边，掐着他的人中，“要晕也要先告诉我怎么走出这个鬼地方啊！”又见他薄薄的青衫上隐约渗出些血丝，芷烟心一惊，拨开了他胸前的衣物。

一道刀痕出现在美男子的心口上，伤口处经过河水的浸泡已经泛白，猩红的鲜血浸透了衣裳。芷烟到周围找到一些有止血功效的植物，将他的伤口简单地清理了一下，看着那道与心脏只差几厘米的刀痕，还有青衣男子睡梦中依旧紧蹙的眉头，心中不禁起了怜惜之意。

刚刚昏迷的时候梦到自己进入了一个隧道，隧道壁上镶嵌了五颜六色的光芒，她在隧道里来回翻滚着前行，醒来后就到了这里，刚刚还在教堂里的啊，对了，徐凌正好在给自己戴结婚戒指呢。芷烟下意识向右手的手指摸去，戒指还在，在她手指上隐隐泛着光芒。

她记起来了，就是这枚戒指，徐凌将它套在自己的手指上时它突然泛出一股刺眼的光芒，然后他们就都消失了。为什么那个男人说自己是从天而降的，这到底是怎么回事，为什么一点也想不起来了？

她深呼吸强迫自己静下心来，头却越发得疼。她跪在小溪边，想要洗把脸清醒一下头脑，却被水中的倒影吓了一跳，五官还是自己的五官，发型也没变，却是一脸的稚气，皮肤白里透红。看着自己回复了青春的容颜，芷烟的心情大好，她本就是个不爱把事情放在心上的人，于是注意力被轻松地转移了。

又好好欣赏了自己一番后她开始打量周边的环境。

举目望去，草地的四周皆是连绵起伏的青山，葱葱郁郁气势磅礴，淬染了林木色泽，一色碧绿的青山平静而深远地铺展在天地间。溪流从山的深处缓缓蔓延而下，不急不缓，如珠玉轻落盘中，流淌于寂静的深山。山风微凉，吹得她发丝飞扬，抬头望向一碧如洗的天色，阳光似金，淡淡铺泻长空。

她伸手，仿佛想握住流动的光线，阳光落入眉心，却有隐隐的刺痛。她微微叹气，这是个完全陌生的地方，就连阳光都感觉如此陌生。她面对着寂林山野站了很久，任时光流转。

青衣男子再度醒来时已接近傍晚时分，他挣扎着坐起身来，无奈伤口经不起震荡，又有鲜血涌出。他微微皱了皱眉，想必甚是疼痛，却始终一声不响，冷峻的唇角紧抿，眸子中一片暗沉，遮挡了所有感情，包括痛楚。

“你别乱动，一会儿还得换药。”芷烟将一个临时做的药包递过去给他。

黄昏下的夕阳折射出温柔的晕黄，青衣人的脸看起来依旧煞白，但却有遮掩不住的光华外泄，眼神犀利，带着满满的警惕，略有些吃力地用手撑起身体，没有接她手中的药包。

芷烟一手打开药包，一手毫不避讳地伸手帮他解开衣衫，他警觉地抓住她的手，蚀骨的冰凉，芷烟望着他的眼睛，那无时无刻的警惕只是更加触动了她心底的柔情，叹了口气说道："若不勤换药，这伤口会被细菌感染的。"

那人原本静默的眼中掠过一丝诧异，慢慢松开了她的手，开口道："有劳姑娘。"

芷烟将他伤口处已干涸的草药一点点取下，取到后面时牵扯到了心口肉，他感到痛楚袭来，就连每一次呼吸都会牵扯到伤处，撕心裂肺的疼痛几乎将人的体力抽空，唯有芷烟指间下轻巧的动作，为他带来些许清凉的缓和，触手处始终蕴藏着某种沉稳的力度。她眸光轻动，对他投去安静的一笑，那笑落在了他深黑的眼眸底处，一转便被吸了进去。

芷烟感觉他身上温度有些偏高，她蹙眉："但愿不会烧起来，你再休息一会儿吧。"

"不用了。"见草药已换好，他将衣襟一合，顾不得疼痛，兀自站起身来。只见他背对着她，沉默着脱下了自己的外袍，丢给了芷烟。

芷烟心中一暖，将那块袍子披在身上。见他要走又急忙追过去抓住他的手，"你可不能一个人走了，我一个弱女子，独自在这荒郊野外多危险啊!"

"跟着我便是。"依旧是冰冷的语气。

但芷烟听到他这么说，还是放心了许多，便松开了他的胳膊，跟在他的身边行走着。

青衣男子一路上一句话都不说，芷烟却絮絮叨叨个不停："你叫什么名字啊，看你长得这么帅，一定是学艺术的吧，是电影学院的?"

他看都不看芷烟一眼，完全没听到一般继续前行着。

"你身上还穿着古代的袍子，这是哪个朝代的衣服啊，布料还真不错，对了，你们现在是不是正在拍戏啊?"她往四周看了看，除了山还是山，哪有什么人。"你现在是去哪儿呢，你是不是出意外脱离了剧组了啊，你现在是带我去找大部队吧，等会儿把我介绍给你们导演喽，我一直以来都很喜欢拍戏呢。”

像是受不了她的喋喋不休，他突然停下了前进的脚步，瞥了她一眼，冷冷地说道：“姑娘还是省点力气留着走路吧，我们必须要在天黑之前找到一户人家落脚，要不然碰上豺狼虎豹的，在下也难保姑娘安全。”

芷烟白了他一眼，“连个名字都舍不得说，那我以后就叫你无名了，省得我以后报答你也找不到人啊。”他依旧不理她。她讨得个没趣，终于悻悻地闭上了嘴。

第三章　追命肃杀平地起

夜色黑沉如墨，铺天盖地地洒下，淹没了目所能及的每个建筑，每个角落。没有夜市，没有霓虹灯，白日里的喧闹繁华，车水马龙仿佛被无边无际的黑暗吞没，裹在一团含糊难辨的浓墨中。

这是个陌生的地方，雀跃如芷烟也忍不住屏气沉默起来，两人立在一条荒芜的街道上，绵长而诡异的道路无声无息地蜿蜒向前，看不到尽头，找不到黑暗的出口。

清冷的月光洒下，在黑夜里流出一堆堆婉转的白，一阵风吹过，芷烟身上的袍子滑落一角，肩上裸露的肌肤在月光下泛出凄凉的白，她收紧了袍子，转头望向无名，他已停驻脚步许久，默默望着浓墨般笼罩的街道，仿佛在侧耳打探风里的什么声音。

芷烟不明所以地顺着他的目光望去，黑暗，仍是一眼望不到边的黑暗，想是被这令人几近窒息的黑暗与沉默吓着了，反应过来又不禁懊恼，想说点什么来缓解这崩人心弦的气氛。

"那个……"

"不要说话!"她才开口就被他厉声打断，空气中隐约传来一阵窸窸窣窣的声音，像是从很远的地方发出，却以迅猛的速度向他们靠近。

"躲开!"芷烟还没来得及细听那是什么声音就被他迅速拉了过去，一条银白的光线擦着她的发际呼啸而过，无名胳膊一甩，她便被丢到了墙角处。又是几条银白的光线飞来，全是循着无名的方向，只见他一个后下腰，躲开了那些光线。

"哇，帅呆了!"他灵敏的反应被芷烟看在眼里，她忍不住拍起手来，这人肯定是专业演员，功底真不错。兴奋中却没注意到几条银白的光线从右侧面飞过来，说时迟那时快，无名飞奔上前，腾空而起，以迅雷不及掩耳之势侧身出腿，硬生生将那几条银白的光线踢落在地。

“哐当”，金属落地的声音，芷烟蹲下身去拾起，惊讶地捂住了嘴巴，那是一把尖锐的匕首，在月色的照射下，闪着诡异的银光。黑暗中几条黑影疾步向他们奔来。

“走!”他英眉一皱，拖起芷烟的手快速奔走，才奔出没几步二人立即被几个不知从哪儿冒出来的黑衣人围住了。

两方相视对立了片刻，突然领头的黑衣人做了一个手势，一列人以他们俩为中心快速地奔跑起来，黑衣人手中的剑就着清冷的月光，一圈惨白的银光射出。

无名飞身而起，一脚踢在最靠近他们的黑衣人身上，那个黑衣人如一只脱线的木偶飞身而出，撞在墙上然后又跌落在地，一口鲜血染红了韶光。银光圈缺了一个口，无名动作没有停下，跟其他黑衣人厮杀起来。

芷烟很不可思议地望着墙角边那个命在旦夕的黑衣人，其他人却如同没有看见一般，不断地进攻。无名不知何时已夺下了一名杀手的剑，利剑在他的手上发出嘶鸣声，应着冰冷的月光，折射在他冷酷的脸上，英俊中带着肃杀。

剑出手的瞬间，又是一个人倒地，脖颈间不断有猩红的血液涌出，芷烟紧紧地捂住嘴巴，避免自己因为恐惧而叫出声来，她再也无法说服自己这只是在演戏，一具具的尸体在她面前倒下，鲜血染红了脚下的每一寸土地，他们到底是什么人，眼里还有没有法律?!

她这才意识到自己处于多么危险的境地，自己竟然跟一个杀人魔待了那么长的时间，难怪他那么冷酷，原来是一个杀人不眨眼的恶魔，她望着杀红了眼的无名，畏惧与厌恶之情油然而生，手蓦地从他掌中抽出，她不要他握着，不要一个杀人魔保护!

无名抓着芷烟的手突然抽空，头转向芷烟，芷烟恐惧的表情让他心骤然一紧，分神的片刻一个黑衣人挥剑而上，一声闷哼，无名的左肩上已经被锋利的剑刃划伤，他右手一挥，黑衣人的脖子上现出一道血痕，直愣愣地倒地。

他望着芷烟，阴冷的目光骇得她后退了一步，他突然伸手将她拉入怀中，芷烟还没明白怎么回事，一个人已经倒在自己的脚下。她大骇，若不是他出手及时可能此刻倒在地上的人就是她了。

“走!”无名又抓起了芷烟的手奔逃起来，极乐门的杀手穷追不舍，不杀死目标决不罢休，倒不是畏惧他们的武功，只是他们人多，采取的又是以死相斗的方式，只要自己稍稍露出破绽就会死在他们的剑下，若持久地打下去，只怕还未杀尽他们自己已经体力不支，更何况自己还要保护另一个手无寸铁的女子。

芷烟感觉自己整个人都被他提起来了，他那么高，她的头抵在他的胸膛上，明显传来他急促而有力的心跳，芷烟听着他的心跳声，感觉整个世界都安静了，她抬头望向无名，他阴冷的眸在月色的照射下发出慑人的光芒，生死悬于一线，她却全然忘记身边的危险，一颗心沉在了那双见不着底的眸子里。

不知道跑了多久，前面渐渐有了亮光，后面仍是无尽的黑暗，似要吞噬万物的黑暗，无名松开了芷烟，将她往前面一推，“向着有光的地方跑!”

她感觉腿已经酸痛难耐，身上的袍子不知道在什么时候掉落了，风呼呼地刮着，她却感觉不到寒冷，她拼命向前奔跑。快点，再快点，柳芷烟，不想死在这个莫名其妙的地方就快点跑，逃离了黑暗就回到家了，家里还有哥哥在等着自己。亮光的地方越来越近，她欣喜地流出了眼泪，却没有注意到无名已经在某个时候离开了自己，她只是想着逃离，逃离……

第四章 揽月楼阁宿美人

“你说把她留在这里是总坛主的意思?”揽月阁的内间一个冷冷的声音响起，说话的男子眼神如鹰般锐利，让人不敢直视，此刻正坐在一张红木椅上，望着桌面上的茶杯，眼里有愠怒之色。

“是的，副坛主。”站在他面前的女子名叫苒姬，面无表情地回答着，女子三十出头的样子，穿着华丽，妆容妖娆，妖娆中又带着一丝令人畏惧不敢随意侵犯的气质。

男子一只手端起一盏茶杯，徐徐地抿了口茶，“为什么?”

“总坛主只说留着她有用，属下不知其中原因。”苒姬淡淡地回答，她对那个女子的来历与留下的原因完全不知，只是接到隐士下达的命令后就给她服下了密制毒药。

“那她要被送进宫吗?”男子望了望屏风后床的方向问道。

苒姬脸上露出不易察觉的讶然之色，副坛主今日是怎么了，他向来对外界事务不上心，只是下达命令，执行命令，为何这次总坛主只不过命人送来一个陌生女子，他便特意前来询问。那陌生女子虽也算得上是个美人，但揽月阁美女云集，比她娇媚动人的大有人在，怎么也看不出她什么地方值得一向冷酷的副坛主如此关心，看来他们关系非同一般啊，如若真是非同一般，总坛主又怎会将她送到这烟花是非之地，实在是令人费解。

“总坛主并未做多吩咐，只叫苒姬不用给她特别的待遇。”她波澜不惊地答道。

“我若不想她公开露脸呢?”他紧捏着茶杯，语气冰冷，让人不寒而栗。

“属下不敢违抗总坛主的意思。”她依旧是平静地站着，仿佛没有察觉到男子徒然升起的怒气一般，“也请副坛主权衡事情轻重再做行动。”

“哼!”他看也不看她一眼，拂袖而去，茶杯在他离开的瞬间破碎掉，未饮尽的茶水沿着红木桌的边缘缓缓流下，一滴滴地落在地板上。

苒姬如释重负地坐到红木椅上，望着滴落在地的茶水，喃喃地说："你可知，我只是不愿你出事。"

一个脆脆的声音在门外响起，"苒妈妈，大夫来了。"

"进来。"

门被打开了，一个小丫头出现在门外，十三四岁的模样，穿着素色罗裙，不着脂粉，倒显得清秀可人。

小丫头将一名提着药箱的老人请进了屋。

老者给陌生女子把完脉后，苒姬问道："情况如何？"

"无碍，许是受了些惊吓导致脉象不稳，加之身体疲劳过度这才昏迷不醒，我开几服安神药给她服用，休息片刻便安然无恙。"送走大夫后，苒姬站起身来，吩咐道："你叫小兰是吧，从今日起你便跟着她吧。"

"是。"小兰乖巧地低头应着。她本是青楼的小丫头，这次因为揽月阁缺少人手被分到这里来，反正都是做下人，只是希望这位主子不要像青楼里其他姑娘一样心情不好了就虐待自己的丫鬟。

第五章　今生缘起缘落时

小芷烟背着书包跟在哥哥屁股后面，昨晚爸爸妈妈打电话回来说今天中午就会到家，爸爸妈妈出差一个多月了，哥哥每天做的饭菜都难吃得要命，妈妈回来了，自己又可以吃色香味俱全的饭菜了。她不知不觉笑出了声，柳晨东将热牛奶从书包里拿出来，塞进了芷烟的书包里，“笑什么呢，记得到了学校后把牛奶喝了，书包沉不沉，哥哥帮你背吧。”语气里满是宠溺。

“不沉。”芷烟脆生生的声音响起，“哥哥，爸爸说这次会给我带好多好多的礼物回来。”她脸上满是天真的笑。

“那芷烟会不会分些给哥哥啊？”他笑着逗她。

“会！”她重重地点了点头，然后讨好般地说，“芷烟最爱哥哥了。”

那年的冬天雪下得很大，穿得跟个小企鹅似的她却没有感觉到丝毫的寒冷。

课堂上，坐在教室靠窗的柳芷烟望着窗外漫天飞舞的雪花出神。

“柳芷烟。”突然老师叫她起来回答问题。

她“腾”地一下站了起来，桌子动了一下，桌上的瓷杯摇摇晃晃地，最后摔到了地板上，“啪”的一声，碎了……

课间，班主任将芷烟叫到了办公室，芷烟心虚地低着头，预想中的苛责声却迟迟没有下来，安静了许久，班主任叹了口气说：“芷烟，一会儿老师送你回家，还是让你哥哥来说吧。”

她不解地抬起头，只看到班主任一脸复杂的神色，他说：“不管发生什么事芷烟都要坚强，你身边还有很多爱你的人，知道吗？”

芷烟还是不理解班主任话里的意思，但却点了点头，坚强……

火化场上，小小的她没有跟姑姑阿姨们一样歇斯底里地哭，因为她不明白，不明白一个月前还对自己笑的爸爸妈妈为什么突然就没了，她不相信那个黑木棺材里躺着的是最最疼爱她的爸爸妈妈，他们怎么会舍得丢下她和哥哥呢，她一直都好乖，虽然哥哥做的菜那么难吃，她还是每天都在吃，老师布置的作业她也有按时完成，上个礼拜的考试她又拿了全班第一名……

可是黑木棺材里的那两个人却是真的再也不能睁开眼看她一下，再也不能慈爱地对她笑，再也不能把她当宝贝一样抱在怀里。即使已经被专人化了妆，可是身上的破碎之处还是掩盖不住。他们也曾归心似箭，他们也想快快回到温暖的家看他们的小宝贝们是不是每天都很听话，他们还带了一大堆的礼物回来，可是随着列车的脱轨，那些可爱的小礼物跟他们一样，破碎了……

小小的芷烟只是安静地站在那里看着父母的遗体火化成灰，没有哭泣声，甚至没有一滴眼泪，只是安静地看着，亲友们都在责备她的冷血，可是她却始终木然地站着，望着……

直到午夜梦醒，她穿着厚厚的睡衣，打着赤脚走到爸爸妈妈的房间，那大片的黑暗将她吞噬，她爬上爸爸妈妈的床，一片冰凉。她小小的身体缩在被窝里，她感觉好冷，好害怕，刚刚她又做噩梦了，可是再也没有爸爸妈妈为她拉开台灯，揽她入怀，唱着歌哄她入睡……

眼泪从眼角滑落，她紧紧地闭着眼睛，却还是有泪水不断地涌出，她小小的身体在发抖。灯光被拉亮，柳晨东走到了床边，掀开被子，将缩成一团的芷烟抱在了怀里，他的身体也在发抖，声音哽咽，“芷烟不怕，爸爸妈妈不在了还有哥哥，哥哥会一直陪着你，保护你。”

“哥哥！”她终于大声地哭出来，“我要爸爸妈妈，姑姑为什么要骗我说爸爸妈妈再也回不来了，他们还在火车上，他们给我带了好多好多的礼物，呜……”

十三岁的柳晨东没说话，只是抱紧了妹妹，听着妹妹的哭诉，眼泪也不自觉地落下。

不知不觉晨东跟芷烟都长大了，晨东读完高中后就去了一家公司当小职员，薪水微薄，却坚持送芷烟读完了大学，芷烟选择了就业前景很好的药学专业，并且也顺利到了一家前途大好的药品公司上班，她每天都乐呵呵的，神气地生活在哥哥的庇护下，那晚之后两人很有默契地不再提及爸爸妈妈。

有人说柳芷烟冷血，父母去世了一点伤心的样子也没有，芷烟听到别人给她转述这些话时只是笑笑，什么也不说。只有柳晨东知道，父母死后妹妹曾那样歇斯底里地哭泣过，也只有他知道，妹妹每天晚上都会到父母的房间待一阵子。

他知道，妹妹只是不想他担心，不想身边的人一直处于悲伤的状态，但她却从未忘记曾经那样爱着他们的爸妈。

日子就那么简单地过着，芷烟以为自己的生活会一直这样波澜不惊地过下去时，一件突如其来的事打破了所有的平静，哥哥失踪了！

“什么？我哥哥在车子撞上他的时候消失了?！硕华哥，你就别逗我了，今天又不是愚人节，我找他有事呢！”

一大清早柳芷烟堵在哥哥的公司门前气炸了，大白天的告诉她一个人凭空消失了！见鬼了不成？柳芷烟气急败坏地跺着脚，惹来路人一阵睥睨。

她在公司混了两年始终处于最底层职员的位置，跟她一起进来的人一个个都升了职涨了薪，只因为她不擅于讨好别人，她就像那只扑在玻璃窗上的苍蝇，有光明，没前途。

可最近公司却吃错了药似的给她升职加薪，经理见到她时那一脸的谄媚让她徒生一身鸡皮疙瘩。

原来云城入驻了一家大型医疗公司，为了争取到这家公司的合作权，云城，云城的邻市，甚至云城邻市的邻市，几乎所有跟医学挂得上钩的公司都在想尽一切办法讨好那家大型公司的总裁，芷烟的公司也使出了浑身解数，将公司里最会拉业务的美女都送上了前线，却一个个战死沙场，无一生还。

正一筹莫展之际，突然那家公司总裁的秘书屈尊降贵地亲自来到芷烟的公司，说出了一句让部门经理下巴都掉下来了的话，“我们总裁请你们公司的柳芷烟小姐共进晚餐。”秘书面对着瞪大了眼睛的部门经理始终保持着微笑，直到笑容僵了部门经理才缓过神来。

于是，芷烟被无数的人摁到了梳妆镜前，大家对着她杂乱的头发，毫无新意的服装，感叹了再感叹，为什么公司里放着这么多的美女那个年轻有为的总裁都没看上，偏偏选了这么个不时髦的小白菜呢？莫非该总裁有爱土包子的嗜好，早知道派公司的清洁大妈去好了。

话是这么说，大家还是七手八脚地整理起柳芷烟来，她喜欢土里土气是她的事，她这一顿晚餐可是关系着公司的利益，公司的利益就关系着他们的年终奖金。

一番打理下芷烟被带出了化妆室，部门经理再一次掉了下巴，这妩媚中带着几分清纯的星级美女是谁？什么，是柳芷烟？咱们公司还有跟土包子柳芷烟同名的女人吗？

所谓人靠衣装，一向不起眼的柳芷烟就这么在公司火了起来，自从那次盛装出场引出了公司所有男同胞的鼻血后，再也没有人说柳芷烟是土包子。

那晚的晚餐却让柳芷烟掉了下巴。

包下整间法国餐厅，坐在点着蜡烛的桌子对面的那个男人，竟是不久前来她公司订购药材，说了一些很不专业的话然后被柳芷烟一顿讽刺的多金男，想不到他摇身一变竟成了一家大型企业的总裁。

芷烟不得不承认这个世界是无奇不有的，之后总裁有事没事就找她共进晚餐，渐渐地演变为送各种价值不菲的礼物，惹得公司里的其他美女分外眼红，忌妒心是个很可怕的东西，她们一眼红芷烟的日子就难过了，闲言碎语瞬间飞遍了整个公司，芷烟一忍再忍，最可气的是有个拉业务最在行的美女竟然在离芷烟的不远处说她不知廉耻，勾引总裁大少，芷烟一个冲动就跑过去跟她掐上了，最后该美女跟部门经理撂下狠话，要么是柳芷烟离开，要么是自己离开。部门经理调解了好些天，该美女却仗着自己手中握着众多客户的资本坚决不接受调解。

柳芷烟虽然得到了总裁大少的青睐，可是几个礼拜过去了，那家公司还是对经理提出的合作置之不理，芷烟离开丢失的只是一个还不确定的合作机会，那个美女离开丢失的却是好几个已经签订了合同的大客户，舍谁取谁是显而易见的，于是可怜的柳芷烟就被裁了员。

“是，我承认我一时犯花痴被那个什么大少一身的贵气给迷住了，可怎么着也跟勾引扯不上边吧，谁知道他吃错什么药看上了我这棵小白菜。花痴归花痴，我还是知道自己有几斤几两的，再说豪门深似海，我可不想往火坑里跳。”

当方静来问她事情经过时芷烟抱怨道。

“但我那鬼迷心窍的哥哥就不这么想了，不知那大少给了他什么好处，他竟然将我的资料和盘托出，以至于不管我走到哪儿，那个大少的人都能像只幽灵一般出现在我的面前，扰得我不得一丝清净。”她恨恨地说着。

去找柳晨东质问时，他却义正词严地说是为了她好，“芷烟，你看你也老大不小了，以前那些人你没看上也就算了，现在有这么个有钱又有脸的少爷看上你了，你说你得修几辈子的福才能修到啊，爸妈生前一直要我好好照顾你，哥哥没本事，给不了你奢华的生活，只能替你把握住这次的机会了。”

那样一番话说得芷烟心酸不已，自从爸妈去世后她就一直跟哥哥相依为命，哥哥高中一毕业就烧掉大学录取通知书打工送她读书，找了几个女朋友都不长久，后来索性不找了，说是累赘，芷烟深知都是因为她，那些女人本就觉得柳家没有钱，再加上她这么个拖油瓶，更加不愿意“下嫁”了。

可是再怎么样也不能逼迫她和一个自己不喜欢的人在一起吧，那个人是有钱，可是芷烟对他就是提不起一点感觉。

指责哥哥的次数多了，他竟然对她避之不见，再去他公司找他时，他的死党硕华说他在众目睽睽之下消失了，这要芷烟怎么接受？

之后的半个月芷烟不停地寻找哥哥，他的朋友家她都找过了，甚至小时候住的小镇也找遍了，可他就像人间蒸发了一样，没留下任何蛛丝马迹。

“芷烟，还没有你哥哥的消息吗？我打遍了他同学朋友的电话，也都说没见过他。”

这已经是哥哥失踪后的第五个礼拜了，没有消息，依旧是没有消息，芷烟陷入了几乎绝望的地步，有时候会觉得他是个讨厌鬼，巴不得他从自己的世界里消失，可是现在他真的消失了，却忽然觉得不知道该如何去过每一天的生活。

“硕华哥，谢谢你。”芷烟握着手机，眼泪掉了下来，那个叫作柳晨东的人，就要这么在她的生活中消失吗，然后随着时间的流逝，慢慢地从记忆中模糊掉？

“芷烟别哭，没消息就是好消息，只要我们不放弃，只要他还在这个世界上，就总有一天会找到他的。”

“硕华哥，你说我哥真的存在过吗？为什么一个人说不见了就不见了呢？”就像当初爸妈的消失一样，只是出了一次差，便再也没有回来过，曾经以为他们只是在跟自己玩捉迷藏，巴巴地等着他们再次出现，可是他们却再也没有出现过，哥哥也会像他们一样离开她吗？芷烟不敢再想下去。

“要不，你去找找徐凌？他毕竟财大力大。”

徐凌，是啊，自己怎么没想到他呢？

徐凌就是那个莫名其妙对芷烟穷追不舍的总裁大少，他爷爷是一家大型企业的开创人，到了他这一辈企业的势力已经发展到国外了，云城这家药材公司只是他们家一个子公司。

“柳芷烟，我说我喜欢你的单纯与美丽你信吗？”他是这么说的，可是鬼才会信他的话，他身份显赫，阅美女无数，她柳芷烟虽然不丑，但也没到让人过目不忘的地步，讽刺了他一番反而让他爱上自己了？这又不是写小说，怎么会有那么矫情的事嘛。

可是现在，能帮芷烟的人也许就只有他了。

芷烟在徐凌公司大厅里不断来回徘徊着，她心里已经做好了最坏的打算。

“柳小姐，我们总裁请你上去。”徐凌的秘书走了过来，一脸微笑地望着芷烟。

“可是，我还没说我要找他。”

“我们总裁在楼上看了你很久了，他说你一定是来找他的。”秘书小姐依旧是一脸微笑。

芷烟握了握拳头，好吧，拼了，就算被拒绝好歹也是一个机会。

办公室很大，门的对面是一扇大大的落地窗，可以看到大半个城市的风景。徐凌此刻正站在落地窗前。

“芷烟，我等你很久了。”他转过身来。他有极深沉的一双眼睛，似乎可以包容所有情绪，喜怒哀乐到了这里都会全无，滴水不漏。有棱有角的面庞，透着绝对的阳刚之气，眉眼中总流露着一股睥睨一切的霸气，想必是商场上的优越感给了他这常人难以拥有的自信。

“你会帮我吗？”芷烟开门见山地问道。她还是第一次这么认真地看他，以前他对自己的种种追求手段让芷烟误以为他是纨绔的贵族花花公子，但今天这一番打量却让她彻底改变了对他的看法，能有那样一双眼睛的人绝不是肆意玩弄女子感情的人。

“芷烟，我就喜欢你这样直爽的性格。”他温柔地望着芷烟，那样的眼神足以让任何一个青春期的少女融化。

“你会帮我吗?”她将自己的问题又重复了一遍，从他的眼神中，芷烟知道自己胜算很大，可是却很有负罪感，像是在利用他对自己的感情一般，可是真的是爱情吗，这么短短的时间内自己就吸引了他这般优秀的男子，她柳芷烟何德何能?可是他既然愿意帮她，为什么看她焦急这么久而不主动去找她呢?

“芷烟，这么久没去找你是因为我想把一切都调查清楚后再去找你。”他看出了她的疑惑，说道。

“那调查清楚了吗?”芷烟急切地问道。

他点了点头。

“真的?那我哥哥现在在哪里?”芷烟激动地跑到了他的跟前。

他望着她微微一笑，“如果不是因为你哥哥，你永远也不会主动离我这么近是吗?”

“我……”芷烟愣了愣，不知道怎么回答。

“你非得找回你哥哥吗，如果这需要付出很大的代价呢?”

“我愿意付出一切!”芷烟急切地回答，只要能找到哥哥，怎么样都行。

“包括你自己?”徐凌瞳孔微微一缩，紧紧地盯着柳芷烟。

柳芷烟身体骤然一颤，他是什么意思?

“我会帮你找回你哥哥，可是我不会白白付出，所以你得想好，如果用你自己来换取找回你哥哥的机会，你愿意吗?”

芷烟心头一紧，用自己来换?

“你喜欢我?”她试探着问道。

“是。”

“为什么?”

“我说过，你是我见过最纯真的女孩。”他突然单膝跪在了柳芷烟的面前，从口袋里掏出了一个戒指盒，打开来，里面是一个钻戒，眼底满是温柔地说道:“芷烟，嫁给我。”

第六章　碧落转世几生哀

穿着婚纱走进教堂的那一刻芷烟才彻底清醒过来，她竟然真的答应了跟徐凌结婚。

哥哥已经失踪几个月了，徐凌最近也是神龙见首不见尾的，芷烟问他的去向时，他眼神闪烁着说这阵子一直在筹备婚礼的事，却从未让芷烟参与，婚礼应该是两个人的事吗，他只说："芷烟，我要给你一个惊喜。"

说不感动是假的，一个帅气且多金的大少肯为一个平凡的女孩做这么多，任哪个女孩都会感动的，可从始至终都只是感动而已，心底有个声音告诉自己，他不是她要等的人。

抹胸式的婚纱，带点异域风情，小蛮腰被修饰得恰到好处。层层叠叠的样式，第一层的下摆有咖啡色和紫色绽放到极致的花瓣，二三层缀着蕾丝，最下层的裙摆是缥缈的纱布质感，像笼罩在迷雾中一般，纯白中带着无限的梦幻。

这样的一个人儿，像是古画中走出的妖姬，她自己不禁看呆了，这，真的是她柳芷烟吗?

"新娘好了吗?"外面的人催促着，她回过神来，提着裙摆走出了房间。

走出房间的那一刻，在场的人都露出了惊艳的眼神。

看着窗外不断后退的景物，柳芷烟突然没来由地伤感，感觉什么东西正远离自己而去。时间的流逝，她站在年华的末端，措手不及……

教堂里坐的人并不多，对于这场近乎交易的婚礼芷烟没有通知太多人，亲友席上只有硕华哥和方静在跟自己挥手，徐凌那边来的人也不多，甚至都没有看见他的父母，仅有的几个长辈也都阴沉着脸，任谁都不会接受一个双亲去世，兄长离奇失踪，又刚刚被公司辞退了的她吧。

那么徐凌呢，坚持到这一步，到底是为了什么?

从教堂门口走到礼台，只是几分钟的路程，芷烟却像走了几个世纪。

几分钟的路程，观众席上没有祝福的微笑，一片沉默，死寂的沉默。

音乐缓缓停止，牧师走了过来，宣读着神圣的誓言，芷烟僵硬地站在那里。就这么结婚了，自己曾经向往过这种方式的婚礼，飘逸洁白的婚纱，英俊的新郎，圣洁的教堂。可是这一切真的实现时，却又感觉这么不真实，就好像，是偷来的一般。

“徐凌，你愿意承认接纳柳芷烟为你的妻子吗？以温柔耐心来照顾她，敬爱她，唯独与她居住。尊重她的家庭为你的家族，尽你做丈夫的本分到终身。不再和其他人发生感情，你在众人面前许诺愿意这样做吗？”教堂里，牧师开始念庄严的结婚誓词。

“我愿意。我徐凌愿意承认接纳柳芷烟做我的妻子，和她生活在一起。无论在什么环境，都愿意终生养她、爱惜她、安慰她、尊重她、保护她。不和其他人发生感情。”他抬头，像是用尽毕生的精力，凝视着芷烟的眼。

芷烟也紧紧凝视着他，甚至牧师的问话都没有听到，直到他的视线再次从她的身上移开，她才反应过来。

“柳芷烟，你愿意承认接纳徐凌为你的丈夫吗？温柔端庄地来顺服这个人，敬爱他、帮助他，唯独与他居住。要尊重他的家族为本身的家族，尽力孝顺，尽你做妻子的本分到终身，并且对他保持贞洁？你在众人面前许诺，愿意这样吗？”

芷烟垂下了双眸：“我愿意。”这句愿意，需要鼓起多大的勇气啊！一股莫名的恐惧感侵袭了她，她努力克服了那没有来由的恐惧感，深深地吸了口气。

“请新郎新娘交换信物。”

一个小男孩端过来一个华丽的盘子，盘子里放着一个红色水晶盒子，精致至极，徐凌望着那个盒子，又望了面前的芷烟一眼，眼前的人儿也正凝视着自己。

她比之前更加香艳动人了，柳叶眉，高挺的鼻梁，俏皮而小巧的嘴唇，最吸引他的是那双波动的眼睛，总是闪着光芒，给人无限希望的光芒，从最初遇上那双眼，便无可自拔地沦陷了。可是现在，却要亲手把她送走。

血红色的水晶盒被徐凌托在手掌上，跟他苍白的手臂形成了鲜明的对比。芷烟心中隐隐觉得不安，却又说不出哪里不对劲。

徐凌心里经过一番挣扎后打开了水晶盒盖，一道光芒从盒缝隙处射出，直直地射向芷烟的眼，她下意识地眯上了眼睛，再睁开眼时徐凌已经牵起了她戴着白纱的右手。

芷烟低下头去，这才看清戒指，戒指本身是常见的白金，不同寻常的是镶在身上的那颗宝石，不是钻石，也不是一般的宝石，而是一颗色彩斑斓的石珠，隐隐泛着七彩的光芒。

他取出戒指，端详了几秒，或者说，迟疑了几秒，然后，缓缓地套进了芷烟修长的无名指上。

“芷烟，谢谢你留给我这段美好的回忆，我会一直记着，我曾娶过一个叫作柳芷烟的女孩，芷烟，愿你早日找到你哥哥，我爱你。”

“什么意思?”她望向亲友席上，所有的人都站了起来，一个看起来四十岁左右的黑衣男子拿出了一台蛋糕盒大的机器，看着仪器的屏幕，旁边几个人在操作着，嘴里不停报一些数据，还念念有词，芷烟隐约听到，“能量集合成功。”“脑电波跟磁场吻合。”“能量准备释放。”她望向方静和硕华哥的方向，硕华哥满脸焦虑地望着她，方静低着头在祈祷着什么……

芷烟感到一阵前所未有的慌张，这些人都是怎么了，她回过头来刚想问徐凌，只听到一声，“能量释放，现在!”

身边出来一个圆形的蓝色屏障，徐凌被弹出圈外，倒在地上，她想走过去扶他，却发现自己的双脚根本无法走动，而自己的右手，那戒指正不断地放射出七彩的光芒，在圈内来回翻旋着，突然一阵强光刺向她，她感觉一阵眩晕，身体好像离开了地面，不断地翻转翻转，她好想吐，却在下一秒失去了意识……

芷烟所在的光圈彻底消失后，徐凌的眉头依然紧锁着，好一会儿才回过神来，向亲友席上走去。

“谢谢，辛苦你们了。”他向那些操纵仪器的人点了点头。

那个黑衣男子将仪器放到了助理的手上，“徐先生，你能贡献出你们家传的能量石让我们研究应该是我们感谢你才是，感谢你让能量石有了用武之地，这对我们科研小组有着很重大的意义。不过柳小姐这一去是带着极大的风险的，能量石的能量到底有多少我们到现在还没有一个具体的数据。”

“你们说过芷烟可以依靠能量石的力量顺利返回的。”徐凌盯着那人。

“是的，不过以我们目前的研究程度，只能暂时对它定位，仪器能够感知到能量石，只要柳小姐那边找到了开启能量石的方式，我们这边的仪器，便可与她那边的磁场接轨，从而将他们接回这个时空，但是如果柳小姐将它取下，那么我们就有可能彻底失去跟柳小姐的联系。”

徐凌沉思了片刻，然后坚定地说：“她是个聪明人，不会轻易丢掉戒指的。”

“徐凌，你说过会保证芷烟人身安全的，你可不能食言啊！”方静跑了过来，看到徐凌点了点头才心有余悸地说，“真不敢相信，一个活生生的人就这么从眼前消失了。”她又转向硕华，“柳晨东当初也是这么消失的吗？”

硕华摇了摇头，说：“晨东消失只是一瞬间的事，当时我们只看到一阵强光，并没有蓝色的光圈出现。”

“时空与时空之间都隐藏着一个通道，当磁场跟脑电波达到一定的数值时，就能打开时空之门，不过需要很大的能量，所以柳先生的消失的确很匪夷所思，用目前我们所掌握的科学技术尚且无法解释。我们根据事发地的磁场加上能量石的巨大能量，这样就能把柳小姐顺利送去柳先生所在的时空，但愿他们能早日相遇，然后借助能量石的力量回到这个时空，那么当时发生的一切就能得出答案了。”那个黑衣男子解释道。

“那为什么不事先告诉芷烟这些呢，让她事先做好准备不是更好吗？”方静紧接着问道，眼底满是焦急。

“事先告诉她，她的脑电波就不会趋于正常，那么仪器操纵起来成功率就会下降很多，更加难以释放能量石的能量，整个过程会变得复杂的多。”黑衣男子始终保持着冷静的姿态，所说的每一句话都给了人毋庸置疑的感觉。

方静终于沉默了下来，似乎也找不到可以问的东西，便又低下头默默地祈祷着。

倒是硕华，整个过程都紧盯着一直沉默不语的徐凌，等所有的人都沉默下来后，他才开口道：“徐凌，你为什么要为芷烟做这一切。”

从那些人的话推测，芷烟手上的戒指就是所谓的能量石，既然能让人穿越时空，那肯定是无价之宝，徐凌跟柳芷烟的相遇到相识不过几个月，仅仅因为对芷烟的喜欢，徐凌就付出如此大的代价，这个理由很难让硕华相信。

徐凌转过头来看着硕华，眼神一如既往地锐利，有着不可侵犯的威严，硕华毫不畏惧地跟他对望着。

“你不需要知道。”对视了片刻，徐凌丢下一句话，然后走出了教堂，走到车上后，他从柜子里拿出了一幅卷轴，纸张略略泛黄，看起来年代很久远了，画纸上，一个身穿古代衣服的女子正沉睡在荷塘月色下的石桌上，乌黑如泉的长发盘成发髻，一支金簪松松地插在发髻上，长长的珠饰颤颤垂下，眉不描而黛，皮肤白腻如脂，朱唇微张，俨如丹果。细细一看，竟跟柳芷烟神采相似。

“如果告诉你们，这是我家族的使命，又会有谁相信呢，像柳芷烟那样的女子，为她做这些，又算得了什么？”他眼神里有一丝惆怅，小心翼翼地收起画卷，然后启动车子离去。

第七章　莫道天命知几许

柳芷烟醒来时发现自己睡在一张木床上，与家里的席梦思完全不同，倒像是小时候外婆家的罗汉床，暗红色的实木，粉色的罗纱帐。难道自己在外婆家？可是在她记忆中外婆家的床比这个要旧得多啊，纱帐也没有这么艳丽。

“小姐，你醒了？”一个脆脆的声音响起，芷烟抬眼望去，是一个长相俏丽的小丫头，“小姐饿了吧，我这就去拿吃的进来。”

“等等。”她开口道。

“小姐有什么吩咐。”小兰乖巧地转过身。

“这是哪里？”大脑一片混沌，她现在最想知道的就是自己身处何处，为什么这个小女孩穿着如此奇怪，房内的装饰也是自己从未见过的。

“这里是揽月阁。”小兰小声地说道，想必小姐跟自己一样也是被人骗到这里来的。

“揽月阁？”芷烟满脸疑惑，云城没有这样的酒店或者旅馆啊，难道自己还在那个不知名的旅游区里，商家为了体现独到之处才刻意将旅店弄成古代的模样。

“是，小姐一天前被人送到这里来的。”

被人送来的？柳芷烟更奇怪了，这荒郊野外的谁会好心把自己送来旅馆，难道是无名？难道那时的杀人是演戏？不可能啊，她分明看到那些黑衣人死在无名的剑下，甚至还有头颅也被割下的，不，那不是演戏。

“啊！”芷烟腹部突然抽空了似的绞痛。

“小姐！”小兰惊慌地走上前来，“我去叫人来！”

芷烟正疼得在床上打滚，勉强抬起眼皮望了一眼进来的人，一个穿着华丽的女子绕过屏风向她的床边走来，后面跟着满脸忧色的小兰，那个女子竟然也是一身绫罗衣，头上绾了一个复杂的发髻，发髻上插了一个木兰簪子。

芷烟咬着牙忍住疼痛问她："你是谁?"

苒姬淡淡地一笑，"我是揽月阁的主人，苒姬。"

"你对我做了什么?"

苒姬对她的疼痛视若无睹："揽月阁受人所托要将姑娘送进宫，不知姑娘作何想?"

"我不认识你。"什么揽月阁，什么进宫？上帝，她不会是像小说里写的一样穿越了吧……

"苒姬不得已使了一些非常手段，姑娘若是执意反抗，那姑娘身上所遭受的疼痛，苒姬也无能为力。"

"你要我干什么?"不管什么穿越不穿越了，那女人分明给自己下了什么毒，先把疼痛解除了再说。

苒姬听出了她的顺从之意，满意地笑了笑，从袖子里拿出一个小瓶子，"小兰，给姑娘服下。"

小兰连忙接过，将里面的药液给芷烟服了下去。疼痛渐渐消失，芷烟虚脱地坐在床上，瞪着苒姬。

"不瞒你说，这是我们特别制作的毒药，除了苒姬谁也没有解药，刚刚你服下的只是暂时缓解疼痛的药，并非解药，过了时辰，疼痛还是会持续，并且一次比一次厉害。"

卑鄙！芷烟在心里骂着。"你到底要干什么?"

"五天后朝廷会选人对这次参选的秀女进行最后的筛选，你必须保证你能经过审核，顺利进宫，至于进了宫该做什么，宫里自会有人交代于你。"

"你们让我当卧底?"芷烟眉头微蹙，看来自己真的是一不小心穿到了古代，还一不小心被人选上进宫当卧底，"为什么是我?"她对这儿人生地不熟的。

"苒姬只是奉命行事，姑娘的问题苒姬不知。"

"我怎么才能通过选秀?"能进宫的一定都是才艺双绝的美女吧，她要怎么跟满是心计的古代人争啊?

"只要你在朝廷派来的人心中留下了印象便可，其他的一切揽月阁都会替你打点好。"

"只要考官们认识我就行了？那简单。"

苒姬嘴角勾出一丝笑容，“这次入选的都是来自各地的奇女子，个个才艺双绝，姑娘的相貌虽不比她们差，但要出头恐怕也不是那么容易的事。”

“等着瞧呗。”不就是吸引人嘛，她就不信以她现代人的智慧这点小问题都解决不了，穿越小说上写起那些女主角一个个在古代玩得风生水起，她怎么也不能一出场就死了啊，只是，这里是哪个朝代……

“那个，老板娘，这里是什么国家啊?”她不敢问什么朝代。

“你居然不知道这里是什么地方?”苒姬诧异地问道，难道说这个女子不是楚国的？总坛主把她安排在揽月阁还要送她进宫是何意？“你叫什么名字?”

“柳芷烟。”她回答，“家在云城，我是云城一家药品公司的职员。”她赶紧报出家门，兴许刚刚说的那一通有关古代的东西都是糊弄她的呢，兴许今天是愚人节呢，兴许……

苒姬眼里的疑惑更浓了，她完全听不懂这个女子在说什么。

“好了，有什么不知道的你一会儿问小兰，你好生准备下五天后的选秀，若是失败了……”她没再说下去，只是冷冷地看了芷烟一眼，刚刚那撕心裂肺的疼痛她也曾体会过，眼前这个看似柔弱的女子应该也没有勇气再承受第二次。“小兰，你跟我去拿些姑娘需要的东西。”

“是。”小兰跟在苒姬的后面走了出去。

第八章　落花不解流水意

芷烟开始打量起这个房间，房间比自己之前住的出租屋大多了，一个精致的屏风安放在房间的正中央，左侧放了一个檀木衣柜。右边有一个窗子，隐约可见远处的青山，房间的朝向极好，面朝青山，鸟语花香。

窗户的旁边放着一个檀木梳妆台，上面摆着一面铜镜，还有一个水果篮子，还有一套极为精致的茶具，应该价值不菲。

松懈下来后又被倦意侵袭，她叹了口气，缩进了被窝里。才刚睡下不久，一阵推门声响起。她以为是小兰，一个身影晃到床边，她还没来得及尖叫就被人捂上了嘴巴，“嘘。”来人示意她别出声，见她点了点头后才松开了捂着她嘴巴的手。

“无名!”看清眼前男子的脸后，她叫了起来，惊喜万分地扑到了他怀里，无名身体一紧，愣在了那里，任由她抱着，任由她将泪水洒在自己青色的长袍上，“真好，你没死，我就知道你不会丢下我的。”

“跟我走。”无名一把将芷烟从床上拉起。

“揽月阁的姑娘可不是谁都能带走的。”一个冰冷的声音从屏风后响起，芷烟抬眼望去，苒姬一脸冷漠地向她走来，她心下一紧，是啊，自己身上还有毒呢，她不能走，即使是无名也不能带她走，因为带她走就是要了她的命!

“是你……”无名转过头来时苒姬脸上挂上了一丝明显的震惊。

“我要带她走。”他冷冷地说，不是询问也不是恳求，仿佛在陈诉一件理所当然的事。

苒姬收了眼底的讶然，眉头上有一丝不易察觉的忧虑，“揽月阁不会强留任何人，只是公子要带走姑娘，是不是还得征求一下姑娘的意见。”

说完她望向柳芷烟，淡淡地笑着。

柳芷烟微微叹了口气，将手从无名手中抽出，坚定地说：“我不走!”

“为什么？”

“因为她即将进宫过荣华富贵的日子。”苒姬替芷烟答道。

芷烟瞪大了眼睛望着她，她怎么可以这么说，她并不是为了荣华富贵而进宫啊，她只是为了活命。

“你真的要进宫？”

“是。”芷烟重重地点了点头，虽然目的不同，但进宫却是事实，即使解释也没有用，只是增加了彼此的痛苦罢了。

无名眼睛里闪过一丝戾气，“你可知你要为你今天的话付出多大的代价！揽月阁是个什么地方你知道吗？”

“我管它什么地方，就算是妓院也比跟你走好！”芷烟避开无名的眼睛，咬着嘴唇说道，她强迫自己去想那天晚上的一幕，那么多的血染红了她脚下的每一寸土地，她怎么可以跟他一起走？

“你当真如此想？”无名冷冷地说道，语气里却有一丝失落，苒姬听出来了，眉头微蹙。

“是，我绝对绝对不会跟你走的！”她看着他，一字一字地说道，她不可以心软，她还要活命，还要找哥哥，还要回21世纪过她的自由生活，她还有那么多的事要做，怎么可以死在这里呢？她狠心地转过了头。

“公子可听清楚了，如今不是苒姬不放人，而是姑娘实在不愿意跟公子走。姑娘是揽月阁的预选秀女，不可随意露面，还请公子回避。”苒姬轻而有力地说道，脸上始终带着淡淡的笑容。

“希望你日后不要后悔才好！”他丢下一句话，转过屏风摔门而去，芷烟紧紧地咬着嘴唇，苒姬的眉头也越蹙越深。

“小兰，从今天起你就照顾好芷烟姑娘，姑娘的毒若是再度复发你就给她服用瓶子里的药，姑娘有什么不懂的地方你要知无不言，言无不尽，明白了吗？”看着无名走后，苒姬走近了小兰，吩咐着。

“是，苒妈妈。”小兰乖巧地点头，送苒姬出了门。

“小姐。”小兰低低地唤着，小姐的脸色看起来很不好，从她跟苒妈妈的对话听来，她是一百个不愿意进宫的，她想不通的是，进宫是楚国每个女人求之不得的事，为什么她要如此苦恼。

“小兰，这是哪里？”

“这里是揽……”

“我是问你哪个朝代，哪个国家?”芷烟不耐烦地打断她。

“小姐，这里是楚国啊。”小兰奇怪极了，原来小姐不是楚国人，难怪穿着跟语言都那么奇怪。

“楚国?”芷烟不可置信地叫道，“那不是春秋战国时的事了嘛!”这回可以肯定自己是真的像小说里写的一样穿到古代来了，还是个乱世!

“小兰，你们现在的君王是谁?”

小兰被芷烟急迫的语气吓着了，连忙答道：“先帝刚驾崩，现在是越章王执疵掌政。”

她快速地从脑海中搜索为数不多的历史常识，这个人真不太认识呢……

上历史课时她就觉得五代十国太烦琐，也没认真听，楚国她熟悉的人无非就是屈原、项羽、刘邦，那么多的君王谁记得住啊！这会儿终于知道上历史课不认真听还有这后果!

“小兰，你把糕点拿过来，我饿了!”她决定先把肚子填饱，什么穿越，什么揽月阁，吃饱后睡一觉醒来就什么也没有了，这一定只是一场梦!

第九章　绝世霓裳羽衣舞

芷烟很多时候都会怀疑自己的存在，就像现在，躺在古色古香的罗汉床上，她本以为一觉醒来自己会睡在出租屋的小小席梦思上，然后正常去上班，没有徐凌，没有婚礼，没有无名，没有杀手，也没有什么揽月阁。可是事实却不是这样，她依然在那间干净素雅的古代房间里，像是被上帝抛掷在这样一个她所不熟知的时空里，曾经的过往，曾经的存在，都不复存在，似乎曾经所有的一切都只是一场梦，只是此刻，她已不明白到底现在是梦，还是曾经是梦。

“小姐。”小兰早早地起了床，轻手轻脚地将房间收拾好，看到芷烟醒来了，便第一时间打来了洗漱用的热水，“小姐，让小兰伺候你起床吧。”她手上端着一套淡蓝色的绫罗裳，上好的绸缎做底，外面覆着一层缥缈的蓝纱，长长的水袖，看起来很美，芷烟愣愣地看着，也许，这一切都是真的吧。

“我的婚纱跟高跟鞋呢？”芷烟发现床榻下的踏板上放着一双小巧的绣花鞋，这才注意到不知何时身上的婚纱也被换成了白色的布衣。

“小姐是说您被送到揽月阁来时穿的衣服跟鞋子吗？小兰收在了柜子里，这就给您拿出来。”她快步走向衣柜处。

“不用了。”芷烟开口制止道，“把你手里拿的衣服放在这里吧，没你的事，你可以出去了。”她不想看到那唯美的婚纱跟高跟鞋了，只会让自己更加怀念现代的生活，既然已经到了古代，就只有走一步算一步。

“可是小姐，小兰是苒妈妈派给你的丫鬟，伺候小姐是小兰的分内之事。”

芷烟抬头看着小兰，她一脸认真又带点畏惧地望着自己，她跟小兰已经有过一些交流，知道她原是望春楼一名打杂的丫鬟，被暂时借到揽月阁，是啊，电视上的青楼女子不都配了丫鬟，什么事都是由丫鬟做的吗，可是自己生来就比较独立，哪有起个床还要人伺候的理？

“不用了，你的职责就是站在外面等我换好衣服后叫你进来你再进来，明白了吗？”她没好气地说着，虽然没觉得这个丫鬟讨厌，但想到她也是揽月阁的同党，就没有好脾气了。

“是，小兰就站在门外，小姐可以随时吩咐。”说完退了出去。

她费了九牛二虎之力终于理清了衣裳的构造，竟然有那么多层，这里折来那里覆去，麻烦得要死，现代的衣服多简单啊，直接套上就行了。

小兰进来看见她的穿着打扮后愣了半天，小姐的衣服穿得凌乱极了，头发竟然如男子一般高高地束起，这……

“有什么不对吗？”芷烟看到小兰满脸的诧异问道，“你们那发鬓我真不会弄，我平时不是披着头发就是梳成现在的马尾。”

“小兰帮你梳吧。”小兰隐着笑意走上前去。

不一会儿芷烟的长发在小兰的巧手下就变了个样，上面一个蝴蝶状的假发鬓，两边的头发被拢到一边编成小巧的辫子，下面三分之一的头发随着辫子散在肩上，前面几缕刘海挂在额前。

“乖乖，姐姐我竟然这么有古典美女的底子，小兰的手是什么做的啊，这么灵巧！”柳芷烟欣赏着铜镜中的自己，夸赞道，镜中的自己年轻了很多，肌肤光滑细腻，眼睛也像十六岁少女一样水汪汪的，配上那好看的发型，真真一个明星像啊！

小兰听了脸微微红了，心里却止不住地高兴，有什么比主子对自己满意更开心的事呢？

“小兰，你给我说说几天后选秀的事吧。”

“是。”小兰乖巧地应着，然后开始给芷烟介绍她所知道的有关揽月阁的一切。

揽月阁是新帝登基不久后成立的民间选秀阁，地处楚国京都丹阳，苒姬是揽月阁的老板，她同时还经营着一家有名的青楼——望春楼，每隔几年揽月阁都会从民间物色一些出色的女子送进宫，运气好的还能成为妃子，能被揽月阁选中的女子个个都是美貌的，就连丫鬟的姿色也令好些人垂涎，姑娘们不但美艳，才艺也是无双，参加秀女预选的不仅仅有大家闺秀，才貌双全、身份不出众的女子也可参加，但是入选的机会是极小的，毕竟大家闺秀后台硬。望春楼是苒姬后来建造的，没有成功当上秀女同时出身不好的女子，苒姬便就地取材地将她们放在了望春楼。

芷烟听得目瞪口呆，那个苒姬也太会做生意了吧，这么精明的人要是放在现代绝对是受企业青睐的高管。

“个个都那么厉害，我哪还有立足之地？”柳芷烟叹了口气，“你不是说你以前是青楼的丫鬟吗，你给我讲下你们青楼的姑娘是怎么吸引人的吧。”不管是在哪个朝代男人都是好色的，既然青楼女子能够让男人垂涎三尺，那她们的本事也一定能够吸引考官，自己学学总不为过，“你就给我讲你们青楼身价最高的女子。”

“是云霓姑娘。”小兰激动地说着，“云霓姑娘长得可美了，尤其是跳舞的时候，一段霓裳羽衣舞惊艳了全场！”

“霓裳羽衣舞？”芷烟奇怪起来，那不是唐朝时杨贵妃的拿手舞蹈吗？敢情这望春楼还有人盗版？

“是啊，云霓姑娘三年前才来望春楼，那时望春楼还只是京都一个小小的青楼，云霓姑娘第一次登台就跳了霓裳羽衣舞，那衣服是小兰长这么大见过最华丽的衣服，衣服的领子与后背处是由好多洁白的羽毛编织而成，胸前是绽放到极致的牡丹，裙角由许多做工细腻的金丝编成的蝴蝶，云霓姑娘跳起舞来时而像天仙下凡，时而像蝴蝶飞于花丛间，更奇特的是她身上有一股奇异的香气，让人沉醉其中，不待苏醒。她跳完后台下的公子哥都喊破了嗓子，有人出了天价请云霓姑娘再跳一遍，可是姑娘却拒绝了，这么久来再也没有登过台，不过望春楼还是凭借那一支霓裳羽衣舞被踏破了门槛，一夜之间荣升为京城第一青楼，至今为止还是有很多人散尽家财只为见云霓姑娘一面。”

“世上当真有如此美的人？”芷烟问道，在现代时就有听过古代四大美女，在电视上看到的也总不尽如人意，她倒想看看那所谓的倾城倾国让世人失了魂魄的女子到底长的什么样。

“真的，小兰虽然只见过云霓姑娘一面，但这辈子都忘不了，她的美，根本就无法用言语形容！”小兰仿佛又回到了看云霓跳舞的场景，眼里流露出崇拜惊羡的神情。

“只见过一面？她不就是望春楼的姑娘吗，你怎么会只见过一面呢？”

“不但只有我见过一面，所有的人都只是在云霓姑娘跳舞的那日见过她，而后再有人求见时，苒妈妈就说姑娘身体不适不便见客，到了后来云霓姑娘被人赎身从良，但很多人都不信，依然时不时地来望春楼，渴望见上一面云霓姑娘。”

“云霓明灭或可睹，照你这么说来，云霓怎么好像是个幻影一样呢?”

“幻影?”

“是啊，那样一个惊为天人的女子，就算从良她的美貌也是无法遮挡的，怎么说不见就不见了呢，要么你们当初看到的是一场幻觉，要么……”她想说要么跟自己一样突然在一个时空消失到了另外一个时空，可是却怕说出来吓着小兰，便住了口，好在小兰的注意力没有放在自己后面的话上。

“不可能，那天望春楼挤满了人，所有的人都看见了云霓姑娘起舞，又怎么可能是不存在呢?”小兰争辩道，说完后便察觉了自己的失礼，低下了头。

芷烟不以为忤地笑笑：“也许吧，这世上本就有太多让人不可思议的事情存在。”她换了一个话题，“那么除了云霓姑娘，其他姑娘都有些什么才艺呢?”俗话说知己知彼百战百胜，她柳芷烟好歹比楚国的人晚出生几千年，懂的东西多得多，虽然自己才艺不怎么样，但以现代人的智慧，要吸引大家的注意力应该不是个很难的事情。

第十章　既来之便则安之

“望春楼的姑娘们什么都会，琴棋书画毫不逊色于大家闺秀，歌曲舞蹈也堪称精湛。”小兰自豪地说着。

“那你会些什么呢?”芷烟看着小兰的样子忍不住逗她。

“小兰，小兰只是一个下等丫鬟，怎么能跟姑娘们比?”她立马垂下了头，满脸通红。

“王侯将相宁有种乎，都是人，为什么你就要比她们差?”

“小兰不敢!”小丫头听了这番话吓得头垂得更低了。

看来这上等人跟下等人的意识已经在她的脑海中根深蒂固了，芷烟不敢再多说什么，她爱当下人就让她当去吧，等自己回了现代这些再与她无关。惆怅的情绪又涌上了心头，“你这样又何尝不好，至少不用卖笑卖身，倒也乐得自在。”

“小姐，每个人都有自己的命，希望小姐不要太难过了。”

“谁说我难过了!”自己好歹也是现代美女一枚，难道真要被人当棋子送进宫，还是下毒逼迫的。不，她怎么可以就此服输。“小兰我告诉你，我不但不难过还很快乐，不久后我要让我柳芷烟的名字响遍楚国!”那些穿越小说里的女主角哪个不是呼风唤雨，名气震天的，柳芷烟在心底暗暗发誓，她一定要扭转时局，为自己争取生存的机会。

“你们这儿谁的歌唱得最好?”芷烟问道，自己的歌唱得还是很不错的，高中时声乐老师曾多次试图说服她参加声乐班培训，也曾动心过，但是考虑到学音乐需要的学费太多，便打消了念头。上大学时选修的是舞蹈，女孩子吃的是年轻饭，没有点才艺是不行的，舞蹈老师也多次夸赞过芷烟，说她节奏感很好，既然在现代都能拿得出手，那么在古代一定也能搬得上台面。

“是百灵姑娘，她的声音极其动人，常常边弹筝边唱歌，很得公子哥的喜欢，还有文人雅士作诗赞她的歌呢!”

“是吗?”来青楼的人又能文雅到哪里去，不过一个青楼女子若能得到文人墨客的诗词自然身价会上涨不少，而妓院不正是那些失意的文人墨客的最好归宿吗，外界的人不欣赏他们的诗词，青楼里的女子却视若珍宝。

“小兰，我唱首歌给你听听，你帮我跟百灵比较比较，我心里也好有个底。”现代的极富节奏感的歌曲搬到这儿来一定会震撼全场的，先挑首简单的练练嗓子吧。所有的人都以为她不会开心，她偏要开心给他们看。

她以手指敲桌面打节奏，朱唇微启唱道:“说有什么不能说，怕什么，相信我不会哭我不会难过，谁的错谁能说得清楚，还不如算我的错，做有什么不敢做，怕什么，相信我不在乎，就算你走了……”

小兰听到这歌早已瞪大了眼睛，高潮处芷烟干脆拿起了一个茶杯当话筒:“我再不会难过你不要小看我，有什么熬不过大不了唱首歌，虽然是悲伤的歌声音有点颤抖，也比你好得多我还是很快乐，我才不会难过你别太小看我，有什么熬不过烧掉你写的信，忘掉你喜欢的歌绑住我的眼睛，眼泪掉不下来我还是很快乐。”

“怎么样?”芷烟得意地笑着，她的声音本来就不错，去KTV她基本上是麦霸。

“小姐，唱得太好了，这词是谁人做的，还有这曲，我从来都没有听过这样的曲，让人忍不住跟着小姐一起敲动手指。”

这就是节奏感，芷烟在心底偷笑着，如果这点节奏还带不起来，她的歌跟舞蹈就白练了。

“小姐的歌固然好听，可是也不能光在台上唱啊，小姐是要配舞还是弹琴?”

芷烟听了她的话脸上升起一堆黑线，她跳别人现成的舞还好，叫她自己编舞就比登天还难了，弹琴她更不会了。

正愁着，一个清雅的声音响起。

“想必这位就是新来的芷烟姑娘吧。”芷烟抬头向声源处望去，一个穿着粉色罗纱裙的妙曼女子在丫鬟的陪同下走了进来，化了淡淡的妆，看起来二十岁左右的样子，端庄秀气，颇有大家闺秀的风范。

“你怎么知道我的名字?”芷烟望着她。

“姑娘进揽月阁时穿的那身好看的衣服可是羡煞各姐妹了，大家都想瞧瞧这芷烟姑娘到底来自何方，长的什么模样，偏偏苒妈妈护姑娘心切，谁也不得见，这不，今儿个趁妈妈不在，特意前来看望姑娘。”说完她装作无意地向芷烟身上瞟去，在看到芷烟手上的戒指时眼神颤抖了一下。

“我有什么好看的，还不两只眼睛一只鼻子一张嘴的。”芷烟毫不给面子地说道，看眼前这个女子的打扮应该也是预选秀女，她对自己的对手从来都不会虚伪地示好。

那位女子却不计较，“刚刚进来时听妹妹在唱曲，那曲儿好生奇特，不知道出自何人?”

“是我自编的。”

女子眼中露出讶色：“妹妹真是才貌双全啊！我叫汀竹，略懂乐器，妹妹的歌唱得固然好，但作曲也许不比汀竹，往后有帮得上忙的地方，妹妹便开口，汀竹自当鼎力相助。”

芷烟叹了口气说：“我要的曲子你可未必做得出。”

“我家小姐自小精通音律，有什么曲子能难倒我家小姐的?”站在汀竹身后的丫鬟语气里满是自豪。

“香儿。”汀竹淡淡地望了一眼小丫头，小丫头懂事地闭了嘴，虽是如此，汀竹脸上却丝毫没有谦虚的神色，“只要妹妹可以哼出，姐姐便能奏出。”

“太好了!”芷烟兴奋地抓住了汀竹的手，“姐姐坐，我现在就哼给你听。”说完开始哼起一段曲子。

汀竹先是认真地细细听着，慢慢地脸上流露出惊讶的表情，芷烟哼完后她已经跟两个小丫头一样瞪大了眼。

“妹妹的曲子真是……”她一时之间竟找不出可以形容的词，芷烟也不说话，耐心地等着她憋出一个形容词出来，“大胆!”汀竹终于找到了可以表达自己意思的词。

芷烟白眼一翻，脸上又是一阵黑线……这古人的修饰语倒也用得风趣。

“汀竹从小跟着家师走南闯北，倒也听过不少风俗奇异的曲儿，妹妹这样的倒是第一次听到，不过仔细想想，倒跟楚国边疆笛苑地区的乐声相似。”

“笛苑?”轮到柳芷烟奇怪了，这地名倒取得浪漫。

“笛苑的人善于引蛇，他们常年在头上包一块布，人人都会吹笛，笛声能够让蛇跟着起舞。”汀竹解释道。

这不跟现代的印度是一样吗，管他什么国家呢，汀竹听出跟蛇有关就是了，因为柳芷烟哼的就是蛇舞曲。

“姐姐可能奏出?”这才是她要关心的问题。

“不妨一试。”汀竹自信地笑笑，“香儿。”

身后的丫鬟走上前来递过一支通体晶莹的玉笛，不愧是坐镇乐师，那笛子一看就是上等货色，要是带回现代可是古董了，一准能卖个好价钱。

芷烟正打着那玉笛的主意时，一串乐符从笛子里飞出，这回换芷烟目瞪口呆了。

这女人可是现代版周杰伦啊，自己只哼了一遍，她竟能完整地吹出来。

“妹妹可满意?”一曲罢，汀竹微笑着询问。

芷烟脸上挤出近乎谄媚般的笑容，“此生能结识汀竹姐姐，芷烟真是三生有幸。”

“能帮上妹妹的忙是汀竹的荣幸，只是不知道妹妹能用此曲做什么?”

“到时就知道了。”芷烟冲着她眨了眨眼。

“那好，妹妹先忙，汀竹先告辞了。”

“好的好的，拜拜。”芷烟心里乐极了，到时一定来个劲爆全场，想不红遍京城都难。

第十一章　揽月群花斗芬芳

“小姐，你真的要这样的衣服?”小兰拿着芷烟给她的图纸哭笑不得。

“怎么了，做不了吗，不是你告诉我京城的绣庄什么样的衣服都能做出来吗?”芷烟端坐着，专心地研究那些胭脂水粉的用法。

“可是小姐，这些衣服能穿吗?”小兰哭丧着脸。

“怎么不能穿了?”柳芷烟扔下手中的胭脂盒，“我不穿得好好的吗?”她跟小兰大眼瞪小眼，不就是画了几幅内衣内裤还有紧身衣以及打底裤给她吗，有必要惊讶成这个样，古代人就是喜欢大惊小怪，没见识，真可怕。

身上的内衣内裤已经穿了整整三天了，每天晚上都得裸睡才能保证第二天有干净的穿，麻烦死了，难不成跟其他姑娘一样穿肚兜，那可是会造成乳房下垂的。

“我说你到底要不要去啊!”芷烟瞪着小兰，忍不住一阵白眼。

“是，小兰这就去。”

终于搞定那个顽固的丫头了，但愿她能搞定绣庄的老板娘，不要让自己去浪费口水了。

还需要一个纸质的屏风，铃铛，手环，以及一些火把……芷烟把需要的东西在纸上一一写下，衣服怎么办呢，让绣庄的人做可能性太小了，她可没有那么大的精力去给他们去解释衣服的构造，她用笔敲着头，眼光突然落到房间的衣柜上，对，就这样!

小兰回来时透过屏风看见一个庞然大物，还在不断地扭动身躯，“小姐，小姐……”她惊慌失措地冲到屏风后，还没说出话来就被眼前的景象弄了个目瞪口呆。

芷烟穿着改造后的婚纱，对着小兰转了几个圈，“好看吗?”

小兰怔怔地点了点头，芷烟对着镜子满意地笑了，想不到婚纱还能达到这样的效果，自己只不过把下摆给收了上来，竟然整成一条完美的泡泡裙，蓬蓬的裙摆刚好到膝盖上面一点，上面便是束腰抹胸，性感又不失可爱，哇哇，自己真是个天生的服装设计师，回去后不要当医药代表，干脆改行得了。

“可是小姐，这样，这样会不会，太，太……”小兰后面的话不敢说出来，看着傲胸挺立的小姐，不禁红了脸，望春楼再大胆的姑娘也不曾如此公然地露胳膊露腿啊。

“对了，忘了你们古代人是很封建的了，不过没关系，这样更能达到我要的效果，好了，现在去把我需要的东西都买来吧。”芷烟抛了个媚眼给小兰，小兰不禁打了个寒战。

登台的前一天小兰从绣庄取回了小姐要求定做的衣物，绣庄的老板一个劲儿问小兰这些是什么人要，用来做什么。小兰支支吾吾说不出话来，她要如何给他们解释，不知道还好，偏偏自己亲眼看见过小姐身上穿着的内衣内裤……一看到那三角形，还有圆圆的形状的东西，她不禁又羞红了脸。

小姐真是的，偏偏强烈要求自己不准泄露她的身份，现在这些人抓着自己问个不停，自己该怎么办才好……

“小姐!”小兰抱着一个布包匆匆冲回了揽月阁，上气不接下气的。

“怎么，被外星人追了?”需要的东西都准备好了，此刻芷烟正在回忆自己登台需要的歌词，头也不抬地说道。

经过几日的相处，小兰已经习惯了小姐嘴里时不时吐出的奇怪的词汇，倒也没再大惊小怪，心有余悸地说：“比外星人还可怕，那些人追着我不放，小姐你干吗不要我说出你的身份啊，你要我如何跟他们解释。”

“难道你要我去跟他们解释啊!”她没好气地说着，跟一个小丫头都解释不清了，那么一群人还不要了自己的命。

“小兰不敢。”小兰低下了头。

“又来了。”芷烟翻了翻白眼，只要自己说话大声点，那丫头就吓得一脸苍白，她没那么可怕吧，“好了好了，你先出去，我再练习一下歌曲。”

“是。”小兰轻手轻脚地退了下去。

正式选秀的这一天终于到了，看到揽月阁大厅坐着的一排评委，她感觉自己就如同那案板上的肉等着被人宰割。

预选秀女们一一上场，真不愧是才艺双绝，那些女子一个个长得如花似玉也就罢了，吹弹拉唱居然样样精通，看得芷烟眼花缭乱，心惊肉跳。

汀竹在一个秀女跳完舞后盈盈登场，她的装扮素雅得体，面上戴着面纱，让芷烟第一时间想到了白居易的《琵琶行》，而汀竹此刻极有“犹抱琵琶半遮面”的气质，只留了一双波光流转的眼睛在外，惹得人一阵遐想，她在舞台上微微做了个福然后优雅地坐在了红木椅上，轻轻地调了几下音，转轴拨弦三两声，未成曲调先有情。

芷烟对那些古典乐曲一窍不通，不知她弹的是《霓裳》还是《六幺》，但大厅内流转的音乐绝对有“大弦嘈嘈如急雨，小弦切切如私语。嘈嘈切切错杂弹，大珠小珠落玉盘”的感觉。余音绕梁，评委们尽数微眯着眼，显然还沉浸在刚刚的天籁之音中。

一个中年男子带头鼓起掌来，洪亮而沉稳的声音响起：“汀竹姑娘真不愧是楚国阅历最广的乐师，老夫虽不懂音律，但却被其中滋味深深吸引，真是大开眼界了！”

“谢丞相夸奖。”汀竹淡淡地一笑，做了个福。

“本相乃实话实说，姑娘此番功底若能进宫为圣上演奏，定能得龙颜大悦，你们说可是？”他微微回头，眼神停在其他几位评委身上。

芷烟得知他就是当今权倾朝野的丞相，先帝在世时便身居朝野要位，先帝逝世后更是辅佐新帝的重臣。仔细打量下只觉得其人气度深沉言笑稳慎，看似平缓的目中暗入精光，心机深藏，不愧是历经两朝位列公卿之首的权臣。

“是啊，真是天籁之音。”

“好曲，好曲。”

闻得丞相如此夸赞，其他几个评委也一一点头赞许，只有坐在一边的一个十五六岁的小少年一语不发，等他们赞叹得差不多了才望着轻纱遮面的汀竹漠然地说：“汀竹姑娘的琵琶演奏得自然好，不过现在下定论难免过早，不妨等其他秀女一一上台表演后再做最后评论。”

丞相的笑停滞在脸上，微微转头望向小少年，笑容不减，眼神里却泛出丝丝冷意，但小少年初生牛犊不怕虎，面对着丞相的威慑傲气不减，最后丞相大人不记小人过一般爽朗地笑出声来，“是本相一时被如此动听的音律所吸引，见笑了。”大手一挥，“让下一位秀女上场吧。”

芷烟躲在帷幕后面打量着那个小少年，清秀而干净的眉眼，是个秀气的小帅哥，但却一脸冷酷之色，像个爱耍酷的青春期小男生，想必就是苒姬之前跟自己说的“小棋王”齐子珂。

楚国有四大传奇，其中一个传奇便是“棋”。

“棋”指的是齐家少爷齐子珂，齐家是生意世家，曾在楚国荒年之际慷慨解囊，荒年过后，楚国君主给齐家一族加官晋爵，有官府的照顾加上齐家人出色的生意头脑，生意是做得越加风生水起，生意做得好的人心思自然要求极其缜密，齐家用棋术来培养后一辈的心机，所以齐家在棋艺上也享有盛名，齐子珂十二岁便打败了自己的棋王父亲，成为新一代棋王。

齐家财大气粗，连圣上也买他几分面子，这次选秀齐家便派了齐子珂前来当评委，也是所有评委中最难缠的一个。看来得花点心思专门对付他了，芷烟在心里暗暗思忖着。

接下来上场的秀女所表演的节目有些无趣，无非是歌曲还有舞蹈，跟前面的大有雷同，看第一遍觉得是赏心悦目，看多了便觉得腻，评委们的心思跟芷烟一样，渐渐地心不在焉，有时候秀女的歌曲唱到一半便被打断，甚至正在空中跳跃的舞蹈也被叫停，搞得那些如花似玉的大家闺秀跳也不是，落也不是，尴尬地顿在空中，双目含泪地奔下场……

芷烟的节目被排在了后面，她百无聊赖地躲在帷幕后边观赏表演边等待，正看得犯瞌睡，突然一阵“唰唰”声传入耳朵。

“哇，真酷。”

台上一个头发高高束起，穿着英气的女子正拿着一柄剑舞着，一改之前表演的阴柔气氛，不但芷烟看傻了眼，评委们也都连连点头，那个女子双目望向评委席，眼睛微眯，芷烟竟看出了几分杀气，女子舞完剑后下了场，也没有发生芷烟脑海中想的刺杀之类的事情，想必是古装戏看多了，看到凶器就想到刺杀……

第十二章　妙舞灵蛇魅众生

正思忖着，苒姬上台报了下一位上场的秀女的名字：妖月。

芷烟突然意识到那是自己给自己取的艺名，本想取胭脂的，但是想想似乎过于风尘化了，不如来个震撼点的，妖月，想必古代还没有这么时髦前卫的名字吧。

她打算以后就一直用这个名字，既然她只是暂时待在这个时空，便没必要用自己的真名，万一一不小心进入皇宫后发生点什么事被记入史册怎么办，是好事倒也罢了，万一苒姬她们安排自己进宫干的是见不得人的勾当呢，那可就遗臭万年了，她既不想流芳百世，更不愿遗臭万年。

在妖月的安排下，大厅的窗户都被安上了黑布帘，妖月一个响指，所有帘子同时放下，突然室内一片漆黑，妖月穿着紧身衣上了台，突如其来的黑暗让评委们发出阵阵不满的声音。

悠扬的笛声响起，声音由弱到强，一点点穿透到人们的心里，慢慢地将他们的声音压下，现场一片寂静。

两个火把被点燃，台上放着一个纸质的屏风，一个身影在火把的照射下透到屏风上，那是一条身材妙曼的美人蛇！

妖月穿着紧身衣站在屏风不远处，屏风将她跟台下的人们隔开，她婀娜多姿的曲线倒映在屏风上，慢慢移动，定格为S形，手做成蛇头状伸向前，她没有注意到手上的戒指正发着微弱的光芒，从屏风上的影子看过去，正好成了蛇的眼睛，有即将穿破屏风向人吞吐而来的气势。

揽月阁的包厢里，一名青衣男子微微皱着眉，笛声透过包厢的纸窗传入他的耳朵，他自顾自地斟了一杯酒，一口饮下，脸上是说不清的神情。

笛声由最初的平静到慢慢高昂，妖月的身子也开始慢慢地扭动，如一条正在闻声起舞的蛇，台下的所有人都屏息观看着，生怕打扰了那条美人蛇自我陶醉的舞蹈。

笛声变得激昂，蛇身也疯狂地扭动起来，像是在经历着巨大的痛苦，笛声不断，美人蛇扭动得越来越激烈，台下人们的心也跟着激动起来。

笛声如没有规律节奏一样疯狂地响起，美人蛇的扭动幅度越来越大，越来越大……

突然笛声又慢慢地变得低沉，美人蛇突然静止了，像是在与死神做着谈判，以自己的灵魂获取最后几秒的生存机会，笛声婉转而忧伤，美人蛇轻轻缓缓地扭动着，刚刚的激烈已经过去，此刻更像在享受着最后的美妙乐声，美妙生命，缓缓地，扭动着。

笛声变成了破碎的乐符，曲不成调，蛇头转动着，像是在跟大家做着最后的告别，生命最后一场舞蹈将落下帷幕，然后缓缓地，缓缓地，下坠，死亡……

笛声戛然而止，唯一的火把光亮也突然熄灭，台下依然是一片寂静，大家还沉浸在美人蛇逝去的哀伤中，台下隐隐传来叹息声，似乎在感慨生命的流逝。

突然大厅用来遮光的黑布全部被扯到地上，猝不及防的光明刺痛了看客的眼，他们下意识地以袖遮眼，再睁开眼时台上的火把已经消失，一个穿着洁白衣裳，露着香肩的女子破纸而出，女子双手交叉，头略偏望着肩膀，左手是一些色彩各异的手环，右手是一些银白色的小铃铛，穿着改造后的泡泡裙，一条丝质打底裤蔓延到小腿处，彩色琉璃高跟鞋踩在脚下。

“仙女下凡啊！”

“真美！”

“这是刚刚那条美人蛇吗？”

“……”

评委席上传来各种各样的议论声，妖月微微笑着，她知道那曲蛇舞已经让所有人对她充满了兴趣，那么接下来的歌舞会让你们更加震撼！

“我们都是火……”几声叹息在大厅里响起，“火，火，火，火……”

妖月化了很浓的妆，研究了几日的东西好歹还是派上了用场，三分长相，七分打扮，她利用现代的化妆术将自己变成了一个美艳绝伦的女子，那样的妆容在古代是绝对看不到的，不引起争议才奇怪了。

她不理会大家的评论，双手开始摇晃，铃铛发出清脆的声音，像是山泉一样，衬托得妖月如误落凡尘的小精灵一般，小精灵慵懒的声线响起。

“我就是爱音乐别叫我停下来，我就是爱唱歌呼吸打着节拍，我心里的热情是我的指南针，要快乐就快乐做什么都认真……”

她慢慢地挪动舞步，诱惑般地面对着台下的所有人一笑，看得那些评委们心都漏了一拍，却还佯装正经地端坐着，但眼睛却不放过台上女子的丝毫动作，只有丞相的脸上露出了一丝高深莫测的微笑。

“不要在意我是谁不要以为我很遥远，不要怀疑我的嘴每句都让心跳跃，我们已经来到对的时间对的位置，为什么不要！做！对！的！事！”

她尽自己最大的努力将动作舒展开来，上下左右，然后S形定型，头高仰着望着楼顶，露出修长的脖颈。然后头一点，继续挪动着性感的舞步，双手撩拨般地抚摸着自己年轻的身体，高昂的胸脯，盈盈可握的纤纤细腰，修长的美腿，评委们看得眼睛几欲喷出火来。那位坐在包厢里的男子却握紧了拳，心里莫名地升起一股连自己也不知道从哪来的怒火。

“你喷的火是我的造型，i feeling good（我感觉良好）无法喘气，我就是火不论被谁浇息，呜呜呜……baby……，你的爱是火我的心是火爱情就是火我们就是火，我已经爱上你别叫我停下来，我一直在寻找连做梦都在笑，我心里的热情是你的指南针，想靠近我的人你方向要对准……”

她一遍一遍地重复着高潮，一遍一遍地撩拨着大家蠢蠢欲动的心，她点燃了满大厅的火，从星星之火到燎原之势，苒姬在一旁也看得目瞪口呆，这个女子，将会掀起怎样的轩然大波啊，总坛主企图将她送进宫到底是祸还是福？

妖月唱完后鞠了个躬，评委席上的人一个个目瞪口呆，这样一个大胆而又纯真的女子，是他们从前任何时候都不曾见到过的。穿着洁白婚纱的她像是一个从天而降的天使，而妖艳的妆容与黑色丝袜又如魅惑众生的妖姬，让人欲罢不能。

感受到大家的震撼，妖月脸上露出了得意的笑，包厢里的男子眼底却燃起了熊熊怒火，他慢慢地从包厢走出，站在阁楼上，手紧紧地掐着栏杆，红木漆被他抓出了道道痕迹。望着那张魅惑众生的脸，恨不得立马上前去将她掐死。

妖月感应到了一般朝上望去，那满是怒火的眼神令妖月心中一惊，对视了片刻后她强作镇定地移开了自己的目光，自己的目的已经达到了，没有必要理会他，她只是想活命而已，谁也阻止不了她选择生命的权利！

“哼!”一声轻哼声打破了寂静，那么地不和谐，却又那么地明目张胆，妖月疑惑地向评委席上望去，试图找出那个轻哼的人。

“哗众取宠。”小少年斜靠在椅子上轻声说道，声音却沁入到了每个人的心里，见妖月不满地望着他，他懒懒地伸了伸腰，“还以为突然的黑暗会出现怎样惊世骇俗的仙女，不也是一个以色诱人的低俗女子。”

妖月咬着嘴唇没说话，只是看热闹一般等着少年继续说话，完全一副事不关己的样子，这样一来少年便愣住了，想象中应该是女子羞红了脸跟他理论的，这个女人……

“公子刚刚看妖月跳舞似乎看得很认真?”看少年哽住了嗓子不说话，她实在不好意思让那么个美少年继续难堪下去，这个小美男除了爱耍酷倒也没其他讨厌之处了，青春期的少年嘛，耍个酷也是值得原谅的。

“我，我才没有。”少年没料到她如此不避嫌，反而公然调戏自己，立马涨红了脸。身边传来低笑声，转念间意识到了自己的失态之处，平稳了一下心绪，又恢复了冷酷的表情，“你这样的艳曲艳舞也只能满足一下低俗之人的欲望罢了，岂能送进宫里丢人现眼?历来被送进宫里的秀女可非你这般以色诱人。”他横着眼睛看了她一眼。

“那公子觉得真正优秀的女子该以何诱人?”

“她该有自己的思想，不该为了诱人而诱人!”他高傲的头颅微昂着，字字在理。

“那么，妖月与公子对弈一盘如何?”既然苒姬一再强调他的棋艺高湛，想必制伏他最好的办法非棋莫属，她一计上心。

席上发出一阵议论声。

“哼。”少年望了妖月一眼，冷哼一声，“你可知你在说什么?”

妖月唇上扯出一个动人的微笑，软声细语地说道：“不知公子能否赏脸，与妖月对弈一局。”

美男子望着妖月，看她的样子好像不是在开玩笑，好吧，既然你不知道死字是怎么写的，本公子就勉为其难地教教你。

“齐谦。”他叫了一声。

“公子接住。”靠近门外处飞来一个棋盘，妖月正担心它会不会掉下来砸坏众评委的头时，美少年便飞身而起接住了还在天空稳稳飞着的棋盘，然后双脚轻点飞上了舞台。

“素闻齐家少爷棋艺高超，不过妖月想问一句，公子都会些什么样的棋?”妖月开始出阴招。

“笑话，天下还有什么棋是我齐子珂不会的?”小少年看着妖月，带着炫耀的口气说道。

妖月在心里偷笑，小孩子就是小孩子，姐姐我若是连你都糊弄不了，就白白比你多吃几年饭了。“那么五子棋呢?”。

“五子棋？什么五子棋?”小少年一脸黑线。

“原来公子都不曾听说过呀，奴家冒犯了。”看谁斗得过谁，各评委们，今晚我妖月要你们心服口服地给我发入宫通行证!

“我，谁说我没听过，我只是多年不曾玩那五子棋，有点生疏罢了。”少年不服气地说着。

“哦？那公子便与奴家对上一盘如何?”

“有何不可，不过我很久不曾下过五子棋，你再说一下此棋法的规矩。”

妖月一脸阴笑地给他解释了五子棋的下法，便是横竖交叉只要排满五个棋子便是赢家，她柳芷烟在现代可是五子棋一等一的高手，还输给这么个初涉五子棋道的小毛孩不成?

结果可想而知，第一盘美少年输得一败涂地，还没出几个棋便被妖月赢了去，一脸黑线地要求再来一盘。妖月耐心地陪他下着，这次有了点经验，走了好些路后才被妖月算计输掉。他擦了一额头的汗要求最后一盘，说什么之前的是热身，这最后一盘才是真正的对弈。妖月继续耐着性子陪他玩，这孩子果然是块好苗苗，第三局步步惊心，最终打了个平手，棋盘走满了还没分出个胜负。

落下最后一个子时少年抬起头久久地凝视着妖月，妖月正想着他是不是因为面子尽失想要杀人灭口时他突然问道：“姑娘可否入住齐府?”

妖月惊讶地望着他，入住齐府，他不会是要让她跟他回去做他老婆吧，正想着怎么答才合理时，丞相开了口：“齐少爷，妖月姑娘可是预选秀女，是要被送进宫的，你口出此言怕是略有不妥吧?”沉稳的声音中隐隐透出一股冷意。

“窈窕淑女，君子好逑，齐家小少爷年少气盛也能理解，只是这秀女可非平常女子。”

“是啊，这是会触犯圣上的，公子三思。”

其他几个人见丞相开了口，纷纷附和道。

妖月知道自己今晚会成为众所瞩目的焦点，便什么话也不说，笑盈盈地听着来自四面八方的评论。

“妖月的歌舞并不适合在皇宫表演，更何况，她还不是秀女。”齐子珂看都不看他们一眼。

“皇宫里正缺这样的奇女子，后宫之位正缺，皇上至今还没有子嗣，妖月这般女子也许就是最好的人选。”

正争论间，“铮……”一声悠扬的乐声从二楼的包厢传来，像是古琴的声音，仅一声便吸引了所有人的注意。

“嘭”妖月面前的红木桌突然破开来，墨玉棋子散落了一地。

“来人，有刺客!”大人们的贴身保镖破门而入，将评委们围在了中间，帷幕后的苒姬连忙让人把秀女们带去内间。

妖月向阁楼上望去，无名已经不在了，那琴声是谁发出的，棋盘又是谁击破的，即将要发生什么事?

第十三章　酒不醉人人自醉

包厢上传来阵阵悠扬的古琴声，曲调安详雅致，似幽兰静谧，姿态高洁。

“音攻！”人群中有个人喊出一声。惊讶的神色飞上众评委的脸上。

“难道是他？”

“他怎么会来。”

“……”

议论声纷纷，妖月对这么些人无语到极点，怎么这个时代的高官们一个个都跟街道的三姑六婆一副德行，出点小事就在下面唧唧歪歪，谁能告诉她，现在是什么状况啊？

琴声不断，评委们猜测到楼上的人的身份后渐渐平复了受惊的小心肝，优哉游哉地欣赏起音乐来了，琴声之中有如暗香浮动，令人心旷神怡悠然思远，若似身置空谷兰风之间，身心俱受洗涤，通体舒泰。

一曲毕，一个下人打扮的人出现在阁楼上，对众评委作福道：“我家王爷奉皇上之命暗中参与秀女评选，如有冒犯大人之处还请见谅。”

“音王在此，何不露面，躲在暗处若是被下人无意中弄伤了，臣等可是难逃其咎。”丞相语气里饱含着不满。

妖月挑了挑眉，看样子楼上那个音王来头不小，竟敢用这样的方式对待朝中有头有脸的人，这丞相也不是省油的灯，两虎相争必有一伤，看来得上演一场大戏了。

“选秀既已结束，大人们亦可退下，对于刚才的意外，本王也是一时兴起，本王在前厅设了宴，一来犒劳大人们，二来给大人们赔罪，不知丞相是否赏脸。”琴音未绝，一个清冷的声音从包厢里传出，几句话让丞相有气亦没处发。

“谢音王。”他们行完礼，一一向前厅走去，丞相轻哼了一声，亦甩袖离开。齐子珂望了妖月一眼，也跟着大家走出了大厅。

“我家王爷有请妖月姑娘上来一叙。”楼上一个家丁打扮的人见他们走远后，对妖月说道。

“苒姬这就带妖月去给音王请安。”苒姬脸上满是笑意，拉着妖月走上了阁楼。

这演的又是哪出？什么音王？妖月被苒姬拉着，完全搞不清状况，无意中望到无名站在大门外面，望向她的眼神中有怒意，还有一丝妖月无法看穿的神情。她知道她的表演会让他不悦，可是她又怎能顾得上那么多？

人有时总会自以为是地以为可以掌握命运，改变宿命，却忘记，自己只是沧海中小小的一粒粟，自己以为自己有多么强大时，也许上帝根本就记不起你是谁，一不小心，便被整个世界放逐，找不到回去的路，只能前行，至死不渝地前行，直到辗转轮回，你便又只能听从命运的安排被抛掷到另一个不属于你的世界，然后继续自以为是地去改变命运。

不过妖月是个顺从宿命的良好公民，虽然她也被上帝无情地抛弃，但她始终相信上帝迟早有一天能够想起她，只要她乖乖地顺着命运安排的那条路走，总有一天会找到回家的路。

“苒姬见过音王。”苒姬将妖月带到包厢里后作了个福，妖月也跟着作了福，“音王万福。”还好这个时代在朝堂之外的地方见大人物不用下跪，要不然就丢了现代人的脸了。妖月抬起头打量离自己不远处的那个人。

头发好长，发质看起来很好的样子，轻巧地束在脑后，脸略显苍白，眼睛低垂着看不见他的眸子，高挺的鼻梁，坚毅的唇线，瘦削的脸。最值得一提的是他的手指，此时正轻轻地撩拨着琴弦，十指纤细修长，好看极了。这楚国盛产帅哥吗，怎么才来了几天就看到这么多天王偶像级的帅哥。

他弹的古琴是那种袖珍型的，比一般的古琴颜色更深，体积更小，可以随身携带，刚刚好像听人说的什么音攻，难道棋盘是被他的琴声震碎的？

正暗自猜测着，那张脸抬了起来，对上妖月。他微微一笑，妖月立马愣住了，好温和的目光啊，像是一股春风扫过，心里所有的杂念都被一扫而尽，眼睛里只有他淡然而又温暖的神情……

“你叫什么名字？”他淡淡地问道，手指仍在无意地翻飞，乐声不断。

“柳芷烟。”妖月下意识地报出了自己的真实姓名，苒姬侧头望了一眼妖月，目光里带着些许复杂。妖月仍呆呆地望着那双眼，她当初取艺名就是不想暴露自己的真名，可是面对那双眼睛，她却什么谎话也说不出来，莫名的，如家人一般的信赖。

男子又是温和地一笑，“我叫熊毋康。”

“爷。”那个下人打扮的男人低呼了一声，虽然王爷在外从不掩饰自己的身份，可是直接这么连名带姓地报出来还是第一次。他不知道，他的主子此刻有着跟妖月一样的感觉，面对那双妩媚中带着纯真的眼睛，他无法说出一句谎言。

妖月一惊，她对这个名字有印象，好像历史书上写着他英年早逝，不知道这个早逝是有多早。

“两千两银子换芷烟姑娘一天的时间，够吗？”他手指按在了琴弦上，琴声在房檐上盘旋了一圈，然后慢慢地消失。

苒姬略略一惊，虽然为这数目惊措不已，但毕竟是点过万金的人，第一时间收起自己的惊讶，满脸带笑地说：“音王的到来让揽月阁蓬荜生辉，妖月能得到音王的垂幸可是她几辈子修来的福分，只是妖月现在的身份是预选秀女，这样怕是不妥。”

“朝廷那边若怪罪下来我自会担当。”他淡淡地说着。

妖月依旧沉浸在那双淡然澄澈的眼睛里，没有反应过来，音王望着妖月说：“而且，你又怎知这不是我的荣幸？”

这话让他身旁的下人还有苒姬都惊得张大了眼，妖月也被这话惊醒，他可是堂堂王爷，而她，只是一个身份卑微的预选秀女，这地球还在转否？

敢情自己一来就遇着个王爷级的人了。见过仲楚歌那样绝世的帅哥，熊毋康略显乏善可陈，但放到现代怎么也算得上国民帅哥级，也不辜负皇室里纯正的血脉。可是她这棵小白菜到底走的哪门子的狗屎运，在现代有个钻石级的徐凌，这儿居然出来个钻石级的王爷，她不是在做梦吧。

“你们先出去吧。”他淡淡地吩咐，不容苒姬再说拒绝的话。

“是。”苒姬皱了皱眉，既然音王话说到此地步，自己还有什么好说的呢，便随着她的随从退出了包厢。

妖月打量了一下四周，这是一个方便客人观看节目的小隔间，虽然小，但各设备可是一等一的好，门边有个透明的小窗户，看不出是什么材料做的，窗边有个小榻，客人可以卧在上面休息，茶桌上放置了水果糕点，书桌棋盘什么的也一一具备。

熊毋康见妖月把关注自己的目光移到了周遭环境上，不禁笑了笑，这个女子心里当真是坦荡荡毫无城府，但从她刚才的表现来看，却又是机智聪慧的，容貌虽算不上顶尖，但其流露的气质却让人想抛下一切来与她相处。

“姑娘刚刚唱的歌可真是别致。”他轻声开口道，企图拉回她的注意力。

妖月转过了头，又陷入了他温柔的眼神中，“承蒙王爷厚爱。”跟这个人在一起，好像什么都变得安静了，可眼神却不受控制地瞟向楼下的门外，那抹青色的影子还立在那儿，她不由得心一紧，“王爷若是喜欢，芷烟还有一首歌相送。”

“哦？那本王便洗耳恭听了。”

妖月淡淡地一笑，朱唇微启，心里的声音便倾盘而出：“繁华声 遁入空门 折煞了世人，梦偏冷 辗转一生 情债又几本，如你默认 生死枯等，枯等一圈 又一圈的年轮……”

抬眸间，那人已转过身。

“听青春 迎来笑声 羡煞许多人，那史册 温柔不肯 下笔都太狠，烟花易冷 人事易分，而你在问 我是否还认真……”

妖月重复第二遍的时候音王竟然勾起了琴弦，如同点点兰芷在山间岩上摇曳生姿，无论秋风飒飒，冰霜层层，犹自气质高雅，风骨傲然。一歌一曲，搭配得如此和谐，小隔间的门亦挡不住美妙音乐的流转，忧伤而婉转的旋律透过包厢飞过大厅，飞出揽月阁，醉了相思人的情……

“雨纷纷 旧故里草木深，我听闻 你仍守着孤城，城郊牧笛声 落在那座野村，缘分落地生根是我们……”

琴音渐缓渐细，几乎不可闻，化作一丝幽咽，却暗自绵绵不绝。琴瑟相和，妖月朱唇轻启之际想的只是唱出心里的声音，却没料到这便是自己心底的声音，再瞟向门外时，青色的影子已经消失不见，那一瞬间竟有流泪的冲动。

“千年后 累世情深 还有谁在等 而青史 岂能不真 魏书洛阳城 如你在跟前世过门 跟着红尘 跟随我 浪迹一生”，如果这是自己心底的声音，那么不顾一切地跨过这时空之门，是否只是为了寻找那一刻心灵的悸动。

无名揽着她逃离杀手的刺杀，她听着他的心跳那一瞬间，竟以为他就是自己一直苦苦等待追寻的人，竟有了厮守一生的冲动，可是那股冲动过后，回到现实，曾经自以为是的情感又显得那么可笑、廉价，她甩掉他的手，一字一句地告诉他，她不会跟他走，即使他脸上露出受伤的神情，她还是别开了眼。

仅仅是为了活命吗？不，她本不属于这个时空，徐凌费尽千辛万苦将她送到这里来，是为了让她找回失踪的哥哥，她还要跟哥哥一起回21世纪去，她还要实现自己对徐凌的承诺，怎么可以因为自己的幸福就自私地抛下本该属于自己的使命与责任呢？她曾经不也对其他男生有过那样的心动吗？只是因为他英雄般地救了她，只是因为他在那个时候出现在她的生命中，仅此而已，她试图说服自己，她一遍遍地告诉自己，不可以！

烟花易冷，她只能选择放弃。

她望着面前对自己微笑的男子，心里的波动瞬间被抚平，也许，他才能给自己想要的安宁，如果是他要带自己走，她又会如何抉择？

她不知。

琴音慢慢低下来，低到不能再低时妖月口中的曲子也接近了尾声，琴韵悄然而起，翩翩如舞，仿佛历经风霜，兰苞绽放，曲调极尽精妙，无言之处自生缕缕幽情，高洁清雅。妖月收起最后一个音节。

一曲终了，余韵绕梁，室内静静无声，两人似乎都沉浸在这琴中，回味无穷。她只是想要静静地享受这难得的心安，他带给她的是无以名状的心安，什么都不重要了，只想时间在这一刻静止，只想，醉……

妖月不知，然而睿智如斯的熊毋康岂能不知，他亦有着同样无以名状的悸动，妖月的心他感同身受，然而两人虽近在咫尺，却依旧感觉隔了太远太远，他清楚地明白，她的心已经被人拿走，“这首歌怕是别有主人吧。”他依旧波澜不惊，不顾妖月眼底的惊异，自顾自地说：“为何离你这么近，却又感觉那么远？”

妖月望着他明亮的眸，他的眼眸不似无名的深邃，无名的像是一潭封闭的湖水，不给任何人窥探的机会，眼前这个温润如玉的男子却对她敞开了心门，可是她还是望不到边，因为他们俩不仅仅是初次相遇的疏离感，不仅仅是身份权势的距离，他们隔的，还有一个时空，还有一个几千年的宿命。只是那又如何，今宵有酒今宵醉，所有的世俗伦理便留到日后去烦恼，此刻，便尽情地醉罢。

“喝一盏如何？”她扬起唇角，并不回答他的问题。

“也好。”他也不强问，淡淡牵了牵嘴角，“或许有一天，我能让你真心为我而唱。”

她避开他的眼眸，让下人搬来了上好的女儿红。熊毋康难得放纵自己，将古琴搁置一边，四目相对间，竟能不言语便知其意，那是怎样一番默契。

而阁楼的门外，那妖艳而冷酷的男子听了此番乐声便黯然地退场，玉仍然在胸口发着微热，然而眼里却有止不住的失落流出。

揽月阁的那一天，是三个人醉了心的日子。

那天是妖月来到这个时空第一次喝醉，也是第一次笑得如此张牙舞爪，只是笑着笑着眼泪就不知不觉地流了下来，嘴里哼着破碎的句子“如你默认 生死枯等 痛直奔 一盏残灯 倾塌的山门 我听闻 你仍守着孤城 石板上回荡的是 再等……”等吗，等了这么多年，是不是到尽头了呢，可是曲调为何如此，凄凉……

是喝醉了的后遗症吧，喝的时候没多大感觉，喝了三杯不到整个人就晕晕乎乎的了，妖月的酒品让人鄙视，到了大半夜猛地爬起狂吐了一番，吐完后又晕晕乎乎地睡了过去，只是苦了小兰那丫头，一个晚上都战战兢兢地守着她家小姐，有人一夜未眠，有人一夜醉梦，还有人，独自买醉，独自伤神。

第十四章　生死寂寥为楚歌

头好痛……

是在晕乎其乎以及强烈的头疼中醒来的，小兰顶着个大大的熊猫眼端来了洗漱水，妖月洗了把脸后终于清醒了一点，她开口的第一句话就是，“熊毋康呢?”

“音王在小姐喝醉后就回府了。”小兰边清理桌子边答道，小姐才来不多久居然就能跟大名鼎鼎的音王把酒言欢，真是太让人崇拜了。

妖月心里有小小的失落，“原来早就走了呀。”为他的正人君子行为而欣慰，却又带着点点的失落。哎呀，怎么了，人家不就是对你温柔了点，就这么失心啦，不行不行啊，还得去找哥哥，还得回现代的，心要是遗失在这里了，就真的再也找不回了。

妖月敲了敲头，在现代时还挺能喝的，啤酒连吹几瓶脸都不会红一点，怎知这古代的酒的酒精度那么高，才几杯下肚就不省人事了。

“我昨晚有没有失态?”她像个陷入初恋的小女孩一样，在乎自己的一言一行，虽然心知这是个危险的征兆，可就是抵不住那一丝甜蜜的诱惑。

“小姐……”小兰闻言回过头来，欲言又止，脸上露出为难的表情。

妖月看着小兰那扭捏的表情立刻明白了过来，完了完了，自己以前喝醉了酒都会发酒疯，这次绝对也不会安安静静的，第一次见面就把人家给吓着了，柳芷烟，你就一悲剧!

妖月正暗自神伤，苒姬走了进来，眼神复杂地看着妖月，这个来历不明的女子对于她来说实在是谜，总坛主让她与音王相遇又是何意，纵是不愿去管职责之外的事，但她心里就是有股莫名的不安，而这股不安均是眼前这个看似胸无城府的女子给的。

“你昨晚的表现很好，这是你应得的银两。”苒姬递过一张银票。

妖月极力压抑着心里的激动，接过那张银票，恨不得将它送到嘴边亲，这可是自己来到古代赚的第一笔银子啊，她毫不顾忌地去找银票上的数字，就像她整天抱着存折看一样，可是那数字瞬间熄灭了她所有的激情。一后面竟然只有两个零！她真想站起来叉着腰问昨晚音王给的那两千两去哪儿了。

这缩水也缩得太厉害了吧，可是她怕下一秒她就被揽月阁那些个凶神恶煞的打手拖去黑屋子，电视里不都这么演的吗，对于不听话的丫头，皮鞭，木棍，火烙，五马分尸……想想就一身冷汗了，她现在可是到了被剥削阶级剥削了的万恶的旧社会！

"你跟楚歌是怎么认识的?"苒姬像没看见妖月脸上瞬间变了几变的神情一般，仍然像往常一样淡然地问话。

"楚歌?"妖月将自己的眼睛从银票上移出，"什么楚歌?"

苒姬挑了挑眉，跟自己装傻？她若不认识楚歌，他为什么会一改平时冷淡的性子，一而再、再而三地为她做出些出乎人意料的事?

"仲楚歌。"她加重了语气。

"你该不会说无名吧?"她这几天认识的人也就那么几个，唯一不知道名字的也就是无名了。

"无名?"

"是啊，就是那个长得很好看，但是又冷到不行的男人。"想到那张脸她不禁微微惆怅，自己昨晚那首歌是唱给他的，既然歌唱完了，便证明再也不愿有一丝瓜葛。

"你不知道他的名字?"苒姬紧紧盯着妖月的眼睛，那丫头看起来不像撒谎的样子，那这，到底是怎么一回事。

"我问了他他就是不说，我们也不算认识，一面之缘罢了，我救了他他又救了我，就这样。"

"不认识甚好。"苒姬微微舒了心，"希望姑娘以后不要再去招惹他，"

"听说仲楚歌是丞相的义子，妖月又怎敢去招惹他自找麻烦呢?"昨晚与熊毋康的攀谈中，她装作无意地提起无名，才知道那个有着绝美容貌的男子是当朝丞相不久前认的义子，那么，他们之间的距离就更加远了吧。

苒姬脸色变了变，楚歌并不是一个在乎权贵的人，他若是想要荣华富贵，很久以前便可得到比这更高的荣誉，想必这个时候选择从暗处站到明处是有他自己的理由。"很多事并不如你表面看到的那样，楚歌，他自有他无法言语的苦楚。”

妖月叹了口气，她自然知道仲楚歌不是一个简单的人物，只是每个人心里都有无法言语的苦楚，仲楚歌是，她柳芷烟也是，她躲避他的原因并不仅仅因为她的身份她的使命，还怕双方的沉重碰触后是更多的沉重。

她从来都不是一个爱管闲事的人，发生的这些事已经够让她头痛了，她没有多余的精力分去同情别人。柳芷烟虽然外表看起来没头没脑的，但做每一件事之前都会考虑清楚这值不值得做，会给自己带来多少的利益，说到底，她骨子里是生性凉薄的。

“苒妈妈何以如此关心仲楚歌，你们很熟吗？”

苒姬笑了笑，“我为楚歌而活。”

一句话说得风轻云淡，仿佛在陈述人要吃饭的事实一般，却惊起了妖月的每一个细胞，她从来都不觉得世界上有谁是为了谁而生而活的，每个人都是宇宙中独立的个体，缺了谁地球都会照样转，可是苒姬的认真依旧震撼了妖月，说苒姬是楚歌的女友年龄似乎偏大了许多，说是他娘更不现实，难不成他还是一个被包养的小白脸？

她不愿再纠结这个问题，一副事不关己的样子扯开了话题，“我这次能成功进宫吗？”

“丞相等人对姑娘格外满意，昨天姑娘又得到音王的特别召见，如果不出意外的话应该成了。”妖月听了这话后心里乐开了花，看看，姐姐我两支歌舞就拯救了自己一条小命，还没来得及笑出来，苒姬又开口道，“不过……”一声不过浇灭了妖月心底刚升起的希望的火苗。

“不过什么？”

“姑娘身上的毒苒姬暂时无法为你解，你到宫里后我们安排的人会给你任务，若是完成了，解药跟好处自然少不了你的。”

好处，妖月在心底冷笑了一声，什么好处？银子还是权势？这些她都不稀罕，她想要的只是留着这条命罢了。

“苒妈妈若没事的话请出去吧，我要再休息会儿，昨晚醉了酒，到现在头还晕着。”她冷冷地下了逐客令，这个女人对自己始终没安好心，即使是受他人的唆使，但她毕竟是对自己造成直接伤害的人，害得自己好端端就被卷进了一场不明的阴谋里，妖月不想再多看她一眼。

“你便休息罢。”苒姬也没多说什么，起身便走，只要她听话，不伤害到楚歌，其他的她也没有心思去管。

“小姐。”送走了苒姬，小兰见小姐手撑着额头坐在桌边，不禁担忧地叫了一声。

“我没事。”妖月对着小兰淡淡地一笑，这个时空自己最亲近的人就是小兰了，真正在乎自己的也只有小兰而已。

“小姐昨晚可出尽风头了，竟然让打败天下无敌手的齐家少爷对你低了头！还吸引了音王，你知道吗，音王买下你一天所花的银子比当年的云霓姑娘还要高出好多呢，小姐，你真神奇。”小兰激动地说。

妖月淡淡地笑着，云霓在大家心中是美的化身，自己又怎么能与她相比，她不过是利用了这个时空没有的东西吸引了人而已，像齐少爷说的，哗众取宠，不过她也只能这样做，在一个不属于自己的时空，要求自保只能使出浑身解数。

“而且音王一出场还用了他的独门绝技音攻，小兰托小姐的福终于看见传说中的音攻了，真是名不虚传。”小兰一脸崇拜地说着。

昨天那桌子突然就垮了，好像被什么无形的利器给割断了似的，难道是熊毋康的琴声所致？琴声都能杀人，这个陌生的时空真是太可怕了。

第十五章　多情总被无情恼

接下来的日子过得索然无味，因为做出最后结果需要各评委们慎重讨论，而各大人们又是日理万机型的，离秀女进宫的日子还有很久，结果也不急着出来，便干脆将她们晾在了一边，妖月倒觉得无所谓，晚进宫对她也好，毕竟自己对这个时空不知道的东西太多，跑进宫去做奸细，一个不小心可是会掉脑袋的，她得趁着这段时间收集一些有利于自己活下去的情报。

熊毋康自从那天离开揽月阁后便没有出现过，只是偶尔让人送些小礼物来。妖月在揽月阁过起了猪一般的日子，却没有学会猪的快乐，因为苒姬说秀女进宫之前不宜轻易外出露面，她身体力行了解楚国的计划便胎死腹中。汀竹偶尔会过来跟她交流音乐，其他的时间就只能跟小兰聊天，在与小兰的交谈中，妖月又了解到不少有关楚国的事。

熊毋康是楚国年龄最大的皇子，按照历来的君王世袭制，太子之位本该属于熊毋康的，然而熊毋康的母妃因为后宫之争被打入冷宫，加上熊毋康自小体弱多病，成日卧病在榻，很不受先帝的喜爱，因此先帝早年便废除了熊毋康太子的封号。

好在熊毋康是个生性淡然的人，只一心研究自己喜爱的古琴。先帝驾崩后越章王楚执疵执政，熊毋康被封为句亶王。大家只知道熊毋康精通音律，直到几年前跟随执疵外出打猎，在千钧一发之际用音攻杀死了差点危害皇上性命的豹子，他的名声才传遍整个楚国，原为句亶王的他此后被更多人叫为音王。

楚国人喜音乐，擅音乐，皇宫里还设置了乐宫，并有世袭“伶人”一职，楚国乐器种类齐全，有钟、磬、鼓、瑟、竽、笔、排箫等，但是会音攻的人却少之又少。

楚熊绎在世时曾出现过不少的音攻天才，音攻需要极高的天赋与平和的心境，楚国因过于重视音攻，反而让学习音律的人心中蒙上了利益的尘埃，境界无法达到，会音攻的便渐渐稀少，到了楚熊渠那一代，音攻已经完全決然于楚国，就在大家将要忘记音攻之术时，熊毋康的音攻禀赋让楚国的人再次看到了希望。

楚国的四大传奇除了“棋”还有“琴”“书”“画”，“琴”指的自然是楚国唯一会音攻的音王熊毋康。

“书”“画”是一对金童玉女，男为书，名叫青枫，女为画，名为叶赤，据说青枫叶赤二人为青梅竹马，青枫自小擅长作诗词，字也写得如行云流水，超凡脱俗。叶赤擅长作画，画作得秀美无双。最令人惊叹的是她作画的方式，她不但能用手画出惟妙惟肖的画来，还能以足蘸墨作画，令人叹为观止。

青枫叶赤二人自小惺惺相惜，不过双方家人却极力阻止二人的交往，理由是叶赤的年龄比青枫大一岁。青枫叶赤二人为了爱情公然挑衅世俗的束缚，叶赤更是为了与青枫在一起抛却了万贯家财而选择私奔，妖月来之前他们已经携手云游四海去了。

“只羡鸳鸯不羡仙。”妖月在心底钦佩着他们的爱情。

“现在小姐定然也成为楚国的另一传奇啦，要不是‘书’‘画’二人云游四海去了，小姐还能与他二人交上朋友。”小兰喜笑颜开地说着。

“琴棋书画都被他们占完了，那我该叫什么呢？”妖月笑着逗小兰。

“小姐是歌舞双绝，大家都说揽月阁的妖月姑娘美貌绝伦，曲艺无双，现在外面的人都称小姐为揽月妖姬呢！”小兰欢快地回答。

“好一个揽月妖姬。”一个冰冷的声音在屏风后响起。

妖月收了笑意，抬头望去。

“公子。”小兰对着仲楚歌福了福身，从小姐来揽月阁后，苒妈妈就交代自己一切听从眼前这个男人。

“你出去。”仲楚歌看都不看小兰一眼，冷冷地发出命令。

“是。”小兰担忧地望了妖月一眼，退了出去。

仲楚歌带着丝丝挑衅的笑意走到妖月的面前，用手轻轻勾起她的下巴，“揽月妖姬？想不到我仲楚歌给揽月阁送来了一名令世人神魂颠倒的尤物。”

他的轻浮动作让她心酸，她一把拍去了他的手，冷言道：“没什么事的话请你出去，见揽月妖姬的面是需要银子的。”她才不稀罕什么揽月妖姬，她只是为了找哥哥才来到这个时空，不是来当什么秀女，更不是来当别人的棋子的！亏她还曾把一颗心放在他的身上，岂料这一切的痛苦都是他带来的，那么，也该收回自己的心了！

“银子?”仲楚歌冷哼了一声。“你可知，这揽月阁的所有一切都是谁的?”

追命坛的组织遍布整个楚国，揽月阁只是他掌管的势力范围中一个小小的情报站。

妖月想起刚刚小兰对他的恭敬模样，还有苒姬对他唯唯诺诺的模样，难道他才是背后的大财主?

她心生恨意，早知道当初就不该救他，让他淹死在河里好了。恨恨地咬着牙齿，挑衅地说道：“那又怎样，我是即将入宫伺候皇上的秀女，就算揽月阁是你的，你也没有资格动我。”

不知道为什么，她就是想要让他难过一下，她原本以为他对自己也有情，现在看来自己竟只是他手中的一颗棋子，她气，凭什么所有的难过都该她一个人承受?

“你以为我不敢动你?”他唇角的那抹笑显得那么刺眼，似乎是调笑，似乎是不屑，又似乎是，愤怒。

“你要做什么?”她往床角缩了缩。

“你不是喜欢勾引男人吗，你不是想要惹火吗，我便让你如愿。”怒火在他眼里燃烧着，她却如置身于冰天雪地，身体止不住发抖。

“不要！”她低低地哀求着，她喜欢他是真的，也曾想过跟他在一起，可是现在是怎样的状况，他准备要了她?而且是以强暴的方式?那么她算什么，她曾经给出的真心又算什么?!

他却听不进她的哀求，蛮横地捏住她的下巴，将她压在身下，他的舌伸到她的嘴里，一丝淡淡的清凉滑入她的喉咙，转瞬即逝。

阵阵温热的鼻息窜进她的衣襟内，她不由得浑身一颤，她承认，那张足以魅惑众生的脸对她有很大的吸引力，可是她怎么能对这样一个人妥协呢?不行，她必须在身体发生反应前阻止他，她不能就这么被他毁了自己的清白，她还要进宫，还要拿到解药，她不能让自己所有的努力付之一炬。

她奋力地挣扎却无济于事，那个男人如同一座大山一样压在她身上，疯狂地吻着她的眼，她的唇。她的手去推他，却被他一把抓住，她被他翻转过身压在床榻上，她根本动弹不得，一声衣物被撕裂的声音传入她的耳膜，她绝望地一怔，可是身上的男人却停止了动作。

她迅速地转过身来，只见仲楚歌正看着她裸露的后背，眼里有一丝惊讶之色，她用衣物挡住自己的身体，看着他近在咫尺的肩膀，用尽全力咬了上去，仲楚歌吃痛地抬起头来，满脸怒意地望着她，她满是泪水的眼让他心里一动。

她眼里满满的绝望与愤怒刺痛了他。

她抽出手来一巴掌扇在他的脸上，“你个杀人狂，变态狂，我恨你!”泪水随着她的嘶吼涌出。

他的脸被扇向一边，怔了半晌后才翻身下床，背对着她站在床沿边。她躲到了床的最里面，将头埋在膝盖里，泪水无声地滑落。

她以为只要自己努力就可以改变被随意玩弄的命运，可刚刚他的粗暴却提醒了她，自己是那么地渺小，脆弱无助的她根本没有丝毫的力量与这个她不熟知的世界抗衡。

“我放你走。”他背对着妖月丢出冷冷的话语，“既然你畏惧我，我放你一个人走。”

“真的?”

他认真地点了点头。

“那我什么时候可以走?”

“随时。”他望着她迫不及待想要离开的眼神，心略略一疼，暗自抚上胸口处微微发热的玉。

“哈哈。”她笑了起来，“你当我傻瓜吗，仲楚歌，你一定要如此羞辱我吗，揽月阁既然是你的，那么你一定知道我身上的毒别人是没有解药的，你现在让我走，等毒发时又要我跪着回来求你吗，你有什么资格这样对我?!”她咬着嘴唇，将即将涌出的泪水硬生生逼回了眼里，不能哭，这个男人再不值得她为他流泪。

他望着她，她的话让他心里无比难受，沉默了许久开口道：“你身上的毒已经解了。”

“什么?”她不可置信地望着他，这些天她一直跟小兰在一起，苒姬即使来看她也从未给过她什么解药，甚至昨天还毒发过一次。

“我刚刚已经给你喂了解药。”

她抚上了自己的嘴唇，想起他撬开自己嘴巴时有一丝清凉的液体流入她的嘴里，起初还没在意，现在想来……难道是她误会了他？

“仲楚歌……”

“现在就走，趁我还没改变决定之前。”他转过了身，不再看她。

她不再迟疑，迅速地擦干了泪水，唤进了小兰，“帮我收拾我的东西，我马上就走。”

小兰见她满脸的泪痕还有被撕破的衣襟，便什么都明白了，心里纵是不舍，还是以最快的速度将小姐需要的东西打包好，这样一个是非之地，能早日逃离就早日逃离，只是以后又只剩下自己一人，小兰想着想着不禁落了泪，但很快就擦去了眼角的泪水，她该为小姐高兴才是。

妖月也没闲着，赤着脚跑到衣柜处，准备拿出自己的婚纱和高跟鞋，手碰到柜子的那一刻泪水又不受控制地流了下来，最终还是没有打开柜门。

临走时看着他始终沉默地站着，她说：“你以后不要再凶苒姬了，她是真的对你好。”

他依旧嘴唇紧闭，一言不发。

该说的她已经说了，算是还了苒姬这些日子来还算比较照顾她的情。

看着妖月收拾好包袱头也不回地离开，仲楚歌脸上的落寞越来越深，那消逝的背影竟让他有追上去的冲动。

他强迫自己转过头来，却看见小兰在一旁不停地流泪，许是舍不得她吧，他突然有点羡慕那个小丫鬟，起码她可以光明正大地为她的离开哭泣，而他却连难过的理由也找不到。

“就这么让她走掉，总坛主那里怕是不好交代。”苒姬不知何时出现在他的身后，他脸上的落寞被她尽收眼底。

“总坛主那边我自有交代。”他冷冷地回答，看着苒姬眉头紧蹙的脸，突然想起了妖月临走时留给他的话，“你以后不要再凶苒姬了，她是真的对你好。”脚步略有停顿，终是头也不回地离开，这个世界，有谁会真的对谁好，即使有，他也不需要。

翌日，一个光线黑沉的山洞里，苒姬恭敬地低着头站立在角落处。山洞经过人工雕琢过，空间不是很宽敞，但是桌椅俱全，一个黑袍披肩的中年男子背对着苒姬而立，山洞顶上一小束光线落下，中年男子暗沉的发丝在光束中飘摇着。

“你是说，楚歌私自给她解了毒，并且放走了她？”低沉却略显怪异的声音从黑衣人的腹部传来，黑衣人用腹音掩盖了原本的声音。苒姬对这怪异的声音显然习以为常，但眉毛还是不自觉地微微皱起，从声音的力度听来，他的内功更加深厚了。

“是。”她面无表情地回答。

“为什么？”

“属下不知。”

黑衣人似是对这个回答不满，沉默了片刻才说道：“音王的态度如何？”

“音王前些日子有让送些小物品来，近日却未有什么动静，只是会时常拿出坛主要属下送去的画细细端详。”

“很好。”黑衣人转过了身，光束洒在他狰狞的面具上，让人触目惊心，“给我好好看着楚歌，有什么异样第一时间跟我汇报，若是出了什么事，你们两个都活不了。”

“是。”

第十六章　路见不平拔刀相助

妖月背着几个包袱在丹阳城内漫无目的地走了几天，不知该到哪里去，再一次拉了拉背后的大包袱，心里又骂开了，这个时空连包包都没有，居然直接用块布把东西包起来就可以了，临时取东西多不方便啊。

她找了个客栈将包袱放好后，开始思索接下来的路要怎样走。从哥哥莫名其妙失踪后她的生活就再也没有安定过，徐凌说会帮她，可是竟然在婚礼当天将她送到了几千年前的楚国，哥哥到底是不是跟自己一样来到了这个地方？如果是，要怎样才能找到他，要怎样才能回去？

如果一直都找不到他，一直都回不去，该怎么办？如此陌生的世界，只有她孤零零一个人，没有人可以相信，更没有人可以依靠，面对这样天翻地覆的变化，就像天地突然全部陷入无止尽的黑洞中一般，没有一丝光线，没有半声轻响，死寂骇人。

这里不属于她，她也不属于这里，可是却没有丝毫办法，只因找不到回去的路。心底的悲伤泉涌而上，以灭顶的姿态淹没了她，随之而来的是几近绝望的孤独。

她望着手中的戒指，就是这枚戒指将自己带到这里来的，它时而会发出微弱的光芒，大多数的时候却是像现在一样，只是一颗色彩缤纷的石子，说是它将自己从21世纪带到这里来的，又有谁会相信？她无法再骗自己这只是一场梦，这些天发生的一切都是那么地真实，在这个不属于自己的时空，走每一步都必须小心谨慎。

“唉……”她心烦极了，望向窗外，街道别有一番风味，丹阳城很繁华，大街上人来人往的，虽然各种各样的东西大多是铺陈在街道两边简陋的临时桌面上，但却品种繁多，日常所需都能在街道上找到。没有装潢华丽的店面，没有修饰瑰丽的橱窗，却也多了一番自然淳朴的风味，少了一分世俗与庸扰。

午后的阳光很可人，斜斜地落在茶楼的桌面上，捧着一杯热茶，望着大街上身着绫罗裳的女子与长袍的男子，恍然若梦，在过去的二十几年生活中从来都不会想到会有这样一天吧。

暖阳轻柔地落在妖月脸上，她微微闭上了双眼，刚刚摆脱了揽月阁的束缚，妖月暂时把所有的愁绪都抛到了一边，这么久来心情一直处于高度紧张状态，好不容易在这么个舒适安逸的环境下好好放松心情，此刻，什么也不愿去想。

“家里就这么些钱了你还拿去赌，我和孩子还要不要活了?”一个撕心裂肺的哭声打破了平静，妖月不满地睁开眼，只见楼下的街道上已经围满了人，一对中年男女在争夺着什么东西，男子恼羞成怒地将女人推倒在地，凶狠地骂着:“臭婊子，你是个什么东西，老子拿点钱用你也有这么多话讲，你是不是要吃吃老子的拳头，啊?”

女人满脸是泪，头发凌乱不堪，却不依不饶地拉住男人的衣袖，“那是我辛苦给人做工赚来的，我和娃多久没吃过饱饭了你知道吗，家里的钱都被你赌光了你还不甘心吗?”

“你是老子的人，你的钱就是老子的钱，老子拿钱去做什么还要跟你说吗，你给我生了个赔钱货还好意思跟我讨吃的，你给我去死!”男人说完狠狠地踢了女人一脚。

那么多围观的人，竟没有一个人上前阻止的，妖月紧握着手中的茶杯，原来不管是哪个时空的古代，女人的地位都是这么的低。她想要走下楼去阻止男人的暴行，理智却告诉自己这一切与自己无关不要多管闲事。

“啊，你个臭丫头，连你也反了，我打死你!”一个十二岁左右的小女孩冲进人群里抱起男人的手狠狠地咬下，男人吃痛地将她甩开，又是一阵拳打脚踢。

妖月再也看不下去，三步并作两步地冲了下去，“住手!”她怒喝道。挤进人群里，将痛得在地上打滚的小女孩抱在怀里，怒瞪着男人，“她可是你的女儿啊，你还有没有人性?”

男人望着突然走出来的妖月愣了几秒，然后指着女人和孩子骂道:“就你们两个贱货还想管老子用钱，贱人生了个赔钱货!”

“什么贱人，什么赔钱货，没有女人你能站在这里嚣张吗?你忘了你是从女人的肚子里爬出来的，女人若是贱货，你岂不是贱货所生?女人怎么了，女人就活该被打被骂吗，女人为男人生儿育女就是给你们肆意发泄的?”妖月听着他的粗口气愤极了。

旁边传来一阵唏嘘声，这等言论可从没有人敢说啊，妖月可是第一个为女人平反的人。旁边陆续传来几声抽泣声，想来是一些在家里地位低下的女子听了此等言论心酸不已。

众人开始指责男子，男子望着周围的指指点点脸涨得通红，突然朝着妖月捋起了袖子：“你个死贱人，竟敢教训起我了，老子连你一块儿打!”眼看拳头就要落在妖月的身上，突然男子吃痛地收回了手臂，然后一颗墨玉棋子落在地上，“啪”又是一声棋子打在男人的脸上，棋子接连不断地打在男子身上，“啊!”他慌乱地以手遮面，狼狈不堪。

“谁给了你这胆子让你当街打人的?”一个冰冷中带点稚气的声音响起。妖月回过头去，一个一身银色锦衣，表情酷酷的少年从茶楼里走出，身后跟着几个随从。少年手上捏着一颗墨玉棋子，在手指间玩转着，“棋子的味道可好?”

男子看清了来人的模样，“扑通”一声跪倒在少年面前，“奴才惊扰了少爷，请少爷恕罪。”他头也不敢抬地跪在地上，刚刚凶神恶煞的样子全无。妖月心想此人必是齐家的家仆，刚刚还凶神恶煞，在主子面前就卑躬屈膝的，万恶的封建社会。

“恕罪?”少年轻哼一声，“你得问问妖月姑娘肯不肯原谅你了。”

他望向妖月，原以为她会被送进宫当秀女，谁知秀女名单公布时里面竟然没有她的名字，他以为她换了名字，将入选的秀女一一看了个遍都没看到她，这才放下心来，这些天一直在寻找她，刚刚得到消息说她在这里出现，于是立马赶了过来，没想到还能顺便帮她一把。

妖月却不领情地丢了个大大的白眼给他，自己那天表演可是化了很浓的妆的，还有那服饰也跟现在的衣服差别极大，照理说应该不会被人认出才是，一路上有听到不少人谈论揽月妖姬，可就是没有人望她一眼，正乐着，这会儿竟然被齐子珂给揭穿了身份，她气……

“齐少爷财大气粗，您爱怎么处置就怎么处置，怎轮得到妖月原不原谅?”她没好气地回答。

众人听说眼前这女子就是赫赫有名的揽月妖姬，纷纷挤上前来，妖月觉得自己就跟动物园的猴子一样，不禁又狠狠地瞪了齐子珂一眼。

齐子珂看到妖月不停地丢给他卫生球，再看众人的反应，这才意识到自己是聪明反被聪明误了。

“我……”向来伶牙俐齿的齐子珂再一次被某无良女弄得支支吾吾半天说不出一句话来。

“起来吧，这事本也不是我该管的，希望你以后不要再打老婆孩子了。”妖月给了彼此一个台阶下。

“谢妖月姑娘，谢妖月姑娘。”男人跪在妖月面前不停地磕头，吓得妖月跳开了一步，转头看到小女孩挂着泪水的脸上满是崇拜，跟着妈妈离开时还一步三回头地看着他们。

众人都散开后妖月一脸奸相地对齐子珂说：“一起吃个饭吧。”

柳芷烟同志，就这么在离开揽月阁的第 N 天充当了一次美女英雄的角色，还华丽丽地骗了一顿丰盛的晚餐。

“谢谢你拔刀相助啦。”妖月举着酒杯道。

“那本是我家家奴，平日就听说他好赌爱打人，今天刚好碰到，顺便惩戒一下罢了。”

“那你该谢我呀。”妖月笑嘻嘻地说着。

少年不可思议地望了妖月一眼，见妖月正肆无忌惮地看着他，下意识低下了头，避开了她的目光。

“哈哈，你有事没事老红脸干吗?”

“我，我哪有?”

“你是不是暗恋我?”妖月得寸进尺地说着。

“不是，我怎么会暗恋一个来历不明的女子!”齐子珂慌张地狡辩道。

妖月脸上的笑瞬间凝固，来历不明的女子……

齐子珂见妖月的脸色变了，急忙解释道：“我不是那个意思。”

妖月将酒杯送到嘴角边，抿了一口酒，本以为自己不会介意，可是那话从齐子珂口中说出还是觉得那么刺耳，其实他说得也没错，自己本就是来历不明，在这个时空，这个国家也没有她的立足之地，她何尝不想要个坦荡荡的身份，只是一切都弄错了，弄错了，便再也回不去。

她抬头，嘴角扯出一丝笑意，“没关系，反正以后我会离开，你们怎么想我都无所谓。”

“你要去哪儿?”齐子珂紧张地问道。

去哪儿？楚国有多大她都不知道，况且还有其他的国家，她是要找哥哥，可是从何找起呢？

“如果你没有地方可去，可以住进齐府。”美少年艰难地说完这句话，酷酷的脸上泛着红晕。妖月轻笑了一声，这个小孩，还真的是纯情啊，“好啊，以后没人要的时候我就去找你，可好？”

齐子珂又低下了头，抓起筷子，酷酷地说：“吃饭。”

“好，吃饭。”妖月拿起筷子，将一个鸡腿夹进齐子珂的碗里。

“我才不吃鸡腿。”他又放进妖月的碗里。

“小孩子吃鸡腿长得高。”

“我已经很高了，还有，我可不是小孩子。”

“哈哈。”看着齐子珂漂亮的脸在她的调戏下染上红晕，妖月开心地笑了，原来这个时空也能找到一个让自己毫无顾忌地笑的人，很有亲人的感觉呢。

第十七章　夜遇叱咤双蛇

夜微凉，清明的天色微微隐没在渐暗的天边。桃花心木的小窗，竹帘半卷，透过木窗送进丝丝凉风，妖月站在客栈的窗边，呼吸着还未被工业化生产污染的空气，这是一个陌生的时空，远离了霓虹灯与车水马龙，已是春末，点点星辰铺洒在夜空这张天然的画布上，银河横跨了整个夜空，却不见牛郎织女。

新月如痕，无限清远，四周静谧如深沉的梦境，一阵风吹过，带来一阵桂花香，仿佛能听到朵朵桂花在夜色深处悄然绽放。妖月贪婪地吸了吸，沉迷在花香里，没看见两道黑影闪进窗内。

“你看她多享受我们带来的香味啊。”一个妖媚的声音在妖月身后响起。

妖月惊措地回头，只见房内不知何时已经站着一男一女，男的一身黑衣，脸上蒙着一块黑布，左眼不知被什么东西抹了一个熊猫眼似的黑圈圈，此刻正斜斜地靠在桌子上，饶有兴趣地望着一脸惊讶的妖月。女的一身青衣，脸上蒙着一块青色的纱布，生得腰细腿长，风情万种，长睫深目眉眼带笑，柔若无骨的身体靠在黑衣男子身上，媚色灵动，带尽妖娆的眼角用青色的眼影勾勒出长长的线条，妩媚至极，脸上有盈盈的笑意。

“你们是什么人?”妖月警惕退了两步，身体无力，这才意识到刚刚那香味不是一般的花香。

青衣女子嘴角的笑意更深了，扭头望着黑衣男子，“黑蛇，你说要不要告诉她我们是江湖上无所不偷的叱咤双蛇啊。”

黑衣男子对上青衣女子的眼神，轻轻地一笑，“也好，不然别人被偷得也不甘心啊。”

“你们是小偷?”妖月从他们的对话中猜测到，好像还是一对情侣小偷，她皱了皱眉，自己身上就几两银子而已啊。

“我们是神偷。”女子对着妖月娇媚地一笑。

“可是我没什么东西给你偷啊。”

“追命坛坛主下的旨意又怎么会错呢？你是揽月妖姬，那么自然会有值得我们偷的。”

“追命坛坛主？”妖月眼里满是疑惑，自己才来这儿不久怎么就被这些莫名其妙的人给盯上了？

“黑蛇，我看她怎么跟个傻子一样啊，我们有没有搞错？”女子望向她，“你可是揽月妖姬？”

“不是。”妖月开口说道，为了保命只好骗人啦，再说揽月妖姬是别人给她的名，她可没承认。

“青蛇，我们走错门了呢。”黑蛇扬了扬眉，对着青蛇眨了眨眼。

妖月心里一乐，这两个人怎么这么好打发啊。

“那我们走吧。”青蛇望着黑蛇妩媚地笑着。

“好。”

妖月刚准备松口气，突然一个人影以迅雷不及掩耳之势晃到了她的面前，黑蛇用手指轻挑起妖月的下巴，“你当我们叱咤双蛇是傻子吗，我们陪你玩玩罢了。”一双桃花眼在她身上流转。

青蛇一掌将黑蛇扇开，吃吃地笑着，“我们今天是来偷东西的，不是偷人的。”说完在妖月的脸上瞟来瞟去，然后下了一个定论，“没有传说中的好看嘛。”

黑蛇身形一晃，瞬间到了青蛇的跟前，手掌抚上青蛇的脸，“当然是我的青蛇美貌绝伦，天下无双了。”

妖月极其无语地看着他们在自己跟前旁若无人地打情骂俏，又不敢公然抗议，正想趁着他们眼中只有彼此之际逃脱时，两人却一左一右地抓住了她的手。

“这么颗戒指就值白银千两吗？”青蛇拉着妖月的手，望着那枚戒指，如若无骨的手指抚上戒指，“呀！”一阵白光闪过，青蛇退了几步远。

“怎么了？”黑蛇连忙冲上前去扶住青蛇。

青蛇摸着自己的手指，嘟起了嘴巴，用近乎撒娇似的语气说道：“那枚戒指好烫啊。”

怎么会烫呢，如果烫的话自己戴了这么久会没发现，妖月奇怪地抚上手指上戒指，很正常的温度啊。

叱咤双蛇看着妖月的动作也奇怪地对视了一番，黑蛇夺过妖月的手，试图将戒指拿下来，手刚碰上戒指也马上缩回了手，“好烫。”

妖月将手放在了身后，“你们想干什么，这枚戒指你们不能拿走。”这是将自己送到这个时空的东西，如果被他们抢去，自己要怎么回去现代？

她拖着无力的身躯奋力地往门边跑去，双蛇却闪电般地挡在了门边，速度快得令妖月咋舌，他们游走的身形真的如蛇一般，难怪有双蛇的称号。

“想走？这可是一千两银子啊。”青蛇脸上的笑意已经褪下，“既然拿不下，就只好把你的手指头给剁了。”她眼里闪过一丝凶狠的光芒。

妖月惊得后退了一步，身体无力地撞在了房间的墙壁上。

双蛇望着她惊骇的脸满意地笑着，然后一步步逼近……

青蛇迅速地抓起妖月的手臂，黑蛇从怀里掏出一把匕首，匕首刀锋的光芒晃了妖月的眼，她绝望地转过头。

突然听到金属与肉相切的声音，妖月抽了一口气，自己的手指被砍下来了吗，是戴戒指的无名指吗，以后自己再也不能戴镶二十四克拉钻的戒指了，可是为什么不痛呢，难道自己已经疼得昏了过去，那大脑为什么还能运转自如？

她正胡思乱想着，一声痛苦的呻吟传入了她的耳膜，是自己在叫吗，可是中枢系统还没有发出此项指令啊，而且，那声音好像是从一个男子的口中发出……

她鼓起勇气睁开了眼睛，只见刚刚还凶神恶煞的黑蛇正靠在墙壁上握着左手痛苦地呻吟着，五官因疼痛而扭曲着，青蛇抱住他的手臂眼里满是疼惜与心痛。黑蛇的手指缝渗出几滴鲜红刺目的血，一滴滴落在木质地板上，而妖月的脚边，有一只血淋淋的手，五个手指还在微微颤抖着……

“啊！”她尖叫起来，躲开了那只血淋淋的还在微微颤抖的手。

“阁下是谁？我们叱咤双蛇可是有什么地方得罪了阁下，让你下此狠手？”青蛇恶狠狠地转过头，原本妩媚的眼充满了恨意，她恨不得将面前的人千刀万剐。

妖月顺着她的目光望去，只见窗边不知什么时候又多了一个人，此人身躯伟岸，明显是一个男子，黑色披风掩盖了他的身材，脸被一块青铜面具包裹着，只有一双眼睛露在外面，黑沉的眸子，眼神中透着凌厉的杀气，让人不寒而栗。

"她，你们不能动。"铁面人淡淡地说，声音嘶哑暗沉，让人听不出实际年龄。妖月紧紧地凝视着他，总觉得那双眼睛在哪里见过，却因为面具包裹得太过严实而无法辨出。

"那你陪她一起死！"青蛇咬牙切齿地吐出一句话，同时迅速地从腰上抽出一把软剑，寒光一闪，毫不犹豫地刺向铁面人。

青蛇的速度是如此的快，妖月才看到青蛇抽出剑那抹青色的影子竟然就已经到了铁面人的跟前，软剑毫不留情地划向铁面人的脖颈间。"小心！"妖月惊呼一声。

铁面人一个后下腰，躲过了青蛇来势凶猛的剑，一个旁转身到了青蛇的身侧，青蛇一个回旋剑，剑刃掠过铁面人的耳际，一缕发丝徐徐地飘落，铁面人眼睛微微眯了眯，露出了凶狠的光芒，逼近青蛇，一掌劈在青蛇的心口上，青蛇口中吐出一口鲜血，手无力地垂了下去，软剑落在了地板上，铁面人四指合并，准备以手为剑结束了青蛇的性命，妖月焦急地叫了一声："不要杀人。"

即将斩在青蛇致命处的手掌停了下来，他向妖月望过来，妖月正对着他不停地摇着头，眼神里满是期许，她不想要看到有人死，虽然那人曾有意加害于她，可她真的不想他们因为她而结束了年轻的生命。

铁面人收了手掌，铁面具中传出一个嘶哑而冰冷的字，"滚。"

青蛇快速地扶起仍旧抱着手掌呻吟的黑蛇，回过头来恨恨地望了妖月一眼，那眼里没有感激，有的只是无尽的恨意。"今天的事我不会善罢甘休，你们给我的耻辱来日定当双倍讨回！"说完后从窗外一跃，消失在夜幕下。

看着他们离开，妖月紧绷的神经终于松弛了下来，这才察觉到头很晕。她望向铁面人，他的脸变得模糊，逐渐向她走近，沙哑的声音传来，"他们为什么要找你？"

她用力晃了晃头，试图让自己清醒点，然后无力地抬起手说："他们要我的戒指。"

"那个有什么用？"

"不知道，是追命坛坛主要的……"

"都快没命了，为什么不给他们？"

她下意识用手抚上自己的戒指，眉头微皱："不能给，给了他们，我就回不了家了，我想回家，想……”声音越来越小，然后身体向前倒下，铁面人连忙过来将她倒下的身体接在怀里，她的头靠在他的胸前，像是睡过去了的模样，梨花带雨的脸，我见尤怜。

铁面人将她轻轻放在床上，细心地盖好被子，夜风灌进窗户，撩拨着她额上的发丝，他替她拂下脸上的青丝，细细地端详着她的面庞，眼底的凌厉竟然被温柔的光芒代替，“对不起，不该将你牵扯进来。”

关了窗户后又在她的床边停驻了片刻，这才不舍地离去。

第十八章　有缘修得同屋住

睁开眼睛，窗外的阳光告诉她现在已经是日晒三竿，还好不用上班，要不然又得扣年终奖金了，她边想着年终奖金，边做最后的小憩……

“不对。”她猛地睁开眼睛，映入眼帘的是装饰精美的罗纱帐，这不是自己记忆中的客栈的床……

“姑娘可醒了，急煞我家少爷了。”一个身着素色罗裳的丫鬟端着一个盆子走了进来，笑脸盈盈的。

妖月怔怔地躺在床上，还没搞清楚状况。

“姑娘既然醒了，就让奴婢伺候您起床吧。”小丫头把洗漱用的水放在了木架上，恭敬地立在妖月的床边。

“小兰呢？”妖月下意识觉得自己又回到了揽月阁。

“姑娘是一个人来的，不曾有其他人。”

“……这里是哪里？”又被卖到另外一个地方了？

“这里是齐府。”

“妖月是否已醒？”门外一个少年的声音响起，声音刚到人也踏进了房门。

“少爷别急，大夫说了妖月姑娘今日会醒，你看，这不没事嘛。”小丫鬟笑脸盈盈地望着齐子珂。

“今日可是过去一大半了，那庸医若还不能把人弄醒我就去拆了他的馆子。”齐子珂横着眉头，鼻子里冷哼了一声，看到床上瞪大眼睛盯着自己的妖月，脸上又流露出无法掩饰的喜悦。

“你知不知道你把人吓坏了。”齐子珂把丫鬟遣下去后坐到了妖月的床边，眉眼间又换上了惯有的，酷酷的神情。

妖月望着那张熟悉的脸，忍俊不禁地笑了。

“你笑什么？”齐子珂怒瞪着她，自己脸上又没什么东西，那个死女人干吗要看着自己笑，还笑得那么奸诈，可恶！

“你是不是紧张我呀？”妖月望着美少年脸上不自在的表情，开心的说。

“谁紧张你了，我只是，只是因为你昏迷不醒，顺便做回好人罢了。”他磕磕巴巴地解释着，妖月却笑得更欢了。

“对了，你为什么会昏倒在客栈的房间里？”齐子珂故意转移话题。

“遭贼了。”她轻描淡写地答道，“我怎么会在齐府？”

“昨晚我在书房看书时突然有张纸条被人丢到我的书桌上，我往外看时却什么人也没看见，看到纸条的内容才知道你在客栈遇到危险，然后就派人去把你带到了齐府。”

“纸条？”妖月奇怪地问道。

“就是这个。”齐子珂从怀里掏出一张黄黄的素纸，上面写着：妖月在悦来客栈遇难，速速营救。

“难道是那个黑衣人？”妖月捏着纸条喃喃地说道。

“什么黑衣人？”

“呃，那个小偷穿着黑衣服。”妖月不愿把事情经过和盘托出，便打着马虎眼，齐子珂见她躲躲闪闪的样子也没继续问下去。

“那，你以后便住在我家吧，反正，反正你也不知道去哪里，不如先在这里安下身来，等过些时日再做打算。”

妖月想了想，留下也好，齐府财大力大也许对寻找哥哥也能有所帮助，自己在这个莫名的时空生存本就是个问题，还谈什么找人，不如先留在这里，把周遭局势了解清楚再做下一步行动。想是这么想，但表面上的客套话还是要说的，“这样会不会给你们带来不便啊？”

“不会，齐府不会因为多一个人少一个人而受到影响的。”齐子珂语气里有些许兴奋。

“原来我是个完全没有存在感的人啊，多我一个少我一个根本就不会对任何人造成影响。”妖月做出一副委屈的模样。

“不是，我的意思是……”美少年连忙解释，看着妖月坏坏的笑脸才反应过来，涨红了脸瞪着妖月，“你耍我。”

“我怎么敢耍我以后的衣食父母呢。”妖月笑嘻嘻地说着，“大不了以后我多教你几套新的棋法啊。”

“真的？”妖月的投其所好让美少年好看的眼睛里闪烁出期待的光芒，

看着妖月笑意不减的脸又摆起了酷脸，“谁要你教。”

“哈哈，要不要以后再说。不过现在可得请齐大少爷到房外去一下下。”

“嗯?”

“因为我要起床了，难不成在你家住还得被你看着起床?”

“我，我现在就出去。”

看着逃也似的齐子珂，妖月又绽开了笑脸。

某个混吃混喝的家伙就这么在齐府落了脚，每天走迷宫似的穿梭在偌大的齐府里，无聊得只能自己跟自己下五子棋，齐子珂并不像她一样每天无所事事，他白天被齐老爷抓着去练习做生意，晚上还得研究账本。

齐子珂曾带妖月去参加过一次齐家的家宴，满满一桌子的人，正位上坐着一个德高望重的老人，五十岁的样子，妖月起初以为是齐子珂的爷爷，当那些个年轻貌美的小妾齐齐叫他老爷时，妖月才接受了他就是齐子珂他爹的事实。

一左一右坐着两个女子，其中一个四十岁的样子，脸上带着庄重的笑容，显然是正夫人。旁边坐着的是四姨娘，是齐子珂的生身母亲。三十岁出头的样子，尖尖脸，柔情的眸子，岁月还未在她脸上留下过多痕迹，但眼神里却有了几分沧桑。齐家只得齐子珂一个儿子，老来得子的齐老爷自然是视为珍宝，小妾中比四姨娘年龄大的也有，但唯独她一个坐在主位，显然是母凭子贵，但她的眼里却有着掩藏不住的落寞。

那一顿饭吃得颇尴尬，起初大家都沉默不语，偶尔闲聊的话也跟妖月八竿子打不着一处，妖月一直告诫自己沉默是金，使劲地装淑女，拣着面前那盘青菜使劲地夹。那盘菜被夹得差不多时，夫人突然问起妖月的家庭情况，妖月因为对这个时代不了解，又没办法说出自己的真正来历，便战战兢兢地给自己编了一套狗血得再狗血不过的身世，什么家在遥远的乡下，家乡发了一次灾祸不得已来京都谋生……

坐在妖月身侧的小妾拉着妖月的手作同情状：“也难怪你出卖色相也想当秀女往皇宫里挤了，像你这样苦命的女子要是没有我们家子珂的垂怜……”

话还没说完就被齐子珂冷冷地打断了，“五姨自重，不该说的最好闭嘴。”齐子珂脸色冷漠地看了眼那个小妾，然后夹了些菜放在妖月的碗里，妖月知道他是在为自己争取自尊，本想说些什么，但转念一想，这个时候说什么都不合适，难道告诉他们自己是一觉醒来就从现代到了古代，再一觉醒来又躺在了妓院的床上，或者告诉他们自己是卖艺不卖身？

被齐子珂这个小辈呵斥了一顿，小妾的整张脸都绿了，望向老爷，却见老爷什么也没听着似的自顾自吃饭，夫人也是一脸漠然，便只能把气往肚子里咽，谁叫自己的肚子不争气，生了几胎都生不出儿子呢！

大家又沉默了下来，一顿饭的时间便也混了过去，妖月跟老爷夫人们做过福后，便跟在齐子珂屁股后面逃出了大堂，逃回了自己的小窝。

“姨娘她们有时候说话是这样，你别放在心上。”齐子珂见妖月一直沉默不语，开口说道。

妖月正暗暗发誓再也不上大堂混饭吃，听齐子珂这么一说，便露出了个微笑，“没关系，别人怎么说我不在乎。”

齐子珂听了这话什么也没说，只是静静地看着妖月的笑脸出神。

妖月被他看得有点发毛，便拿出了五子棋。

齐子珂掌握了门路后很快将妖月打得落花流水，妖月咬着棋子责怪他不让着自己，他却笑得嫣然，说什么自己已经仁慈得不能再仁慈，气得妖月几乎想要轻薄他那张可爱的笑脸以作惩戒，但介于怕吓坏了祖国的花朵，便压下了自己的龌龊思想。

这天晚上齐子珂又抱着一堆账本在书房里将算盘敲得噼里啪啦响，妖月就在一旁幸灾乐祸，“造孽啊，这么小个娃就被剥削成这副德行，旧社会果然可耻。”

齐子珂瞪着她，因为听不懂她嘴里吐出来的怪词，倒也没跟她计较，瞪完后又埋头研究自己的账本，时而皱眉，时而释然，认真的模样更显动人秀气。

“啧啧，小娃娃，你要是到我们那儿去绝对是校草级的人物，每天都被纯情小女生追着跑。”她望着那张白皙纯粹的脸蛋感慨地摇了摇头，“可惜啊，这张秀色可餐的脸被埋没在万恶的旧社会的破账本里，唉……”

突然她的额头被一颗墨玉棋子弹了一下，她疼得从椅子上跳了起来，“你不要说不过人家就拿那东西弹人家的脑袋好不好，要弹傻了嫁不出去你负责不成？”

齐子珂微红了脸，嘟囔了一句：“谁娶了你可就倒了八辈子霉了。”

妖月吹鼻子瞪眼时却没有发现那紧紧盯着账本的眼浮出了一丝笑意。

他突然停下了手中打得噼里啪啦的算盘，一本正经地告诉她：“我不是小娃娃，你也就比我大一两岁而已。”

“我比你……”妖月想说自己比他大了快三个代沟去了，但看了看镜中的面庞不禁又叹了口气，这样一张稚气未脱的脸谁也不会相信她已经快二十五岁了。

“你比我怎样?”齐子珂不依不饶地望着她。

倒是望得她心虚，“怎样？一两岁也是大，就是比你大一天你也得叫我姐姐!”她下意识地拍上他的头，他却一躲，让她的手落了空，然后理也不理她，径自打起他的算盘。

“明天带你去走走吧。”半晌，他冒出这么一句话。

“嗯?”

“整天待在齐府你也够闷的吧，我带你出去散散心。”

“哦。”答应的同时心里却也微微一颤，这里离揽月阁不远，说不定会碰到熟人，比如说小兰，比如说苒姬，比如说汀竹，再比如说，仲楚歌……

第十九章　曾经沧海难为水

在齐子珂的带领下，妖月才算真正见识到丹阳的繁华，之前走过的闹市只是极其表面的部分，还有更加集中的闹市区，那里才真的是人山人海，街道上摆满了小摊子，卖冰糖葫芦的，卖各种糕点的，还有稀奇古怪的小玩意儿，很多在现代都没能看到的零食，妖月一次性尝了个遍。

齐子珂只是酷酷地看着她，时不时嘲笑她一番，看到她嘴上沾着糖渣子时便从怀里掏出手帕帮她擦了去。妖月瞪大了眼睛，抓着他的手笑，“男孩子竟然带手帕，你要到我们那儿去一定是稀有动物。”

齐子珂抽出自己的手，将帕子往她手里一塞头也不回地大步朝前走去，妖月抹着嘴屁颠屁颠地跟在他后面。

突然前面的行人都往两边躲去，妖月还没反应过来，一匹马就迅速地跑了过来，一个人挥着马鞭在马上大声叫着：“丞相回府，闲人让路！”由于马奔跑的速度过快，两边的人又躲闪不及，不少摊子被带倒，马上的人却看也不看一眼继续前行。

妖月被惊得不知道躲闪，旁边的齐子珂一拉，她便一个踉跄倒在齐子珂身上，枣红色的大马擦着她的发际跑过。

“你想死吗，你知不知道刚才有多危险！”齐子珂一把拉起倒在自己怀里的妖月，狠狠地骂着。妖月这才回过神来，想起刚才的情景惊惧不已。

“为什么都没有人阻止他呢，这样子骑着马在街道上奔跑多容易伤到人啊。”

“那是左相府里的人，谁敢拦？”齐子珂脸上的怒色还没有完全褪下。

左相……仲楚歌的义父呢，竟是这样的人，仲楚歌会不会也变得跟他一样以权欺人呢？抬头看到齐子珂一脸怒色未消，这才嬉笑着说：“别生气了，我一时半会没回过神来，这不没事吗？”

“哼。”齐子珂冷哼了一声，刚才那情景他不敢再想第二遍，如果不是他及时拉了妖月一把，她怕是葬身于马蹄下了，怒气又冒上心头，又狠狠地瞪了她一眼。

她对着他吐了吐舌头。街的那头，一辆四人大轿向着这边缓缓地行来，由于之前有人开了路，道路甚是畅通，轿子外面站着一个青衣男子，一把佩剑别在腰际，男子的相貌惹来一阵议论。男子长得实在是太好看，凌厉的眼，高挺的鼻梁，单薄的唇线，线条感极其分明的五官，只是脸上的表情让人退避三尺。

妖月看清男子的脸时连忙低下了头，虽然出门前就有做过思想准备，但是没想到这么快就遇上了他。她不敢抬头，也不敢离开，害怕动作太大而引起他的注意，即使已经离开了揽月阁，即使已经发誓要把他从心里剔除，可是他真的再出现在自己面前心却还是不受控制地加快跳动的频率，他在她的心中留下了太深刻的痕迹。

仲楚歌习惯性地摸上了胸口上隔着衣服的玉，那微小的动作让两旁的少女发出低呼，红了脸颊，所有的人都将惊艳的目光投给他，只有妖月低着头，她想抬头看他，却又如此害怕见他。

仲楚歌目不斜视地走过妖月的身边，飘扬的袍角擦过了妖月的裙摆，一切都显得不露痕迹，只有两人的心底荡起无以名状的涟漪。

看着那越走越远的青色的影子，妖月惆怅了起来，世事无常，他明明是自己在这个时空第一个遇见的人，也是要了自己初吻的人，是自己在这里第一个救的人，也是第一个救自己的人，明明曾经在他面前那样肆无忌惮地喧闹过，可是现在却形同陌路，甚至避之不及。

“你是怎么认识他的?”齐子珂的声音在她后面响起，看着那抹青色的影子消失在街角，她微微叹了口气。

“你说什么?”她望向齐子珂。

齐子珂皱着眉头，原本就对她目不转睛地望着那个男人感到很不满，她竟然还因为他没有听到自己的话，心里更加气愤，转过头就往前走去。

“唉，你这人怎么说话说一半啊?”妖月赶紧追上前去。

“你们很有渊源吧。”齐子珂头也不回地说。

妖月没听出他话里的醋意，自顾自地说：“也算不上什么渊源，只是他对我的意义还是蛮深重的。”

“怎么说?”齐子珂回头看了她一眼。

“说了你也不会明白。”说完走到他的前面去了，躲避似的加快了脚步，却不知是在躲避齐子珂还是自己。

妖月把闹市区的东西吃得差不多时开始嚷嚷着说没意思，这个时空跟21世纪还真的没法比，没有KTV，没有网吧，更没有咖啡厅，也难怪揽月楼天天客满为患，谁能懂嫖客们的寂寞呢?

“想什么?”齐子珂把妖月的思绪从21世纪拉了回来。他们此刻正坐在茶楼里，天气已经开始转凉，茶杯上的空气隐隐现出一股白色的热气，妖月双手握着茶杯用来暖手，打算等茶凉了以后解渴。

“我在想啊，你们这里都没有什么娱乐场所，天天就这么些地方，不会无聊吗?”

“有趣的地方倒是有，只不过一般人去不了。”齐子珂又抿了一口茶，眼中闪过一丝得意的神色。

“我知道你不是一般人啦，带我去啊。”妖月听了脸上流露出喜悦之色，连忙坐到了齐子珂的身边，“好娃娃，告诉姐姐呗。”

“噗”一口茶被齐子珂喷了出来，旁边的下人连忙走上前来，递过一块干净的帕子，妖月也刚刚把齐子珂之前给自己的帕子从怀里掏出来，看到上面还有自己残留的糖渣时又不好意思地缩回手去，齐子珂却突然拉住了她的手，从她手上接过帕子。

“那是……”妖月想说那是她用过的还未曾洗过，可是齐子珂却已经用帕子拭去了嘴角上残留的茶水，妖月看着他微红的脸颊，怔了怔，突然有点不知所措。

“我不是娃娃，你也不是我什么姐姐。”齐子珂缓缓地说出，然后将帕子再度递给了妖月，妖月看着他脸上认真的表情，不知道该不该去接那块帕子。她没去接，齐子珂也没有收回，手在妖月面前停留了片刻之久，妖月想了想还是收了回去，再度塞进了衣袖里，却感觉到了前所未有的重量。

齐子珂带着妖月左穿右窜走迷宫似的行走了好一阵子，最后走进了一条小巷子里。

“不是吧，你带我绕了这么久就为了来这么条破落的小巷?”妖月脸上露出不满之色。

“一会儿你就知道了。”齐子珂挑了挑眉，神秘地一笑，然后走到了小巷的一个看起来很不起眼的木门前面。

他敲了敲门，一个小厮模样的男人将门打开了三分之一，小厮瞅了他们一阵，问道："酒香不怕巷子深，客官可是要买酒？"

"田园风光无限，醇酒自有女儿红。"齐子珂望了一脸疑惑的妖月一眼，脸上的笑意不减。

"客官请。"

齐子珂抬脚跨进门内，妖月也连忙跟了进去。

里面很宽阔，大庄园式的摆设，别有洞天，走过一条长廊，前面出现多个排列紧密的房子，每个房子外面都站着一个小厮，偶尔会有人进去出来，每个人面上都带着满足的微笑。

"你们刚刚在说什么，感觉跟暗号似的。"妖月跟在齐子珂后面，边问边四处张望。

"你也不笨，知道是暗号。"齐子珂得意地说，"这个地方可不是一般人能进的，能进的人非富即贵。"

"为什么呀，这里面有什么玄机？"

"一会儿你就知道了。"齐子珂又是神秘地一笑。

齐子珂跟镇守第一个房间的小厮又说了一句不搭调的所谓的暗号，小厮毕恭毕敬地领他们进来了，妖月不禁暗叹，那些个暗号真比 VIP 卡还管用。

进了房间后妖月惊呆了，外面看起来一个普普通通的房间，里面竟然开阔出了这么大的面积，房间里竟然还弄出了地下室，而且还不止一层，齐子珂带着妖月从一旁的楼梯走了下去，每一层都有一些穿着奇怪的人在做一些奇怪的动作，说些奇怪的话。

"他们都在干吗呢？"妖月指着房中央那个巨大的舞台上那些奇怪的人问道。"好像在演戏一样。"

"真是什么也逃不过你的眼睛。"齐子珂指着他们说，"那个穿红色衣服的女子演的是一个带着怨气而死的女鬼，那个身穿朝服搂着另一个女人的男子原本是一个穷书生，在他落魄之际女子接济了他，不顾家人的反对委身嫁给他，并且助他上京赶考，谁知男子高中为官后便将妻子抛到了九霄云外，另娶了妻妾，女子得知消息后在怨恨中死去，这不，化作厉鬼寻他来了。"他边看边做现场讲解。

妖月渐渐入了戏，只见台上身着血红色衣裳的女子一步步走近男子，男子眼里满是恐惧，跌倒在地，不断地退后，向女鬼求饶着，女鬼依旧举起了刀，男子无力反抗，刀子插在了他的胸口上，鲜血染红了他华丽的朝服。女鬼脸上流下一滴血泪，她抛开了手中的匕首，慢慢地将头靠在男子的胸膛上，声音被放大，“我只是，想要我们回到过去……”

“真狗血。”古代人居然也看这样的肥皂剧，但眼角却还是湿润了，女鬼的深情让她忍不住流出泪来，若爱一个人，即使他做了背叛自己的事，那份爱也不会因此而逝去，而是会一直深埋在心中，也许因为仇恨而做了伤害对方的事，但深埋在心中那爱的种子依旧会在某个时空破土而出，以势如破竹的姿态。

“那可不是狗血，是猪血。”齐子珂冷笑话说得面不改色。

妖月这才发现自己刚刚竟然没有因为女子逼真的杀人动作而尖叫，是入戏太深还是脑海中已经植入了血腥因子？脑海中又浮现出了仲楚歌眼都不眨就将黑衣人杀死的场景，也许自己害怕的不是鲜血，而是仲楚歌眼里嗜血的神情，或者说，他给自己的那种从最初的依赖到残忍的感觉。

“去下一层看看吧，下面还有很多表演呢。”舞台上的戏已经表演完。

“原来这就是你们的电影院啊，虽然剧情不怎么样，但是排场还真的是大。”妖月由衷地感慨道。

“据说这个房间才建起没多久，你算是饱了眼福了。”

“你们倒是挺有创意的。”接下来又看了好几层的立体版电影，有滑稽搞笑的，也有让人悲伤不已的，还有狗血到想让人丢鸡蛋的，算是过了一把电影瘾。

第二十章　小试身手成赌神

第二个房间是个微型赌场，是电视里常见的买庄的形式，桌面上有五个动物的图案，玩的人用银子将注下在相应的动物上，然后换来与所下注的动物对应的牌牌，主持人手头边有一个灯笼式的木盒，木盒下方有一根绳，一拉绳就会掉出一个动物模型出来，下的注跟掉出来的动物一样就可以凭借手中的动物牌牌得到所下注的双倍银两，若不是，银两便归庄家所有。

齐子珂下了好几次注，可惜他的赌术没有棋艺高，每次下注都没有中过，一把牌牌都用完了还没有中过一盘，他心有不甘，叫下人继续买，妖月拉了拉他的衣袖，神秘兮兮地问："想不想赢回来？"

"输了那么多盘你要怎么赢回来。"

"借我五百两，我保证一局就让你赢个满盘归。"

"五百两？"齐子珂皱了皱眉，齐家虽然有钱，但家教极严，五百两对齐子珂来说并不是个小数目，虽然心存质疑，但好奇心战胜了理智，想了想，还是掏出了一堆银票，"这可是我半年的花销啊，你要是赢不回……"

"赢不回我双倍赔给你！"妖月抢过他手中的银票，得瑟地一笑，然后望向他身边假装成群众站在一边的家奴，"还得向你借人一用。"

"每个动物的牌牌我都要。"妖月走到主持人身边，伸出双手，满脸天真地看着主持人。

装扮妖艳的主持人露出一个妩媚的笑，"妖月姑娘想要用多少银两买码？"

看到身旁的人全向自己行注目礼，妖月撇了撇嘴，真想不到自己的名声还这么大，走到一个从未来过的神秘地带都被人轻易知道了自己的身份，也无妨，就顺便再提高下知名度呗。"每个牌码下注一百两，不过我不下这局，我下第三局。"

周围传来一阵唏嘘声，虽然这里面的人都是有钱人，但像妖月这样挥金如土的玩法的还从没见过，妖月毫不理会周围的议论，回过头去给齐子珂使了个眼色，让他不要太担心，然后在每个动物注面上放了一百两的银票。

下完注后她抬头望了望满脸讶色的主持人，委屈地说："莫非漂亮姐姐不让妖月开心地玩?"她眨了眨眼，靠近了主持人，神秘兮兮地说："还是，怕妖月使什么诈，把你赌坊里的钱给骗光?"

女主持妖娆地一笑："姑娘言重了，客官们都是我们的衣食父母，您爱怎么玩就怎么玩。不过我得提醒你，不管开的是哪只动物你可都要赔的哦。"主持人脸上的笑意不减。

"没关系，反正总有一个会开到我下注的那个，那也能拿回两百两，博个好彩头呗。"妖月毫不在乎地说着。

"姑娘豪爽!"

"我第三局再来看结果。"说完退到了一边。

她把所有的动物牌牌都别在腰间，然后在赌坊里来回走动着，一会儿告诉别人该下哪个注，一会儿陪着下注失败的人感叹不已，聚精会神到身上一个牌牌掉在了地上都不知道。

前两局很快过去了，眨眼工夫就到了第三局，大家都围了上来，妖月一脸笑嘻嘻地拉出挂在腰间的动物牌牌，突然脸色一变，"我的猴牌怎么不见了?"她哭丧着脸，"万一开到的就是猴牌，那我不是连那两百两都要赔了。"她佯装无意地扫过女主持人的脸，看到她望了人群一眼，然后不露痕迹地向身边的人使了个眼色，妖月的唇角露出一抹不易察觉的微笑。

"姑娘，这结果就要公开，你要不要再去买个猴牌，博个彩头呢?"主持人好心地提醒着妖月。

"不要，我就不信我的运气那么差。"

听了妖月的话，主持人脸上的笑意更深了，然后手伸向拉绳，"既然姑娘决定了，那我就要公布结果了。"

"等等。"妖月阻止了她，脑袋略歪着假装在思考地说："我觉得嘛，牌牌掉了是老天爷给我的一个指示，那我就顺着上天的意思做。"她嬉笑着把所有的银票都收起，押在了猴的注面上，"我要换押。"

"姑娘，这……"主持人妖艳的眼瞬间瞪大，准备拉绳的手微微颤抖着。

“这什么，我观察了这么久，前面也有人临时换押的，可没见你阻止，莫非我换就不行，没这个理啊，大家说是不是?”妖月看着主持人脸上的惊讶，起哄似的说着。

“是啊，以前就可以。”大家也没让妖月失望。

“你不开，是不是怕此局的注是猴啊，可是你怎么能预知呢，莫非你每个注都暗中做了手脚，能预知所开的押注?”她继续煽风点火。

“不是不是的，我……”主持人擦了擦额头上的汗水说：“姑娘的猴牌已经掉了，没有牌码即使中了也是兑换不了银子的。”

“是哦。”妖月沮丧地低下了头，嘟着嘴唇举起了手里的牌子，突然兴奋地跳了起来，“呀，我掉的不是猴牌，猴牌还在我手上呢，原来掉的是蛤蟆，哈哈，掉的好啊，我最讨厌蛤蟆了。”妖月抓住主持人的手，满脸感激地说：“谢谢你提醒了我哦，要是这把真的赌赢了，我会分给你应得的银两。”

主持人恐惧地缩回了手，望向隐在人群中的小厮，使劲地摇着头，口里低喃着：“我没有……”妖月低低地笑着，这出挑拨离间的戏自己演的真不错。

“我说你要不要开啊，大家等了很久了呢。”

“是啊，快开啊。”

“开啊!”

赌坊里的人全嚷嚷了起来，主持人看着这场面，不禁满头大汗，后退了一步。

“看来你不舒服啊，那我来帮你。”妖月双手一伸，抓住了绳子，用力一扯，一个动物模型掉了出来，正是猴子的模型。

“哇，这好像是猴子啊。”妖月拿起那只小猴子，天真地问旁边的人。

“是猴子。”

“姑娘真是幸运啊。”

“……”

女主持人还在不停地流汗时，妖月跟齐子珂一等人却拿着一张一千两的银票出了赌坊，后面传来一声：“主持人今天身体略有不适，赌坊暂停关闭，客官们请先去其他地方尽兴。”

“哈哈，齐子珂你看到那个主持人扭曲的表情了吗，想不到可以在这里将黑心赌坊狠狠地一击!”妖月乐滋滋地说着。

齐子珂还没回过神来，可是手中一千两的银票却那么真实，他真是，越来越佩服眼前这姑娘了。

“你是怎么知道那局会开出猴来?”

“不是我知道会开出猴，而是我让它开出猴的。”妖月认真地纠正他。

见齐子珂脸上露出疑惑的表情，她脸上的笑更深了，“经过那么久的观察，我发现下面的人不全是赌徒，有好几个是他们内部的人，于是我就故意当着他们的人面前掉下那块牌子，我之前不是有跟你借人吗，让你混在人群中的家奴以一个赌徒的身份偷偷地将牌子捡起，他们的眼线一定不会想到他是我安排的人，而是会以为他只是一个想贪不义之财的普通赌徒，也就没那么在意了，然后我故意放出牌子掉了的消息，那个眼线就给了主持人眼色，告诉她这是真的，然后主持人又把消息放到后台去，其实掉什么牌下来本就是可以操作的，等他们把猴牌换到了盒子内，我就把所有的银两都下到猴注上，然后，就拿到这么多的银子啦，哈哈。”

“万一他们不换猴注呢，那你一样会赔啊。”

“是的，如果他们不换猴牌，那么我会损失五百两银子，可是其中必定有一注是对的，那么他们还得给我两百两，但是如果我真的掉了猴牌，那么他们把注换成猴就会多得两百两，其实这才是这次赌的关键，赌的不是银子，而是他们的贪欲，很明显，我赢了。”

听了妖月条理清晰的分析，齐子珂怔住了，“这些你都从哪学的，真是太让人惊讶了。”

“不告诉你。”妖月吐了吐舌头，走到了齐子珂的前面，这些其实都是在21世纪时的电视上看到的，没想到竟然在这派上了用场。

走着走着前面一个身穿白衣的男子看了妖月一眼，妖月不禁感叹着这个时空怎么有那么多人爱穿白衣扮白马王子，眼光落到那个男子脸上时突然停下了脚步。

剑眉星目，有棱有角的面庞，有着绝对的阳刚之气，眉眼中总流露着一股睥睨一切的霸气……

那是……

她还没缓过神来，那个男子已经拐进了院子最角落的一个房间。

妖月连忙追上去，走到那个房间的门口却被两个小厮拦了下来，“探花采木若有时，客官可是要赏花?”

妖月知道又是暗语，望向跟上来的齐子珂，齐子珂为难地摇了摇头，“我没有这个房间的暗语。”

“怎么会？怎么会连你也没有。”妖月激动地抓住了齐子珂的衣袖，那个人进去了呀，那个人……

“这个房间只有极少部分的人才能进去，我没有暗语。”他也曾对这个房间充满好奇，可是这里的小厮都非等闲之辈，不管用什么手段都进不去。

“那算了。”妖月失望地松开了齐子珂的衣袖，失了魂似的走开。那也许不是他，只是长得像而已，只是自己太想回去所以才会把别人看作是他，他，怎么可能出现在这个时空?

其他的房间妖月没有兴趣再去看，无精打采地走在回去的路上，虽然心里有很多条理由证明那不是他，可是却还忍不住去想，想那张在21世纪才会出现的脸，想他要求自己嫁给他脸上认真的神情，想他给自己戴上戒指时复杂的眼神，想他说的，我爱你。

第二十一章　古春节联欢晚会

“小姐!”一个熟悉的声音打断了妖月的思绪。

小兰提着个篮子满脸欣喜地跑了过来，她抓住妖月的手，激动地说：“真的是你，小姐，真的是你，小兰以为再也见不到你了!”泪水簌簌地掉了下来。

妖月也没来由地一阵心酸，小兰虽然只是个丫头，但却陪着她度过了很多饱受煎熬的日子，在那些日子里，只有她可以依靠。

“我没走，我一直在齐府待着呢，齐少爷收留了我，对不起，一直没有去看你。”

“我知道，小兰知道小姐的苦衷。”小兰用袖子擦了擦眼泪，“小姐没事就好，没事就好。”

妖月笑了笑问道：“最近过得怎样，苒姬对你可好?”

“选秀的事结束了，小兰已经回了望春楼。”小兰低下了头，眼神躲闪着，妖月明显看出她是在敷衍自己，突然瞅见小兰脸上有微微的红肿，于是用小指腹抚上小兰的脸，她吃痛地避开了。

妖月皱着眉头问道：“你脸上怎么会有伤？苒妈妈因为我的离开为难你?”

“不，不是的，苒妈妈对小兰很好。”小兰听了连忙摇头。

“那是?”

“是百灵姑娘。”小兰小声地说，“小姐走后苒妈妈把小兰分到了百灵姑娘的房里。”

“她针对你?”

“她没有针对小兰，是小兰自己，驳了百灵姑娘的话。”小兰抬起了头，眼里有不甘，激动地说：“小兰从没想过要反驳自己的主子，只是百灵姑娘实在是欺人太甚，明明是技不如人却说些侮辱人的话，小兰这才……”看到妖月眼里探究的神色，小兰突然意识到自己说错了话，便闭了嘴。

“她是说我吧。”妖月淡淡地说道。百灵本是望春楼第一歌妓，妖月那天的表演不但舞蹈吸引了人，连歌曲也将百灵完全比了下去，想必是心有不甘，说到底都只是女人的嫉妒心在作祟，在21世纪的云城第一医院时妖月就因为徐凌的追求被人嫉妒过，以前的她会在乎那些莫须有的风言风语，但现在，在这个时空，倒学会了不去把别人的议论当一回事。

“小兰，以后她再说什么你不必理会，嘴长在她身上我们管不着，你不该为我争理而受她的气。”

“可是……”

“小兰，你记住，真正优秀的人是不会在乎外界的评论的，而那些因为嫉妒去肆意辱骂他人的，是搬不上台面的小角色，这样的人世上太多，我们管也管不过来，更何况，他们根本就不值得我们去在乎，他们要说就让他们肆意去说，他们越说我们越要活得好好的给他们看，我们越不在乎越显现出他们的卑微。”

“小姐……”小兰听着妖月的一番理论不禁呆了，小姐的淡定与思维让她惊叹不已，崇拜不已，一旁的齐子珂眼里也露出深深的赞许之意。

“你是出来买什么呢?”妖月看见小兰手臂上挎着的篮子，有意转移话题。

“哦，我出来买些日常用品，顺便帮姑娘们带些刺绣回去解乏。”

“解乏?”妖月挑了挑眉，望春楼的姑娘们还真有闲情逸致，接客之余还搞起了刺绣。

“是啊，天气逐渐变冷，恩客们会越来越少，好些姑娘都挂不上牌。”

“的确，冬天大家都懒得出门，望春楼也没有空调。”

“空调?”

“就是保暖的东西。”

“哦，一到冬天青楼的生意都会比较冷清，如果楼里能暖和起来生意一定会好很多。”

“人气高了就会暖和了。”

“人气?”

“只可意会不可言传啦。”妖月挥了挥手臂，她不想再当扫盲大师了，看来以后说话得注意一下，尽量少用现代词汇。

又寒暄了一阵，小兰就挎着篮子忙她的去了，妖月则跟着齐子珂准备回齐府。

“京都的冬天比较寒冷，不仅仅是青楼的生意不好，所有的店铺生意都不好，不少店铺干脆在冬天关了，到了来年春天才开门，齐家的生意在冬天也极其冷清，爹爹一直想要找到一个改善的方法，这么多年一直都没有好的办法。”回去的路上，齐子珂就着之前的话题说上了。

“可以商家联合搞活动啊，冬天寒冷是大家因为冷而不愿出门活动，越不活动就越冷，要是把京都的人气提升上来，那种热闹的气氛都会融化冰雪。”21世纪就是这样的，一到什么节假日就到处是活动，不想出门的人都会冲着活动出门，原本以为的寒冷的冬天，出了门后发现也不过如此，街上人挤人倒也不冷了。

“商家活动？”齐子珂不解地问道。

“对啦，肥水不留外人田，就借望春楼一用啦。”妖月一计上心，思维立刻活跃了起来，思考了一阵后对齐子珂眨着眼睛说：“我也不能在你家白吃白喝，现在就顺便帮你爹跟望春楼把生意冷清的问题解决了吧。”

“你要怎么解决？爹爹想了这么久都没有想到，你一下就有办法了？”

“那当然，你也不想想我是谁。”妖月得意地说，她可是来自21世纪啊，见识与思维能力都比古代的人先进了不知道多少倍，这点小问题根本就是小case啦。“不过我还从没做过策划这事，得回去好好想想。”

“联欢晚会？”齐子珂跟苒姬一起瞪大了眼。

妖月竭尽全力地在脑海中搜寻他们能够理解的词汇，“就是，望春楼不是有很多才艺出色的女子吗，如果不拿出来表演的话不是淹没了人才，这联欢晚会一是为了给她们上台表现的机会，二是为了改善一到冷天就冷清的气氛。”

“不过，姑娘们的才艺都会在三年一次的花魁比赛中给她们展示的机会。”

“三年一次？而且每次参赛的都只是其中的佼佼者吧。”

苒姬点了点头。

“那就是了，三年那么久，青春容颜可经不起这么折腾，而且每次参赛的都是你们内部选出来的几个最强的，其他姑娘根本就没有机会。”

“那妖月姑娘的意思是?”

“我的意思很简单，就是在比较冷的那段时间，让姑娘们集合在一起，轮流表演节目，每几天一轮，每轮选出前三名，然后在过年那天由大家选出来的几名姑娘做最后的汇报演出。每轮都要安排一些好的，也要安排一些不怎么出色的，既要给每个姑娘上台的机会，也要有一定的看点，最后那天的联欢晚会就是所有的精华所在。”

“这样的确可以吸引恩客们来望春楼，但是姑娘们都忙着表演去了，恩客们也忙着看表演，望春楼可没有收入，那不就是白忙活了?”苒姬说出了自己的顾忌，望春楼的收入都是靠恩客们包姑娘时给的赏银，人人都看节目，谁还会把银子花在姑娘上?

“这就是问题的关键，这晚会可不同寻常了，以前是靠姑娘们赚钱，现在是靠精彩的节目赚钱，每个人进望春楼都要收门票，你们事先安排好一些座位，离舞台近的位置就是贵宾座，每个贵宾座都有一张对应的坐票，那些坐票你们可以送人，也可以高价卖出，如果第一场办得好，宣传做得好的话，那么大家一定会抢着来看节目，那时就可以把门票相应地提高，还怕赚不了钱吗?”

苒姬听了惊讶地望着妖月，这女子脑子里竟装了那么多自己从前想也没想过的东西，不愧是总坛主特意要求自己盯着的人。

“那这些跟齐家有什么关系?”齐子珂坐在一边听着妖月的一番报告，对这样的生意战略也很惊叹，妖月说帮望春楼的同时也会为齐家谋利，可从头至尾他都没看到齐家在这中间占了什么位置。

只见妖月不急不躁地抿了一口茶，对苒姬说：“苒妈妈，你觉得妖月的点子可好?”

“甚好，既给了姑娘表现自己的机会，让更多姑娘被恩客们认识，也为望春楼增加了不少收入。”

“既然苒妈妈准备采纳，那么妖月的要求希望苒妈妈也能接受。”

“什么要求?”

“这次的活动齐府是望春楼的赞助商，活动中需要的东西苒妈妈可在齐家的店面购买，齐家也一定会给予一定的优惠，但是你必须在活动中加上一点，进去望春楼看节目的人不仅仅要买门票，而且每个人必须有齐家发放的 VIP 卡。”

“VIP 卡?”苒姬跟齐子珂又同时发出疑问。

妖月耐心地为他们解释道，“齐家也会发出消息，凡在齐家所属店面买的东西达到了一定的数额，就会得到一张齐家特有的 VIP 卡，持有此卡的人日后来齐家所属分店买东西可得到相应的优惠，集满了一定数额还可赠送小礼品。”她望向齐子珂，“薄利多销，如此可好?”

齐子珂点了点头，“家父之前也有过这样的想法，不过不知道该怎样实施，妖月姑娘的点子可解决了家父的大难题。”

“苒妈妈你觉得呢，对于望春楼来说什么也不会损失，只是促进了齐家的生意，也为你们日后跟齐家的合作奠定了基础，一些小东西齐家也可以给予赞助。”

“妖月姑娘考虑得如此周全，苒姬岂有说不之理，我先替望春楼的姑娘们谢妖月姑娘了。”苒姬顿了顿，又说道：“妖月姑娘可否为望春楼的姑娘们指点一二？他们对姑娘的才艺一直很仰慕。”

妖月轻哼一声说道：“仰慕？我看未必，自我走后，背后说闲话的人可不少，小兰受伤应该也不是一次两次的事了吧。”

“姑娘言重了，姑娘那日的表现实在太让人叹为观止，部分人心中有嫉妒心理也是在所难免，小兰那丫头的事我也听说了，我已经将她换去照顾另一个姑娘了。”

“换到哪不都是一样。”妖月没好气地说着，“既然话说到这份上了，我就顺便跟苒妈妈要一个人，就当作我为苒妈妈出谋划策你还我的人情，可好?”

“姑娘可是要小兰?”苒姬问道。

妖月点了点头，小兰是她来到这个时空唯一可以亲近的人，也是真心待她好的人。

“那姑娘可否答应苒姬的请求，为姑娘们指点一二?”苒姬笑着问道。

妖月在心里叹了口气，真不愧是妓院的老鸨，还真的是不让自己吃一点亏，拼了命地压榨她的剩余价值，为了小兰，她就牺牲一点时间吧，她点了点头，“好。”

消息放出后京都的百姓都沸腾了，望春楼第一场的节目门票是相当低的，一般的百姓都能买得起，只是齐家的 VIP 卡就不是谁都能拿到的。

齐家老爷子听了齐子珂转述给他的话后立即又邀请妖月参加了一次家

宴，席上大改上次家宴时无话可说的气氛，所有的人都对妖月出的点子夸赞个不停。小妾们也不断地献殷勤，她瞬间成了座上宾，上次话中有话的五姨娘也一改讽刺的嘴脸，对妖月笑意盈盈，惹得妖月鸡皮疙瘩掉了一饭桌。

席间妖月将自己的计划详细地跟齐老爷讲述了一遍，又分析了一下其中的利与弊，她之前还担心齐家太高傲不肯跟妓院合作，谁知这里的商人都是唯利是图，明白了其中的利润空间后老爷子豪气地划了好些赞助品给望春楼，老爷子还说要请妖月到自己手下做事，被妖月婉言拒绝了。

饭后老爷子还特意留下妖月长谈请她到自己店面当掌柜的事，妖月一个劲儿给齐子珂使眼色，齐子珂会意地找借口将妖月带了出来，她这才明白，出风头也是需要付出代价的。

几天后 VIP 卡便制作了出来，鉴于古代没有塑料，更没有铝制品，便用木板代替了，好在楚国的木匠做工精巧，做出来的四四方方的小木牌上面有齐家特有的标志，还有卡的编号，上面还细心地穿了一条红绳，可以方便挂于腰间。

齐家的办事效率极快，VIP 卡出炉的同时优惠政策也拟了出来，点子自然取自妖月的思想，盗窃了 21 世纪的商家理论。凡在齐家任何店铺购物金额一次性达到 50 两白银者或者累积达到 80 两白银者即可得到一张卡，该 VIP 卡在齐家任何一家分店都有效，可享受八点八折优惠外，每累积到一百两白银还能得到意外的惊喜，顾客生日的当天可在齐家开的酒楼免费吃一顿生日餐。

顾客还可在齐家合作的木匠那在木牌的背面刻上象征自己身份的标志，这样即使丢了别人也能及时归还，还方便挂失，于是木匠那也能拿到部分回扣。

那段时间，京都的大街小巷，挂上齐家的 VIP 卡似乎成了一种象征时尚的标志，每个人见面都会问一句，“你有齐家的 VIP 卡吗?”“到齐家的店面去买东西吧，我有 VIP 卡呢。”“你今天生日啊，可以去齐家的酒楼免费吃一顿啊。”“我的卡上积分比你的多啊。”“……”

齐家凭借这次的事获得的利润是显而易见的，老爷子整天笑得合不拢嘴，一连放了齐子珂好些天的假，让他带妖月在京都四处转转，还给妖月打造了一张超级 VIP 卡，是镀金的，只要妖月拿着这张卡便可在齐家的任何店面拿想要的东西，老爷子买单。妖月算是彻底当了一回购物狂，然后望着自己买回来的一堆东西，乐滋滋地想着，出风头还是有好处的。

望春楼那边的活动也浩浩荡荡地开场了，好在姑娘们天生技艺超群，很多人舞蹈还有歌曲天赋都比妖月强很多，妖月只要给她们灌输一些现代音乐元素就行了，妖月超前的思想折服了望春楼里的所有人，就连曾经说过妖月不是的百灵姑娘也有事没事就跑来跟妖月套近乎，拉着她问她这句这样唱好不好，屁股往这边扭够不够美……

妖月再次出现在望春楼的第一天苒姬就将小兰的卖身契双手奉上，妖月当着小兰的面撕掉了它，告诉小兰，从今开始她就是自由之身，再也不是被人吆喝来吆喝去的奴婢，小兰哭着说她要一辈子都跟着小姐，伺候小姐，妖月给她灌输新时代的思想，告诉她这个世界上每个人都是平等的，没有人生来就该是谁的奴婢。

显然她柳芷烟的语言表达能力不够，她说得口干舌燥，小兰还是一脸茫然地望着她，那眸子里的意思就是，我生是小姐的人，死是小姐的鬼，小姐若不要我，我就再做青楼的奴婢给你看！妖月很无语地垂下了头，最后妥协了下来，好吧，既然你要跟着我，咱俩就一起相依为命吧，反正暂时都找不到家。

第二十二章　道是无情却有情

望春楼的第一轮晚会终于盛大开幕，参加演出的姑娘们的画像贴满了大街小巷，她们深情演唱时的眸，她们翩翩起舞时的绝世风姿一一在纸上绽放，那些唱歌跳舞都不怎样的姑娘甚至丫鬟们，妖月也给了她们出场的机会，替她们写了一些小品以及话剧。

门票早就被人订购完，贵宾票也以绝对的高价卖出，苒姬每天数钱都数到手软，然而还有很多没有买到票的人挤在望春楼的外面，几个胆大的会点武功的竟然爬到了屋顶上，从门缝里望到的绝代舞姿也足以丰富大家的眼球，从屋顶上飘出的歌声也陶醉了听客的心，那些或滑稽或悲伤的小品话剧让人哭了又笑，笑了又哭。很多观众受到感染，现场跑上去表演，中途掺入的互动游戏大家也表现得极其活跃。那一夜，雪花飘飘然落地，可是谁也没有感觉到寒冷，所有人都沉浸在丰富多彩的节目中。

妖月特意向苒妈妈要了一个包厢的贵宾票，望春楼的包厢跟揽月阁的包厢构造大同小异，只是比揽月阁的包厢稍大，摆设什么的完全一样，毕竟是出自一个老板之手，这倒便宜了恩客们，他们只要愿意花钱，就可以像当朝官宦观看秀女表演一样地观看节目，只不过表演的人身份不同，一个是秀女，一个是妓女，然而落选的秀女还是会沦落为妓女，理论上倒差别不大。

妖月想不通的是，苒姬这样的做法怎么没有引起当朝天子的不满，原本为他准备的女人竟然沦落到青楼伺候其他男人，虽然是他没看上的，但心里总还是有不爽的吧。还有那些从预选秀女落选沦为妓女的女子，本该一不小心就能伺候皇上了，最后却落到妓院伺候民间各种各样的男人，这心理落差也太大了吧。她只能感叹一句：古代人还真的是能忍，男人能忍，女人更能忍。

坐在包厢的软榻上，欣慰地看着舞台上表演的人们，那一个个曼妙绝伦的女子可是经过她妖月的手调教出来的呀！不自觉地想到了自己那天的表演，看着这个再熟悉不过的包厢，熊毋康淡然而又温暖的神情浮现在她的面前，嘴里不自觉地哼起了烟花易冷的曲子，“浮图塔 断了几层 断了谁的魂 痛直奔 一盏残灯 倾塌的山门 容我再等 历史转身 等酒香醇 等你弹一曲古筝……”恍惚中传来一阵古琴声，跟她的曲子竟是配上了，她惊异地向楼下望去，原来是汀竹在弹古琴，弹得正是那晚熊毋康为自己的歌曲伴奏的曲子，她若有所思地望着汀竹，汀竹也不经意地抬起了头，对她轻轻一笑……

依照汀竹的表现以及大人们对她的评价，她本该没有任何意外地入宫才是，为何也落选了，难道因为身份卑微，可是她不是一向很有名的吗？看来是没有强硬的后台，好在汀竹心理承受能力好，到了青楼依旧笑容不减，苒姬也指定她可以卖艺不卖身。

妖月回了她一个笑，收回了自己的目光，却遥遥地望到了对面包厢里那抹青色的身影，犀利的眼神，英俊的脸，正凝视着她。她心一紧，竟然在这里也能看见他，想想也是，他既然在揽月阁能够出入自如，那么望春楼一定也是无所顾忌。

她装作没看见似的移开了自己的目光，然后继续欣赏节目去了，一曲毕掌声雷动，再抬头时对面的包厢已经空了，只有包厢内的桌面上还冒着热气的茶杯昭示着，刚刚的确有人存在过。

失落感漫上心头，她走出包厢，穿过古色古香的长廊，走到了对面的包厢里，站在小桌子边，纤纤细指抚上了茶杯，一股温热传入手心，却不知是茶热还是他手指的余温。她信手端起茶杯，啜饮了一小口，突然被自己的动作吓住了，这可是他刚刚碰过的茶杯啊，自己这是……

“没想到你还有这嗜好。”身后传来冷冽中带着玩味的声音，妖月心里一惊，他不是已经走了吗，怎么又回来了？明明知道是他，却又不敢回头，自己刚刚那个动作没有经过大脑思考就做出来了，更让人气愤地是竟然还被他看到了，多难为情啊！

“怎么，不敢看我？”仲楚歌在软榻上坐下，难得的慵懒声线，向来冷酷的脸上也隐隐带着一股笑意，本就绝美的眼更添诱人之色。

妖月深吸了口气，视死如归般转过了头来，睁大了眼睛大声说道：“我口渴！”说完一口气将杯里剩余的茶水全部喝光了。脸红着放下茶杯，转身欲走。手却突然被仲楚歌拉扯住，她愣愣地站在那里。

楚歌站起身来，慢慢地从背后靠近她，修长的手指抚上她殷红透明的耳垂，她身体微微一颤，却不敢动弹。仲楚歌缓慢地靠上去，温热的气息略过她的后颈，满屋都是暧昧的气息，她想逃却无法迈开步伐，只是感觉到身后的男子一点点向自己靠近。

“跟我去个地方。”仲楚歌看着那红透了的耳朵，眼里的笑意更浓了，薄而坚毅的唇在最最靠近耳垂的地方说着，声音沙哑却带着无尽的诱惑。妖月没来由地心跳加速，他却还在她的身后呵气如兰，并轻轻地吻了一下她的耳垂，她忍无可忍地转过身来，一把将他推开，他顺势倒在了软榻上，满脸含笑地望着她。

她的呼吸急促，满脸通红。那个如鬼魅般的男子竟然大笑了起来。

“你流氓!”妖月气急败坏地冲着他喊道，此时此刻极其后悔自己把那杯茶饮尽了，不然的话一定往那张无耻的脸上泼去!

仲楚歌从榻上起身，走到窗边，将窗户完全打开，几朵雪花乘着风飘进屋内，一股冷意也乘虚而入，屋里暧昧温馨的气氛这才稍稍淡化。妖月脸上的红晕还未散尽，仲楚歌回过了头，薄唇轻启，丢出两个字，“过来。”

一股寒风呼啸着刮过窗边，桃木窗被吹得吱呀作响，妖月咬牙切齿地也丢出两个字，“不要!”

“你确定?”仲楚歌眉毛轻扬，慵懒地靠在桃木窗边，饶有兴趣地望着妖月气呼呼的脸。“是!”妖月丢给他一个大大的白眼，姐姐我的豆腐是那么容易吃的吗，真是岂有此理!

仲楚歌嘴角的笑意更浓了，邪笑着向她走近，她察觉到一丝危险的气息向她侵袭而来，急忙后退，仲楚歌却不给她丝毫逃离的机会，欺身向前，以迅雷不及掩耳之势将她拦腰抱起，然后从打开的窗户处一跃。

“啊!!!!!!”妖月发出尖利的嘶喊声，这个包厢的后面有个草坪是不错，可是草坪后面可是一个空荡的山谷啊，他抱着她奔走的速度分明已经跨越了草坪，那现在是什么状况，他们正掉入山谷?

他是脑残还是白痴啊，要死他去死啦，干吗要拉上她，她只是人工呼吸时小小地占了他的便宜而已，好吧，她承认刚刚也有间接接吻，那也不见得就得陪他去死啊。

“啊!!!!!!”妖月闭紧了双眼尖叫着，她感觉自己在不停地下坠，呼啸的寒风刮过耳际，冰凉冰凉的雪花落在她的衣襟里……

“叫什么，再叫把你丢了！”仲楚歌实在受不了如此刺耳的尖叫声，恶狠狠地说着，妖月感觉自己腰间的手松了松，“不要，呜……”她紧咬着嘴唇尽量让自己不发出声音，双手揽上了仲楚歌的脖颈，同时小心翼翼地睁开了眼睛，就算要死也不要在他前面死啦，她仰面望向他，凌厉的五官，英俊的面庞，唇角见鬼般地微微上扬着。得瑟个什么劲啊，这分明就是赤裸裸的威胁，赤裸裸的吃豆腐啊！

青衣出尘的他脚尖轻快地落在一块基石上，轻轻一点，又运用轻功向更上面的一块基石跃去，衣袂飘飘，青丝飞扬，冷峻的脸庞，眼里却有丝丝足以化开寒冬的暖阳般的笑意，羡煞了孤傲于山野深处的梅花。

在悬崖峭壁上奔腾了几分钟后，他们终于在一块尚且平坦的草地上安全降落。“到了。”他简单地吐出两个字，然后放下了妖月。

妖月双脚发软地跌倒在地，“流氓，混蛋，我诅咒你！”她边抚着小鹿般跳动的小心肝，边小声地骂着。

“你看。”仲楚歌却不理会她的骂辞，站在陡峭的山峰上遥望着远方，青衣飞扬，欲乘风归去一般。妖月站起身来，悠远的山脉自京都一直向西蜿蜒而去，青山翠林上覆上了一层厚厚的积雪，山脉起伏连绵，至百里而不绝。南面是丹阳城所在，整个都是白茫茫一片，边境处有一条江自城中穿插而过，同另一支江流合二为一化做奔腾宽阔的大河，滔滔江水奔向远方。

妖月望着悬崖边上的男子，他傲然于山谷之巅，眉眼间竟有一股睥睨四方的霸气，还透出一种桀骜不驯的意气，目所及处，万里山河尽在指点之中，苍茫大地不过挥手之间，神情中的傲然，似将抓住天下间的所有，又似乎不把任何放在眼里。这个男人到底有着怎样的故事?

“你到底是什么人?”她轻声问道，声音被风吹散，却也直直地吹入了仲楚歌的耳朵里。仲楚歌眉眼间的笑意尽被风吹散去，冷冽如从前，他向着远处伸出了双手，手掌的包容处竟是京都中心若隐若现的皇城，宽厚的手掌盈盈一握，仿佛万里江山尽收掌内。

“你想要万里江山。”妖月怔怔地道出，愁上眉梢，她对这个国家这个时代的局势并不了解，虽然隐隐察觉到他不同一般的身份，也知孤傲的他身后其实是有一股强大的势力，只是这夺皇权不管在哪个朝代哪个时空都得付出惨重的代价。

他回过头来凝视着她，衣襟在山风中飘摇激荡，“你怕吗?”声音里却有着无尽的柔情，并未回答她的问题。妖月望着他深邃的眸子，不知他说的怕是怕什么，是这悬崖陡壁，还是他这个人？她只是一个平凡的现代女子，即使是发生了穿越这样不可思议的事，心里也从未有过野心，面对着这样一个野心勃勃危险至极的男人，她却意外地非但没有害怕，有的只是深入骨髓的疼惜。

她突然发现原来他停住的地方竟是一方悬崖的尽端，只要再前进一步，人便会坠入万丈深渊。山谷间偶尔飘起缭绕的云雾，风过时急速的飞掠消失，会不会下一秒他也会随着这握不住的风一般眨眼间便消失于山谷里？

恍惚间，他与前世梦境中时常出现的男子合二为一，他带给她的感觉那般不真实，却又让她那般心驰神往，仿佛愿意不顾一切地跟着他消失于缭绕的云雾中。她嘴角荡起一丝微笑，认真地摇了摇头，柔声而坚定地道：“不怕。”皎洁的面庞泛出丝丝华光，眼眸里的坚定平添妩媚之色。他的心为之轻轻一颤，向她伸出手去，仿佛是邀她走向幸福，又仿佛是死亡的邀请。

她发丝上已经落了好几处雪花，淡蓝的衣裳衬得整个人空灵地如出尘的仙子，她如被下了咒一样一步一步向他走去，全然忘却了眼前的万丈深渊，刀削绝壁。只是轻轻地将手放在他宽大而温暖的手心里。

他静静地凝视了她许久，修长的手指划过她精致的脸颊，缓缓地靠近她水润的薄唇，起初只是轻轻地碰触，后来仿佛不满于此一般疯狂而用力地吸吮她柔润的细唇。舌头撬开她的牙齿，单刀直入深入她的口里，掠夺着属于她的芳香。她盈盈地回应着他，柔软的舌与他霸道的不可一世的舌交织缠绕，此生不离。

琼瑶玉雪中，似乎有若有若无的暗香涌出，伴着纷纷雪花洒落人间。她睁开眼睛看到仲楚歌深沉的眸子，那眼底是看不到边的广袤，无止无尽，似有一点星光在那幽暗深处悄然绽放，又有她亦无法抹去的忧伤。万里冰封，千里雪飘，那桀骜的梅花傲然于悬崖峭壁间，有谁知梅的风姿，梅的坚忍，梅的孤傲与寂寞。

那个安静的吻持续了仿佛有世纪之久，那是一个真正的吻，直入心扉，跨越彼此间千年的距离。在那片宁静的世界里，那专属于他们的光华悄然绽放，雪光莹莹，疏枝缀玉，微风带起纷纷雪影梅香，一个是青衫磊落，一个是蓝衣出尘，让人羡慕，让人神往，那无限风姿将久久萦绕心头。

第二十三章　才下眉头又上心头

深冬逐渐笼罩了整个楚国，虽然百姓们因为望春楼的活动热情了许多，但还是没有阻止冬天的到来，自从那日第一朵雪花在楚国的上空绽放，之后便一发不可收拾，数不清的雪花片儿从空中飘落，不出几天丹阳城便成了一片雪城，放眼望去皆是白茫茫的一片，街上的行人越来越少，摆小摊的早早地收了摊子回家过年。

望春楼已经陆续办到第四场晚会，观众的热情不但不减，还有持续上升的趋势，大家都为了那有限的门票争得焦头烂额，只为欣赏许多姑娘集聚一堂的天籁之音以及闻所未闻见所未见的舞蹈。到了过年那天的春节联欢晚会时，门票已经卖到了天价，贵宾票也早早地被那些王侯将相用高价定了去。

节目妖月已经替苒姬安排好了，该给的指点也指点完了，苒姬打算让妖月在最后一场晚会上登台表演，妖月拼死谢绝。

转眼到了大年之夜，让妖月惊讶的是楚国竟然也流行在过年的时候包饺子，看着被自己包得一塌糊涂的饺子，思乡的情绪上了心头，看着屋外飘扬的雪花，不知道哥哥现在在哪，是不是也跟自己一样被一个好心人家收留。

妖月前些日子把小兰也带到了齐府，年夜饭齐家也邀请了她一起，她不好意思拒绝便参加了，不过没有得寸进尺地带上小兰，而是给了小兰一些银子让她自己去街上买些自己需要的。

吃完年夜饭后小兰还没有回来，齐子珂跟着老爷子去拜祭祖宗，妖月百无聊赖地在齐府后院逛着，漫天的雪花勾起了她心底的回忆。

那日跟仲楚歌在山顶上倾情香吻后，她幸福地依偎在他的怀里，尽情地呼吸着他身上的气息，她想要将他的气息吸入心扉，吸入骨髓。他怀里的温暖引出了她心底的那一丝柔软，情到深处，她喃喃地说：“只愿与你携手湖畔，共看夕阳，远离喧闹，远离战争，远离俗世的纷扰，什么权利与金钱，我都不想要。”

她明显地察觉到来自他身体的颤动，她仰起头望着他，他冷冽的脸上有无尽的痛楚，让她那么地不忍。她在心底嘲笑着自己的痴傻，她的世界他无法进入，那么他的世界于她而言一样是无法抵达的深渊，更何况他还有倾国大业，她又怎敢去奢望，奢望他为了她放下一切与她厮守相伴？她声音颤抖着：“可惜，你给不了，但愿日后不再相见。”说完便决绝地离去，转身间泪水遗失在风里。

妖月晃了晃脑袋，禁止自己再去想那些有的没的，走到一个水池边时听到一阵细微的哭声，她循着声音走到了一座假山后面，看到一个四五岁大的小女娃哭成了个泪人，一张小脸被冻得通红，雪花落在她的头发上，衣服上，瞬间便化作雪水渗了进去，她哭得忘我，完全没有察觉妖月的到来。

妖月不禁一阵心酸，这应该是哪个下人的小娃，各家各户都团聚一堂，她却只能躲在这里一个人哭泣，这就是古代，身份卑微的人就连过年也无法享有人身自由。

“小妹妹，怎么一个人在这里哭呀？”妖月走上前去，温柔地问道。

小姑娘抬起了头，大大的眼睛里满是泪水，雪花飘在她的睫毛上，好漂亮的小女孩啊，妖月在心里赞叹着，心里一动将小姑娘揽进了自己的怀里，“不哭啊，姐姐给你买糖吃。”

小姑娘扑在妖月的怀里哭得更大声了，这突如其来的温暖让她感觉那么不真实，可是这并不是一场梦，那个漂亮的姐姐还将自己抱在怀里，温柔地望着她笑，“小妹妹叫什么名字？”

“我叫齐子柔。”她擦了擦哭得有点浮肿的眼睛，怯生生地说着。

“你是齐家的小孩？”妖月瞪大了眼睛，一个下人应该不可能跟齐家大少爷齐名啊。

小姑娘点了点头，然后又摇了摇头。

“到底是还不是？”她这一点头一摇头把妖月都给弄晕了。

“他们说娘亲想要弟弟所以不要子柔了，子柔很乖，从不惹爹爹跟娘亲生气，可是他们不喜欢子柔。”小女娃拉着妖月的手，眼泪扑腾扑腾又落了下来。

“别听他们胡说八道，爹爹跟娘亲怎么会不要子柔呢，子柔长得这么漂亮又这么乖，才不会不要你呢。”

“那他们为什么从来都不来看子柔，从不跟子柔一起吃饭?”

妖月怔住了，这就是古代的重男轻女吗，既然给不了她幸福为什么要带她来这个世界呢？她抚摸着小家伙冻得通红的脸，声音哽咽地说：“那是因为他们不配，他们不疼子柔，姐姐疼你。”

“姐姐，我想要看烟花，我还想要冰糖葫芦……”她望着妖月，眼里满是期待。

只是这样低的要求而已，一个齐家千金，想要的只是陪伴与关爱，就这么小的要求，她那博爱的爹跟狠心的娘都无法满足。

“姐姐，你不开心吗，子柔不要了，姐姐不要生气。”小家伙见妖月不说话，以为自己做错了事，眼睛一眨，泪水又涌了出来。

妖月抱紧了她，“没有，子柔很乖，姐姐没有生子柔的气，姐姐现在就带你去看烟花，给你买好多好多的糖。”她擦掉了小家伙脸上的泪珠，温柔地一笑。

“爷，天凉了，要不回去吧。”一个小厮打扮的人对着静坐在石凳上的白衣男子毕恭毕敬地说着，他家主子已经出来好几个小时，也不去闹市玩，也不买任何东西，只是坐上凉亭内，弹一会儿古琴，然后发呆似的看着河里飘着的河灯，似乎在等着什么。

熊毋康十指轻抚琴弦，虽是无意之作，却有淡淡的惆怅从中流出，小厮叹了口气，又退到了一边。主子的身体一向不好，受了风寒可怎么办才好。

突然熊毋康按下了手中的琴弦，感应到了什么似的抬起了头，小厮也顺着他的目光望去，只见一个模样俏丽的姑娘牵着一个小女娃正向河边走来，她们手上拿着一个花灯，想必是来放河灯的。

“子柔，这里有好多漂亮的河灯啊，我们就在这里放好吗?”妖月牵着齐子柔走到了河边，温柔地问着。

“好。”小家伙乖巧地回答。

妖月宠溺地摸了摸她的小脑袋，“那么，子柔想要许什么愿望呢?”

“我想要跟爹爹娘亲一起吃饭。”子柔望着被点燃的河灯认真地回答。

妖月点灯的手停了停，心疼地望了小家伙一眼，“子柔的愿望一定可以实现的。”

“那姐姐想要许什么愿呢？”小家伙歪着脑袋问道。

“我啊……”她的愿望其实跟子柔的一样简单，她想要回家，想要跟爸爸妈妈，还有哥哥坐在一桌吃饭，可是，此刻竟显得那么奢侈。

她笑了笑望向子柔，“姐姐希望子柔的愿望可以实现。”

河灯被缓缓地放进河里，随着众多的花灯一起向远方漂去，只是她们两个的愿望，要什么时候才可以实现呢？

正望着河灯发呆之际，一阵古琴的悠扬旋律传进了妖月的耳朵，妖月向声源处望去，凉亭里那抹淡淡的笑落进她的眼里，温和的目光像春风一样拂过她的心，让人无端地心情明朗起来。

“音王怎会在这里？”

“正巧路过，休息了会，就碰见姑娘来放河灯。”他也望着她笑，刚刚还不知所向的心突然像找到了一个落点似的。

“我跟子柔也是才出来呢，我们正打算去逛逛闹市，你要不要一起去？”

“如此甚好。”

歇停了几天的雪花在夜空中打了几个转儿，悄无声息地绽放，然后落进热闹的人群里，徒增浪漫的氛围。妖月左边走着女娃娃齐子柔，右边走着极有成熟男人魅力的熊毋康，嘴角的笑意不禁浓了几分。

京都的大年夜一改平时冰寒冷清的气氛，虽然望春楼的晚会吸引了很多的百姓去，但毕竟地方有限，大家也没因为看不到美女们的节目而沮丧地待在家里，毕竟家里也没有电视可以看联欢晚会，都赶着热闹，这才导致了大街上摩肩接踵的情况。

艰难地在人群中行走，熊毋康的手下本想为他们疏散出一条道路，却被他制止了，他只想跟她享受一下真正平民式的大年夜。

妖月终于看到了那些在电视里演的胸口碎大石，张嘴吞宝剑，还有耍花枪，舞狮子，耍龙头的华丽无比……

最重要的是身边站着天王级的熊毋康，他嘴角一直挂着笑容，妖月跟子柔受了环境的影响，心情好到极点，看节目时不时兴奋地大叫，手里、嘴里也塞了一堆零食，当然，都是熊毋康埋单的，妖月本以为王爷级的人物身上是不会带银两的，要么也是大票子，可是她拿了几串冰糖葫芦准备付钱时，熊毋康却从袖里拿出了一块碎银递了上去，卖冰糖葫芦的小哥笑嘻嘻地接过，还找了几个铜板，熊毋康也极其自然地接下了。

看得妖月一愣一愣的，敢情这个时代的高官已经被平民化了？不但不会耍帅似的丢一大锭银子过去说不用找了，甚至连找的那几个小铜板他也收下了，可他并不是一个没有钱的王爷啊，要不然那天买下她一天都丢出了两千两，两千两可以换多少这样的铜板啊。

一家酒楼的阁楼上，一个青衣男子正拿着酒坛子往酒杯里斟酒，一饮而尽，桌上已经摆满了空酒坛，青衣男子的脸上也隐隐泛出红晕。小二哥再次送上两坛酒时忍不住提醒道，“客官，您这已经是第十坛酒了，再这样喝下去恐怕……”“啪”一声，一锭银子被他砸在桌上，他什么话也没说，接过小二手里的酒坛，一把拧开，继续斟酒。

桌上点的几个小菜他却一点未沾，早在寒冬里凉透，因为坐在阁楼上最靠边的位置，窗户也大开着，偶尔飘进几片雪花，落在菜上，然后慢慢融化，大街上一片祥和热闹的气氛，他的包厢里却透着让人颤抖的寒气。

“客官，小的不是说银子的问题，只是您这样担心会伤身啊！”小二哥满脸真诚，再次偷偷瞄上青衣男子的脸，英气的眉，修长的眼，凌厉的眸，那嘴那鼻都不逊于模样绝色的女子，却偏偏长着个男儿身，真是……

“你还不打算下去吗，是不是银两不够？”青衣男子冰冷的声音响起。

“够够，小的这就走。”小二连忙将头低下，急忙离开了，这男子虽长得俊美，但属于他男儿的霸气却丝毫不减，一个眼神一句话便足以让人生寒。

“伤身……”他捏着手上的杯子，细细地端详着，眼神飘忽，明显有几分醉意，“这身子留着本没有什么意义……”

冷哼一声将酒洒向了窗外，酒水在空中散开，混杂着雪花飘向大地，丝丝的醉意，大地无情不醉，醉的只是义无反顾奔向大地的雪花……

那抹灵动的身影却突然映入了他的眼帘，随意挽起的青丝垂在脑后，被雪花肆意侵犯着，她却依旧笑得一脸灿烂，只是那笑再不是为他，那笑，是对着身边那个白衣男子，脸上始终挂着温婉的笑的男子……

第二十四章　为伊消得人憔悴

“妖月姐姐，子柔还想坐木马。”齐子柔拉着妖月的衣袖请求道。

妖月朝她指的方向望去，一个高高的台子上有几个木头坐的马，底座是半弧形的，人坐在上面可以借力摇晃。很多小朋友坐在木马上面，摇来摇去，好不得意。

“好啊，姐姐抱你上去玩。”妖月摸了摸子柔的脑袋，将她抱到了台子上，将她放在木马上告诉了怎么玩，然后走下来像其他家长一样在台下看着小孩们玩。

“妖月姐姐，我会骑马马了!”子柔在台上用力摇晃着木马，冲着妖月开心地大叫。

“子柔要小心，别摔下来了。”妖月开心地回应着她，回过头去看到熊毋康站在自己身边俊目含笑，熊毋康道：“平时夜里是少有时间出来京都一逛，此次还是托了你的福。”

听他语气像是宠溺孩子般笑意润润，妖月心间略微有些异样的感觉，“比起外面的热闹，王府深苑倒确实显得有些单调。”

“怕是日后会缠着姑娘。”他那样云淡风高的微笑，湛蓝无垠，让她无法言语，不自觉便嘴角含笑与他温柔对视了片刻。

妖月眼中的温柔落到了阁楼上仲楚歌的眼里，他捏酒杯的力道加深了，那份温柔曾几何时只为自己绽放，她曾为他上药，他曾向她伸出手，他们曾在山巅上忘我地亲吻……仿佛还是昨日的记忆中，却有疼痛像潮水一般赶上，几乎使人溺毙。同样的美好，于不同人面前绽放竟也是同样的效果，背后的柔情和纯真又是否相同?

他在爱或者恨的缝隙间辗转迷惑时，突然感觉到一股杀气，只见一条长鞭从人群中甩出，一把拉住了子柔所坐的木马的底座，子柔一个重心不稳从木马上摔了下来，还没来得及哭出声，跌落在地的木马突然在绳子的拉扯下向台下飞去，那方向正是妖月所在的方向。

木马就要砸到妖月身上，仲楚歌不假思索地从窗外一跃，落到了大街上，却因为人太多距离又远只能眼睁睁地看着沉重的木马继续飞向妖月。

“芷烟小心!”熊毋康突然收了脸上的笑，一脸惊惧地拉过妖月，自己挡在了她的前面，妖月还没明白过来发生什么事就已经被他紧紧地揽在怀里，只听到他发出一声闷哼，一股力冲击在他身上，他俩险些因为重心不稳而跌倒在地。

人群因为这突发状况迅速散开，台上木马上的孩子也都被大人抱下来，只有齐子柔还呆呆地倒在地上，刚刚那一幕让她吓得忘记了哭泣。

“子柔!”妖月从熊毋康的怀里挣脱，向台上跑去。

“芷烟!”一匹木马又被刚刚那条长鞭拉下台，飞向正往台上跑的妖月，熊毋康绝望地叫出声，他伸出手去，却没能拉住妖月，眼看妖月就要被木马砸住，一抹青色的影子突然从人群中飞出，长剑一横，无形的剑气将木马化成两半，脱离了之前的飞行轨道在妖月面前落下。

妖月低呼一声，转头向熊毋康望去，他们刚刚站的地方也有一匹同样的木马，难道刚刚熊毋康是为了替自己挡住那原本要砸到自己的木马？只见熊毋康向来温和的眼里突然涌上了杀气，手抚上腰间的古琴，一道无形的音刃向人群的方向射去。

“啊!”人群中，一个女子发出尖叫，她手臂上的衣物被划破，鲜血涌出，滴在了落满雪的街道上，一片狰狞的模样，女子恨恨地望着妖月，用没受伤的手用力一挥，人群中突然跑出四五个人，他们从背后抽出剑，剑光划破了大年夜的夜空。

妖月惊异地望着那个女子，女子妩媚的眼，勾勒出的狭长的眼线，是叱咤双蛇中的青蛇，她是给黑蛇报仇来了！妖月疾步奔上台，将子柔抱在了怀里。

青蛇手中的长鞭挥向妖月，一道音刃破空而出，长鞭瞬间断成两截，青蛇恨恨地将鞭子丢在地上，从腰间抽出软剑，向妖月刺去。其他几个人也横着剑杀向熊毋康。

熊毋康心一横，准备将音刃划向青蛇，眼看着不能顾此及彼，青衣男子丢出一句话，“你保住自己的命，芷烟我来救!”

熊毋康知道他是在跟自己说话，见他在青蛇之前飞上了木马台，便放下心来，眼前这个男子的功夫之高显而易见，对付一个青蛇是绝对没有问题的。几道音刃飞出，那几个人发出低呼声的同时，身上便多出了几道血痕，这可是传说中的音攻啊，难道他们今晚遇上了音王？

仲楚歌那双眼睛深幽无垠，仿佛倒映着整片夜色的清冷，让这原本繁华喜庆之气在那冷然的眸底寂灭无声。青蛇眼里露出了惊恐的神色，但还是挥着剑刺了过来，仲楚歌将妖月跟齐子柔护在身后，迎向了青蛇的剑，几招下来，青蛇便败下阵来，突然青蛇痛呼一声，被仲楚歌以剑柄击中腹部踉跄倒退。接着仲楚歌剑峰微偏，以迅雷不及掩耳的速度自她面颊狠狠抽过，虽不见伤口却痛彻骨髓，半边脸立刻红肿。

“这一巴掌，作为你执迷不悟的惩罚。”仲楚歌冰冷的声音响起。

“真的是你！”青蛇握着软剑的手微微发抖，咬牙切齿地说道。脸颊处剧烈地疼着，她却无暇去理会。为什么这个鬼魅般的男人总是出现，她深知自己打不过那个男人，便只能向妖月那个贱人下手，好不容易找到这么个好机会，为什么他又出现了！

妖月还没弄明白他话中之意，突然又有几个黑衣人飞出，“快走！”其中一个黑衣人对着青蛇说道，显然是她的同党。

青蛇银牙轻咬，恨恨地望了妖月一眼，纵身飞下屋顶。

仲楚歌眼睛微眯，嘴里吐出的话比寒冬的雪还要寒冷：“你们谁也别想走！”说完手中的剑发出低鸣声，瞳孔缩紧，一阵亮光闪过，黑衣人便倒在了地上，鲜血渗入洁白的雪花上，又有新的雪花瓣儿从空中飞落，却遮掩不了那狰狞的血迹。

台下那几个人在熊毋康的音刃下也没占着半点便宜，见青蛇走了，黑衣人倒地了，于是将所有的杀气集中到仲楚歌的方向，一个轻功较好的人见仲楚歌要追着青蛇而去，脚尖一点，冷锋刺向台上的仲楚歌，仲楚歌不见温度的神情犹如冰霜封冻，一剑划过，还飞在半空中的人被拦腰截断倒在了地上，眼睛还不甘心地瞪着天空。

妖月赶紧捂上齐子柔的眼睛，她也痛苦地闭上了眼，仲楚歌，他就是这样一个杀人不眨眼的人，从始至终都是，自己明明知道，却还对他依恋，她不该，不该！

那些人全力掩护着青蛇，拖住仲楚歌，最后一一倒在了雪地上，青蛇已走远，他回过头来望着怀抱着齐子柔的妖月。他眼底的杀气瞬间沉入眸底，妖月惊惧而厌恶的眼神被他尽收眼底，他竭力控制着自己想要走过去的冲动，终于转身离去。

妖月愣愣地望着那抹消失在街角的青色身影，隐忍的眼泪终于落下，落在了齐子柔的脖颈里，齐子柔扳开她的手，肉肉的小手抚上她的脸颊，“姐姐不哭，你看子柔也没有哭。”

妖月擦干了眼泪，“嗯，子柔最坚强了。”她冲着齐子柔笑，然后牵着她走下了木马台。熊毋康脸色有点苍白，却还挤出一丝微笑，然后将她轻轻地搂在了怀里，柔声说道：“没事了。”

妖月如释重负地将头靠在他的胸膛上，微微闭上眼睛，“嗯。”是不是只有他才能给自己心安，可是脑海中那个寂寥的身影却挥之不去。

回到齐府时已经到了后半夜，凭感觉，怎么也到了午夜两三点，妖月看熊毋康脸色苍白，本想让他先回去，可是他坚持要将妖月送回齐府，发生了刺杀一事，他无论如何也不可能让她这么晚独自行走。

“谢谢你。”齐府门外妖月从熊毋康怀里接过齐子柔，子柔在回来的途中已经睡着，妖月抱了一会儿熊毋康便坚持由他来抱，下人想要接手，却被他瞪了回去，妖月暗笑着便没拒绝，他堂堂音王抱小女娃恐怕还是第一次吧，看着他小心地将子柔接过去，她突然感觉好温馨。

“芷烟。”他低声叫着。

“嗯?”她将子柔在怀里放了个舒服的位置，抬头望向熊毋康，他修长的手指抬到她的脸颊边。

她微微一愣，下意识地想要闪躲，他却开口：“有一片叶子。”

看着他从自己的发际摘下一片枯叶，妖月脸红着低下了头，她还以为他要……

熊毋康望着手边的那两朵红晕愣住了，抱着子柔的妖月还低着头鄙视着自己的龌龊思想，没有看见熊毋康柔情的目光，直到那微凉的手真的抚上自己的脸颊，她又是一愣，抬头对上熊毋康柔情的眸。

雪花柔柔地飘下，齐府门外的温度明明很低，妖月却觉得脸几乎要烧起来，熊毋康手指轻抚着她精致的面颊，他手心的一点雪丝在妖月脸上印下了细微的凉意，却依旧拂不去脸上的火辣，那一瞬间她仿佛只能听到整个世界雪花儿落下的声音，静静的，轻轻的，如同他目光中可以包容一切的温柔。缓缓低下身来，望着她红润的唇，靠近，靠近……

“你怎么才回来，你……”身着锦衣的美少年跨过齐府的门槛，一直守在府内的齐子珂听到妖月的声音后立马赶了出来，眼前的景象却让他再也说不出话来。

妖月连忙后退一步，惊醒了怀里的子柔，子柔揉着惺忪的眼睛，“姐姐，到家了吗？”

“是啊，到家了。”妖月心虚地低下了头，“芷烟谢谢音王。”

不等熊毋康说话，便急忙转身回府。熊毋康看着她匆忙的脚步，也没再说什么，目送着她消失在府内，然后才望向还站在门边的齐子珂，那个小少年正一脸冷酷地望着自己。

“齐子珂拜见音王。”齐子珂见熊毋康望向自己，双手抱拳弯下腰去。

“不必多礼。”音王淡淡地说。

“更深露重，还请音王早日回府休息，子珂就不再请音王入府了。”

“你怎么跟王爷说话？”熊毋康身后的随从突然出口，还没有人敢对他家主子如此无礼。

熊毋康却淡淡地一笑，“无碍。”然后转向齐子珂，“本王也正准备回府。”说完便转过了身，向王爷府的方向走去。

齐子珂冷冷地望着他，直到他消失在街角，这才皱着眉回府，真正让自己生气的，还另有其人呢！

“王爷！”刚到转角处，熊毋康突然喉头一热，一口猩红的鲜血破口而出，随从急忙扶住他，“王爷的身体本就不该在如此冷冽的天气中待这么久，刚刚又被木马砸到了，得赶快回府诏太医才是。”

“嗯。”熊毋康望着雪地上猩红的鲜血，淡淡地答应着。

妖月抱着子柔经过齐府后花园时突然又听到一阵哭声，她好奇地走过去，看到一群人站在假山旁，齐老爷也在其中，还有几个小妾，哭声是五姨娘发出的，她趴在齐老爷身上不停地落泪，尖着嗓子叫道：“我怎么这么命苦啊，生不出儿子得不到老爷的宠爱，难道连女儿也要跟她娘一样被人欺负吗？”

妖月撇了撇嘴，这女人演戏天赋不错，那眼泪想出就出了，不过其中包含着多少真情就有待考究了。

“夫人，奴婢真的有好好照顾小姐，只是晚饭过后小姐说她想在假山后面待会，奴婢就回房给小姐拿冬衣去了，怕小姐冻着，谁知一个转身小姐就不见了。”一个身穿红衣的女婢抹着眼泪为自己辩解。

“子柔，他们是在说你吗？”妖月低头见齐子柔望着五姨娘。她发现子柔的时候小家伙身上已经落满了雪花，显然是在假山后待了很久，那个女婢怎么说转个身就不见了呢？

“那是娘亲。”子柔指着五姨娘，小声地说着，眼底的期盼让妖月心疼不已。五姨娘是个满腹心计的女人，整天想着怎么讨老爷欢心，怎么将其他小妾比下去，想必今天演的也是苦情戏吧。

“娘亲。”子柔大声地叫了一声，所有人都往这边看来，那个红衣女婢松了口气，小姐还在就好，只要小姐没死，谁也不会去追究太多，谢天谢地。

“子柔，我的心肝，你跑哪去了，你想死娘了。”五姨娘跑过来将子柔一把抱在怀里，眼泪又如开了阀的水龙头一样。

子柔一副受宠若惊的表情，想必平时是极少享受到娘亲的怀抱的，她小嘴一撇，也哭开了声，一遍一遍地叫着：“娘亲，娘亲……”妖月看到这画面心酸不已，两个哭得撕心裂肺的女子，一个为来之不易的爱，一个却是做戏，何其悲哀。

“好了，子柔找到了你也该满意了，闹了这么久快点回去歇息吧，让人看了笑话去！”齐老爷面有不满。

“等等。”水龙头瞬间关闭，五姨娘将子柔放到了女婢的怀中，望着妖月说：“可是妖月姑娘带走齐家小姐的？”

妖月在心中笑，平时怎么就没意识到齐家有这么个小姐呢，现在搬出她小姐的身份来说这话，莫非还要给她安个拐卖小姐的罪名？

“妖月只是路过假山，看到子柔一个人坐在假山后面哭，大年夜想必老爷夫人因为事务繁忙也顾不上她，便带着她去外面逛了逛。”

“逛了逛？那子柔衣服上怎么会那么脏，分明就是你私自带走齐家小姐，别以为你为齐家出了个点子就可以在齐府肆意妄为，子柔怎么说也是老爷的亲生骨肉。”

妖月听了简直想笑出声来，她妖月貌似也没得齐府太大的好处吧，也就是拿着超级 VIP 卡四处骗了点小东西，她给齐府带来的利润跟这根本没法比。

“妖月姐姐心疼子柔，带子柔出去玩。”子柔在女婢怀中大声说着。

"你给我闭嘴!"五姨娘听了子柔的话脸色一变，刚刚的慈母瞬间变成了虎姑婆，子柔被她的呵斥吓得一惊，咬着嘴唇，强忍着眼中的泪水，却还继续说道："妖月姐姐是对子柔最好的人，她给子柔买吃的，还带子柔玩木马，妖月姐姐……"

五姨娘伸手"啪"一声打在小娃娃的脸上，脸色铁青，"连你这个死丫头也要跟娘作对吗?"子柔哇哇地哭起来，她呵斥道："不准哭!"子柔回过身趴在了女婢的身上，极力压制着哭泣声，"把她带走!"五姨娘对女婢吩咐道。

女婢带着子柔退下后五姨娘又转向齐老爷："老爷你看，子柔才跟她出去了一个晚上就知道这样顶嘴忤逆大人了，这个女人本就来历不明，再留在齐府不知道还会引起怎样的祸害。"

"五姨娘是忘了自己当初的身份了吧。"一个冷冷的声音从人群外响起，下人们让出一条道，齐子珂冷着脸走了过来，望着妖月的眼里还有些许怒意，但还是执意站在她的立场说话："而且我从来都没有把妖月当作外人。"

"不当作外人，那你当作什么!"五姨娘被他前面那句话吓得脸色苍白，她嫁入齐府前是一个身份卑微的戏子，身家并不清白，若齐子珂翻起陈年旧账她怕是更难堪，好在齐子珂又说到另一个话题上，她便赶紧抓住救命稻草一样转移大家的注意力。

果然，老爷的脸色微微一变。

"我……"齐子珂望向妖月，刚刚齐府门外的那一幕又出现在他的脑海，她竟然跟其他男人玩到半夜才回来，还公然在齐府门外……

他移开目光，"她是我的贵客。"

妖月松了口气，她刚刚真怕齐子珂一急之下说出点什么不妥的话来，比如说喜欢她，把她当作红颜知己什么的，从她这么久的观察来看，那小娃一定对自己动心了，青春期的少年情窦初开也是理所当然，不过她可承受不起。

"柳姑娘是齐府的贵客，她今天不过是带着子柔出去玩了一下，你大惊小怪干什么，真是丢人现眼!"齐老爷发话，这闹剧也是时候收场了，刚刚齐子珂欲语又止的模样让他的心也提到了嗓子眼，这妖月虽说容貌出众，又有平常女子所不具备的智慧之心，可毕竟出身过于卑微，他就齐子珂这么一个儿子，若娶了这样一个女子怕是对齐府的名声有损，看来她是不能长留了。

“子珂你到我书房来一下。”

“是。”齐子珂跟在齐老爷身后离开了。

五姨娘狠狠地瞪了妖月一眼，轻哼了一声也离开了，其他该散的也都散了，偌大的花园里只剩下妖月一个人，雪花还在飘落着，这场闹剧虽没让她多难堪，但她也是个明白人，这齐府怕是不再有她的容身之处。

第二十五章　此生悔做帝王妇

元宵夜，齐子珂破天荒地邀请妖月去赏花灯，妖月最近受齐老爷所托给齐家各店铺的掌柜灌输21世纪商家理念，同时也在完善VIP卡的制度，今天又忙了一天，巴不得立马扑倒在床沉沉地睡去，可是自从大年夜那天自己与熊毋康的亲密动作被齐子珂看到后，那美少年便一直给自己脸色看，难得今天主动跟自己说话，她不想扫了他的兴，便应了下来。

元宵夜的热闹程度比起大年夜来有增无减，毕竟大年夜是团圆的日子，而且许多大户人家在大年夜还要进行祭祖仪式，街上行走的都是平头百姓，元宵夜却完全是另一番景象，许多衣着光鲜，身份显赫的人也加入其中。

据齐子珂说，自楚国开国以来，元宵夜就是民间最盛大，最富有人情味的节日。据说先帝跟自己最宠爱的妃子就是在这样一个夜里相遇的。那时先帝还是皇子，跟着一名大臣微服私访，体验民间生活。那夜他提着民间精制的花灯，偶遇了提着跟先帝手中一模一样的花灯的仲卿鸾，也就是先帝在世时最为宠爱的鸾妃，二人一见钟情，在民间共度了一段神仙眷侣般的生活。

先帝登基后，便将仲卿鸾带进了宫里，封了贵妃。先帝为了纪念他与爱妃的相逢日，将元宵夜定为了花灯节。甚至每年的这天都会登上城楼，让百姓们一睹龙颜，以示自己亲民，顺便也回忆一下当初那段纯真美好的爱情。

这一天，上至天子，下到平民，都要尽心尽力地欢乐。男子们在这一天可以不用做工，女子们更是享有特权，在这一天可以打扮得漂漂亮亮，名正言顺地出门逛逛，晚归了也不会被骂，因为这是皇帝给百姓们的特权。因为有了年轻女子的加入，花灯节也就成了最有诗意，最浪漫的节日，男子们想效仿先帝遇上美貌绝伦的女子，女子们想效仿鸾妃遇上身份华贵的王孙公子，不少爱情故事在此时上演，不少异性间的倾慕在此刻发生。

“火树银花触目红，揭天鼓吹闹春风。新欢入手愁忙里，旧事惊心忆梦中。但愿暂成人缱绻，不妨常任月朦胧。赏灯那待工夫醉，未必明年此会同。”妖月看着大街小巷都有男男女女提着花灯经过，想起了一首元宵佳节的诗，便低低地吟了出来。

见齐子珂惊措地望着自己，妖月不好意思地笑笑，岔开话题说：“先帝跟鸾妃的爱情故事想必是羡煞许多人，那他们现在依旧恩爱如初吗?”

齐子珂久久地望着妖月，嘴里吐出一句：“鸾妃进宫不久就香消玉殒了。”

鸾妃在宫的几年先帝与她恩爱如初，却遭来了其他妃子的忌妒，天妒红颜，鸾妃最终没能逃过宿命，在一场以如妃为主谋的迫害下死去。那样一个倾国倾城又倍受皇帝疼爱的女子怎能不遭人妒忌呢？古来多少美艳绝伦的女子入了皇宫便独自守得个愁，入了帝王宫，便是寂寞的开始，曾经所有的怜爱，宠幸，要么随着新一代佳丽的出现戛然而止，要么，就像鸾妃一样将爱带到冥间去。

先帝悲痛欲绝，赐了如妃三尺白绫，在即将行刑之际，太后的懿旨却到了，以如妃已为皇上诞下皇子有功为由，要求赦免她的死罪。在太后以及各大臣的压力下，先帝被迫放了她。死罪可免，活罪难逃，如妃余生便在冷宫度过，世间的繁华再与她无关，最后也香消玉殒在孤寂的冷宫里，临死之前只说了一句话：“悔做帝王妇。”她临死前的这句怨言也断了她儿子的前程，据说先帝闻言大怒，当即撤了该妃子诞下的小皇子太子的头衔，而那个小皇子，正是当今音王熊毋康。

妖月无声叹息着，为如妃临死前的一句“悔做帝王妇”心酸不已，鸾妃是一悲剧，音王的母妃如妃又何尝不是一大悲剧呢？悲剧的开始往往毫无征兆，都是宿命埋下的种子，等待开花结果的那天，便是“一杯黄土收艳骨，数丈白绫掩风流。”她们两手一甩便摆脱了尘世的喧扰，只是活着的人守着孤寂悲哀一生。

鸾妃逝去后，先帝再没有独宠的妃子，雨露均沾，人道是君王无情，岂料正是他的情已被佳人带走，这才落得个风流的名。

还有熊毋康，才出生不久便跟着大罪的母亲入住冷宫，落下个体寒的身子，自小体弱多病，好在有古琴化解他的悲寂，不至于凄惨一生。

“歇歇吧，一会儿皇上会登城楼与民同庆。”齐子珂见妖月一脸哀伤，轻声提议道。

“嗯。”妖月淡淡地点头。

“音哥哥快啊，皇……二哥马上到了。”

齐子珂跟妖月才走进一家靠近城楼的酒楼，一个脆脆的声音就从后面响起，妖月下意识地准备让开道，却还是被人擦到了肩膀，险些跌倒。好在齐子珂手快，及时扶了她一把，这才稳住身子。

他们望向身边的冒失鬼，只见一个清秀的小少年正拖着一个白衣男子往酒楼里冲，小少年眉清目秀，一看就是女扮男装，妖月在心底暗暗笑着，古装戏里她还不信古代人真有那么蠢，会做女扮男装的事，因为实在是太明显了。

“看什么看，看到本小……本公子来了还不知道让路?”听了她的话妖月更加确定她是个女孩儿，听着她故作沉哑的声音忍不住低笑出声。

“你笑什么?!”小女孩见妖月突然笑了起来，眼里泛起怒意，今天路上出了点小意外已经没来得及跟二哥会合，到了这里居然还被两个平头百姓给挡住了，这也就算了，居然还敢笑她，她玲珑岂是一般人可以耻笑的?正愁有气没处发，这会儿妖月可算是撞到枪口上了，只见她想也没想就扬起了手掌，向妖月脸上扇去。

“呀!”一声尖叫传出，却是玲珑的方向，一颗墨玉棋子落地，齐子珂将妖月护到身后，站在玲珑面前，怒声斥道：“哪家养出的野小子，这里岂容得你撒野?!”他虽然跟玲珑一般年龄，却比玲珑高了近一个头去了，玲珑需仰头才能与他对视，他的声音里又是满满的怒意，骇得玲珑不禁后退了一步。

而后又觉面子上挂不住，挺起了小胸脯，怒瞪着齐子珂，“你才是野小子，你知不知道凭你这些话我就能让你掉了脑袋!”

“玲珑，不得无礼。”一个温婉中带着严厉的声音响起。

玲珑转过头去看着身后的白衣男子，“音哥哥，我……”

“见过音王。”妖月跟齐子珂齐齐给音王行了个礼，原来被小丫头拖着跑的人就是音王熊毋康，他的袖子还被玲珑拽着，脸上的谦和之气却丝毫不减，向着妖月跟齐子珂微微点了点头，“在外不必在乎那么多礼节。”

玲珑从音王看他们的眼神中知道他们是音哥哥的朋友，也不好再发作，狠狠地瞪了齐子珂一眼，齐子珂也不甘示弱地给她丢白眼，气得她杏眼圆睁，正欲发作齐子珂却不再理她，转头对掌柜说道：“要一间包厢。”

“不好意思，客官，今天花灯节，包厢都被订完了，最后一间包厢也被这两位公子要了。”

齐子珂向掌柜所指的方向望去，看到玲珑一脸得意的模样，“哈哈，没有包厢了，活该啊！”说完冲着齐子珂做了个鬼脸就拉着熊毋康往楼上奔去。妖月被玲珑憨态可掬的可爱模样再次逗乐，那笑直直地落入了熊毋康的眼睛里，正被拉扯着往楼上走的熊毋康突然扬起声音说道：“不知齐公子和柳姑娘是否愿意跟我们共用一个包厢。”

“什么?!”玲珑瞪大了眼睛回过了头，顺便望向了齐子珂的方向，少年白衣胜雪，傲然立于人群中，脸上满是桀骜不驯，她突然就怔住了，直到齐子珂再次抛给她一个白眼她才缓过神来，她一边回瞪着齐子珂一边抗议：“那么一个小包厢怎么还装得下他们两个啊?”要跟那个讨厌鬼一个包厢?她才不要！

“怎么不行，那包厢比你想象中的大多了。”熊毋康回过头去望着小丫头，脸上仍是温和之色。“不理你了！”玲珑双手一甩，一个人上了楼，到了楼梯转角处又偷偷回头望了少年的方向，少年的目光却没落在她身上，她的心蓦地漏了半拍，失落地走进了包厢。

熊毋康看着玲珑生着气跑上楼，一脸无奈的笑。齐子珂想起那天的画面，是极不愿意跟他一起，但是一则不想过分表现出吃醋的神色，二则又怕妖月已经疲惫，便不发一言地望着妖月，等待着她拿捏主意。

“谢王爷好意，我们在大堂坐坐便可。”妖月微笑着道谢，齐子珂那臭臭的脸色她早就看在眼里，她可不想好不容易缓和过来的气氛又变得尴尬起来，自己在齐府也没多少日子待了，就顺着他一点吧。回过头看齐子珂时，他脸上果然露出喜色，见妖月转过头来看自己，马上又恢复了酷酷的神色，一副“你怎么样随你便”的样子，妖月不禁抿嘴一笑，果然是个孩子。

他们的神情熊毋康尽收眼底，心里也隐隐明白了妖月的用意，便没再强邀，告辞上了楼。

齐子珂与妖月便在大堂一个角落处落座，茶香在手，碧叶清盏翠淡明亮，其上隐有雪雾之色深绕，盈盈透出些许温润的色泽。妖月抿了口茶，齐子珂笑她也懂得淑女了，还拿她之前将茶当水喝的事来说笑，她只是抿嘴一笑，没反驳什么。

齐子珂却因她嘴角边的浅笑愣住了，见她仿佛回味悠长地望着窗口出神，脸上淡然的表情跟她看来尚浅的年龄完全不符合，是怎样的世事经历让她有这样一副淡然自若的神情以及处事时的条条有序。

妖月一心飘往窗外，想象一会儿圣上登城高呼是怎样的壮观场面。

过不多时，只听远处一片呐喊，人群开始往城楼边挤去，妖月与齐子珂也随着人流挤到了城楼之下，齐子珂将妖月揽在身边，竭力为她争取多点的站立空间，“京都的人倒是越发多了。”妖月回头一笑，“谁人不想一睹天子之颜?”

正说着城门处突然鼓声威严动如雷鸣，震彻四方。随着金鼓隆隆，一道低沉的号角声仿佛自天边响起，城门缓缓开启。一时间满城的喧闹像是被外开的城门吞噬，整个京都蓦然安静，陷入肃穆之中。万众翘首，遥望一方，城门处如同错觉般出现了几行带长矛的内廷军，兵戈锋锐，成十个方阵依序而列，冬日的寒意尚未褪尽，节日的气氛已经让人忘却了寒冷，这突然的安静使得原本清明的夜空变得肃杀，仿佛冷冷凝聚了寒意。

碧空之上一面火红色大旗跃然高擎，昂然于城楼顶端，其上明绣九爪蟠龙神形威怒，昂首腾云，猎猎于长风之中。一身明黄色袍子从城内一步步走上城楼，站在高高的城楼顶上披风高扬肆虐风中，眼底有不怒而威的冷冽，如同夺目寒光洒向楚国的每一寸土地。

“吾皇万岁!”随着他身边的一个公公右手一挥，所有内廷军几乎在同一瞬间单膝下跪，行军礼，振声高呼，战甲声锐，铿锵如一。

京都所有的百姓也不约而同地跪了下来，身体匍匐在地上，恭敬如命地高喊：“吾皇万岁万岁万万岁!”这一声自千万百姓口中同时喝出，虽声音没有内廷军的铿锵有力，但都被君王的威严征服，发自肺腑之声，的确是震天动地，九城失色。

妖月身体匍匐在地上好一会儿才回过神来，那肃穆的气氛，来自城楼顶上那人的威武之色，让人不得不敬，几乎是身不由己地俯首称臣，有的人似乎天生就生得帝王相，登高一站，便让人望而生敬。

执疵身边的公公拿着明黄的圣旨宣读了一些话，无非是天佑楚国，天下盛世，国泰民安，皇上龙颜大悦，与民同庆之类的官方语言，妖月听着听着便心生耐烦，她不由得偷偷抬头，那人明黄长袍在风中飘扬，夜空中看不到他的脸，但周围似乎有一股强大的气场，睥睨天下，风神绝世。

难怪一向不屑权贵的齐子珂提起他语气里也满是恭敬，他亲自训练精兵铁骑，南征北战，骇人听闻的辉煌功绩，对外战无不胜攻无不克，对内政绩累累，国泰民安，称雄宇内，威震六合。

妖月愣愣地仰头遥望着，月色在他身后化作水天一色的背景，他的身影如同神人一般屹立在城楼，恍惚间，竟看得他低下了头。

执疵目光扫过数万百姓，最后竟落在妖月身上，凝眸相望，距离虽遥远，但那张不绝于尘世的脸依然吸引了他，她身着淡蓝的罗纱裙，遥遥地望着城楼顶端的方向，那样清冽的目光，如清莲一般脱尘。

那晚对于妖月来说只是数以亿计的记忆中的一点，那点记忆中如神人一般屹立于城楼的身影最终隐没在渐暗的月色下，却不料，正是那浅浅的一点，便改变了她的整个命运轨道，巨大的齿轮从那一晚便开始脱离原有的轨迹，无法抗拒地沿着命定的轨道缓缓契合，转入了另一方既定的宿命，改变了她，或许是所有人的未来。

第二十六章　一寸相思一寸灰

几天后，最后一批秀女即将被送进宫的日子，一道圣旨下到齐家。

“奉天承运，皇帝诏曰，预选秀女妖月因品貌端庄，曲艺双绝，天姿聪敏，通慧灵淑，甚得圣上欣赏，今特下旨意宣妖月随秀女队伍一道入宫，随侍致和殿，钦此。”

妖月跪在齐府门内，呆呆地听完了所有的话，前面让人眼花缭乱的赞美词她已忘却，可是一句“随侍致和殿”却在她脑内久久徘徊不息，入宫，随侍……

“妖月接旨啊!”公公念完后见妖月依旧如个木头人一般跪在地上，不禁尖着嗓子喊了一句，面上略有不满，心里暗自思忖着，像这样木讷的女子即使得了圣上的欢心，但入宫久了圣上失去最初的新鲜感了，便只能跟宫里大多妃子一样如墙上残草一般暗自枯萎。

妖月脊背已然僵硬，强压着心中巨大的疑问，双手举过头顶，“民女妖月领旨谢恩。”声音里有丝丝颤抖，旁人没能听出，齐子珂却听出来了，他侧眼望着妖月微微抖动的衣襟，握紧了拳头，最后却只能万般无力地松开。

皇上的圣旨惊动了整个齐府，齐子珂全然不顾齐老爷的反对坚持要求留下妖月，还咬牙切齿地说了一句：“凭什么他帝王家要人便要人，这天下可非他楚家的。”

一向沉稳的齐老爷竟一个巴掌扇在了齐子珂的脸上，少年俊美的脸颊瞬间多了五个红印，众人都惊住了，齐老爷一向视齐子珂为掌上宝心头肉，下如此重手还是生平第一次，他眼含怒意，指着齐子珂的鼻子骂道：“你竟敢说出如此大逆不道的话来，若你有一天因口出狂言而暴毙街头，倒不如让我亲手打死了去!”

“妖月我是留定了，谁也别想带走!”少年冷着眸子，一字一句地说道，四姨娘连忙走上前去捂住了他的嘴，望着他微微摇头。齐子珂看向娘亲的眼里多了一份沉重，但仍是一脸决绝。

“家法！”齐老爷转过身去，恨铁不成钢地甩出两个字。

“老爷！”四姨娘闻言惊措地跪在地上，“子珂口出谬言惹老爷生气，是奴家的错，我愿替子珂领家法！”她深知齐老爷的脾气，这次他是真生气了，请出了家法便再无收回之理，她也不做过多求情，只愿老爷看在子珂年纪尚小的份上从轻处罚。

“娘！”齐子珂跪在母亲面前，扶住她颤抖的身子，“你这是做什么？”

“子珂性子一向沉稳，行事有方，今日做出此等有悖常理之事你也难逃责任，既然你自己愿领罚，便跟着他一起受罚！”齐老爷铁青着脸，言语间怒气不减。

母子二人被摁在了地上，家奴面面相觑，四姨娘平时待人宽厚，齐少爷也乐善好施，他们实在是不忍下手，但看着老爷像是动了真格，便咬了咬牙将棒子挥了下去，尽管手上留了几分力，但四姨娘还是疼得咬住了嘴唇，齐子珂挣脱家奴的困缚，扑在了母亲身上，雨点般的棒子尽数打在了他瘦弱的身躯上，虽是从小有练武，但毕竟才十五岁，怎经得如此要人命的棍棒之力，十余下后渐渐有点支撑不住，四姨娘亦头冒冷汗，抱着齐子珂眼泪簌簌直落。

旁边的丫鬟家奴都别过头去不忍心看，齐老爷的眼里也有丝丝波动，但想到齐子珂刚刚的大逆不道之言，若不趁早给他点教训，怕是迟早闯出祸端来。齐老爷的几个姬妾倒是当把戏一样看着，人性凉薄，在这几棒之下尽显。

“住手！”一个震惊的声音从厅门口处传来，只见妖月一身秀女装出现在门外，厅内的人皆是一愣。

“妖月……”齐子珂虚弱的声音几不可闻，他望着妖月身上的衣装，暗自握紧了拳头。

“你们这是做什么？”她赶紧跑了上来，扶起四姨娘和齐子珂，他们二人皆是疼得脸色苍白，刚刚齐子珂的随从跟她说这边的状况时她还不敢相信，齐老爷平时虽严厉，但明眼人都看得出齐子珂是他的心头肉，怎会因为他对自己的袒护就下如此重手？

“逆子小小年纪就出言不逊，若不重重教训以后定会铸下大错。”齐老爷严厉的声音冷冷地传出，“责罚还未完，停下做什么？！”家奴又举起了棍棒，妖月连忙护在齐子珂前面，“妖月领旨进宫，还请齐老爷手下留情。”

“不……”齐子珂闻言一惊，抓住了妖月的手。妖月回过头去对他微微一笑，“缘起缘落，我也是时候离开了。”

齐子珂面有痛色，正欲说什么，四姨娘却拉住了齐子珂的衣襟，目中含泪，微微摇着头，有些人不是你的，便注定留不住，该来的会来，该走的迟早会走，她不想儿子为无畏的情缘再受到伤害。

齐子珂望了一眼几近虚脱的母亲，生生吞下了已到嘴边的话，咬着牙垂下了头。妖月从腰间拿出那块超级 VIP 卡，走上前放到了齐老爷面前的桌上，微微鞠了个躬说道：“妖月三生有幸得到齐府的收留，承蒙老爷的赏识与厚爱，如今将这 VIP 卡退还给老爷，齐府对妖月的大恩大德来日有机会定会相报。”

她回过头去望了眼齐子珂继续说道：“子珂是因为一时冲动口出狂言惹得老爷生气，妖月明天便随秀女队伍入宫，绝不给齐府带来一点麻烦，还望齐老爷别再责罚齐少爷。”她不说子珂，一口一个老爷少爷，强调了子珂跟他的关系，该心疼的怎么说也该是他。

齐老爷见齐子珂低着头不再胡闹，而妖月也愿意进宫，便挥手退下家法。妖月微微松了口气，回过头去正望上少年抬眸时无力而无奈的眼神，蓦地心疼，齐子珂对她来说就如亲弟弟一般，如今说离开便得离开，心里怎能不惆怅？

浩浩荡荡的锦色八抬轿停在揽月阁门口，管事的公公宣了圣旨后，入选秀女被一一送进轿内，多少人的荣辱盛衰在这一刻改变，都说宫门深似海，但总有人前赴后继般地想要入宫。锦轿前后四周都有不少侍卫，街道两旁挤满了百姓，啧啧赞叹于队伍规模的盛大。

坐在豪华坐轿内，妖月满目疮痍，本以为已经逃脱了揽月阁的束缚，岂料到头来还是一样任人玩弄于股掌中，这个莫名的时空，她做的一切努力都显得那么微不足道，都抵不过权势之人的一句话，一道明黄的圣旨。

她撩起了轿帘，远远地能望见城门，皇宫原本宽阔的青石甬道，因两面高起的红墙而显得狭窄了许多，抬头尚能看到一道碧蓝色的天空，干净透明，却十分地遥远。心酸漫上心头，这一进去，生活又将泛起怎样的涟漪？

轿子经过城门时，四五个黑衣人从四周的城楼上跳下，直直地落在秀女队伍里，冰冷的剑锋以迅雷不及掩耳之势无情地划上侍卫的脖子。黑衣人明显是经过专业训练的，其他侍卫还没来得及拔出剑便如之前的同伴一样倒在了地上。领头的侍卫一个手势打下，轿夫加快了脚步，只要进了城门，将秀女成功送进宫里便没事了。

可是黑衣人的速度是那么地快，几下便追了上来。侍卫长带着侍卫们迎了上来，挡在了锦轿后面，城门大开，轿夫们额上冒着冷汗，脚下的步子却丝毫不敢懈怠，几步，就几步了……

妖月所在的锦轿刚刚碰触到城门的位置，突然一个戴着铜色面具的黑衣男子骑着一匹骏马向这边疾奔而来，速度快得让人只感觉一阵风从身边掠过，再睁开眼时那男子已经到了城门之下，阻挡他的侍卫只感觉到一股排山倒海般的杀气迎面袭来，还没从震慑中反应过来，脖子上已经多了一道血痕。

铜面人凌厉的眼神与死神无异，几剑划过，花轿便被肢解为片片木板垮在了地上，身着粉色秀女服的妖月身体突然失去了平衡，身子向地上倒去。

还没来得及惊呼出声，一双有力的手臂揽住了她盈盈可握的腰肢，手臂用力地一收，妖月便如一只轻盈的蝴蝶被拉上马，身后是铜面人坚实的胸膛，隔着衣襟尚能感觉到那沉稳而有力的心跳。

这突如其来的变故让妖月恐惧万分，怎么怎么，这是劫人不成，连皇帝的人也敢劫，哪里来的野贼。她不要当强盗的压寨夫人啊！妖月紧张地抓住骏马的鬃毛，转过头，只看到一张面目冰冷毫无表情的铜面具，还有面具后那凝聚有力的眼神，她的叫声瞬间被那凌厉的眼神吞没，那眼神……很熟悉。

铜面人迅速地调离马头，手上的缰绳用力一震，骏马会意地抬起了前蹄，向更远的地方奔驰而去，夕阳正好，铜面人身后是高耸入云的宫城，他与柳芷烟的背影化作水天一色的剪影，仿佛这一去便抛下了一切的世俗，朝堂权势再与他们无关……

第二十七章　同是天涯亡命人

“喝水。”一间破木屋内，铜面人递过一个水袋。他带着她疾奔了许久终于甩脱追兵，在山野间发现一个木屋，就此安歇片刻。他静静地望着眼前的女子，她虽是经过了一番颠簸，风尘仆仆，但面庞清秀，淡淡的妆容更显典雅，身上的灵动之气亦丝毫不减，淡然如出尘仙子。

妖月没去接水袋，只是望着面具后的那双眼睛，因面具遮得过于严实，连眼睛也无法看到完全，但那眼神她却是那样熟识于心。“为什么不摘下面具?”

铜面人并不答话，将水袋放在妖月的身边，走了出去。

这里是一个空旷的山谷，冬日天短，暮阳早早的沉入西山，山脉在夕阳的余晖下泛出柔情。妖月看着独立于溪边的铜面人，心里升起一种说不清道不明的情感，是他吧，虽然宽大的袍子遮住了他的身形，可是那寂寥的背影却没有变，仿佛随时会消失于天地间，那样飘渺不真实的感觉。

“你是在乎我的，是吗?”妖月走到他的身后。跟皇帝抢女人是死罪吧，可是他还是这样做了。既然连死都不怕，为什么不愿意远离一切带她走呢?只要他愿意，她也愿意接受了眼前的事实，当作自己就是一个普通的古代民女，什么21世纪，什么宫廷，她都可以丢下，不管在哪里，她只是想要一份心安而已，若他愿意给，她丢下以前的记忆又有什么关系呢?

铜面人冷漠地望了她一眼，“我不知道你在说什么，我救你自然有我的目的，你无须过问，也无须多想。”说完走向了丛林深处，留下妖月一个人怔怔然地站在溪水边。

天大黑时铜面人在木屋外生起了一堆篝火，一只尖利的木棍上插着一只野鸡。妖月坐在篝火边，嘴里嚼着一个野果，同时眼巴巴地望着那只正在受烤刑的野鸡，野鸡身上烤出了层层油滴，噼里啪啦地落到火里，一阵诱人的肉香飘进了妖月的鼻子，妖月吞了吞口水，想要用手指去搓搓小野鸡，看有没有熟，却被一边的铜面人用木棍狠狠地击了一下。

她吃痛地缩回手，鼓着腮帮子瞪着他。面具后的他嘴角荡起浅浅笑意，丢出一个字：“烫。”

妖月撇了撇嘴，又瞪了他一眼，气呼呼地说道：“我都知道你是谁了干嘛不取下面具，你那面具是铜做的吧，这么大的火烤着不热吗？”

他凌厉的目光射向她，她却不屈服般迎着他目光的审视，沉哑的声音从面具后面发出，“面具的材质很特殊，不会被烤热。”妖月见他刻意回避了他身份这一话题，气恼地转过了头。

片刻后，铜面人将野鸡递过来说道：“熟了。”

妖月却扭过头去不理他，以示自己正在生气。

“不吃？”面具后的脸带着笑意，他将野鸡靠近了自己，“嗯，好香啊。”妖月再次吞了吞口水，但还是坚持着没有回头。

“好吃。”铜面人带着诱惑的声音传到了妖月的耳朵。

妖月脊背一直，他已经开吃了？那野鸡那么瘦，他要是一个不小心给吃完了怎么办，她可是整整一天都没有吃东西了啊。

“不要啊！”她再也控制不住地转过了身子，却见那只野鸡还安然地插在木棍上，他拿着棍子晃荡着，她甚至可以想象面具后面那张奸计得逞的脸。可恶，这种小儿科的伎俩也玩！既然脸都丢尽了就不能再让肚子挨饿，她要吃！

“给我。”她的手向野鸡抓去，他的手却突然移开，黄澄澄的野鸡被挪走了，她伸手又去抓，他却晃来晃去就是不让她碰到，她气急，站起身来，扑向野鸡。由于坐久了突然站起，大脑瞬间充血，眼前一黑，小腿一麻，整个人向前面扑去。

铜面人连忙将野鸡丢到一边，伸开双手接住了妖月，却被妖月压倒在了草地上。

“我不是故意的啊。”妖月用手臂撑起了自己的身体，铜面人还被压在身下，“你有没有事，没磕着吧。”她的身体一动，挣扎着要爬起，手臂一酸，又重重地倒了下去，她听到身下的人传来一声闷哼，正想着是不是压得他疼了，却突然感觉那哼声怪怪的，她在现代看过的言情剧不少，限制级的画面多多少少也有点，这哼声好像，很暧昧啊……

妖月突然发现大腿正好压在铜面人的私处，身后的篝火还在燃烧着，映衬着妖月俏丽清新的脸，她感觉脸上一阵阵发烫，这一动一扭间，暧昧因子四散开来。她感觉脸上烧得厉害，连忙爬起，却被他一把抓住了手臂。他手上一用力，翻身将她压在了身下。

她呼吸急促，头一偏，见到被他丢在草地上的烤熟了的野鸡，连忙转移话题，“我，我饿了。”却听他低沉而暧昧的声音说道：“我知道，我也饿了。”她瞪大了眼睛，望着面具后那双柔情的眼，她不是那个意思啊，此饿非彼饿啊……

正胡思乱想中，他却突然从她身上爬起，一把将她从草地上拉起，脚冲着火堆一踢，火苗四处散去，落在冰凉的草地上，渐渐熄灭。他抓紧了她的手臂往丛林深处跑去。“你，你要带我去哪儿?”她奋力地把手从他手臂中抽出，停在了原地怒瞪着他。干嘛要往丛林跑，他想干嘛?

“有人来了!”他回过头来冲着她一喝，又拉扯着她再次往丛林跑，她死死地站定不愿动，他回过头望着她，见她哭丧着脸指着刚刚起篝火的地方，“野鸡啊……”好不容易烤熟的，她肚子已经饿得不像话了……

“该死!”铜面人恨恨地骂出一句，迅速地跑到篝火处将遗失在一旁的野鸡拿起，看着他弯腰为她拾起那只小野鸡然后向她疾奔而来，她的心突然融化了，真的是他吗，是那个傲然立于山巅，欲将万里江山握之于手不可一世的男子吗?

两人手牵手匆匆跑进丛林深处，原本待过的草地上亮起了几个火把，妖月望着那条条火龙，惊叹于铜面人敏锐的洞察力。铜面人紧握着她的手头也不回地前行，她心里泛起一丝甜蜜感，这样子，很像私奔呢。

两人才跑进丛林，黑暗中本来四散在山谷的点点火把迅速集合在一处，又分开数支，分别朝着不同的方向移去，有一支快速向他们这边而来，做全方位的搜索，看着身后不断靠近的光亮，她知道追捕他们的人追上来了，望着那些在黑暗快而不乱迅速移动的火把，她的心几欲破腔而出，手也微微发抖。铜面人察觉了她的恐惧，用力地握住了她的手。她微微一愣，转头望向他，他在这样危险的情况下居然没有丝毫狼狈，依旧一副从容的模样，镇定自若。她慌乱的心突然就安静了下来。

“你待在这里别走，我把他们引开就过来找你。”他将她送到一块巨大的岩石后面。

“不。”她反握住了他的手臂，黑暗中大片的光亮让她无法不恐慌，可是她不要他为她冒如此大的危险，她强作平静地说："他们的目标是我，就算我被他们带走，应该也不会有生命危险，可是你出去，就什么也说不准了。"

面具后的眼睛久久地凝视着她的眸子，四周虽然暗沉，可她的眼睛还是泛着动人的光芒，他拉下了她的手："相信我。"

只是三个字而已，却让妖月的眼神为之一颤，相信他……

"嗯!"她定定地点了点头。

妖月看着他修长的身形被黑暗吞没，低声默念："我等你。"

他的离开使她变成孤身一人，心骤然空落到极至，她孑然而立，怀里还抱着已然失去了温度的野鸡，却没有心情再去理会空空如也的肚子，只是一心祈求他平安。丛林里林密影深，黑朦朦一片，隐约从遥远的地方传来人马嘶鸣，几处火光突然转变了方向，紧接着所有的光亮都向丛林外移去，突然间喊杀声起，仿佛有激战交锋，又仿佛只是错觉而已。

妖月慢慢地蹲下，靠在大岩石上，冰凉感传入后背，却让她大脑沉静了下来，不再是那种置身梦境一般的感觉，静静在原地等他归来，四周是足以吞噬一切的黑暗，寂然无声，隐藏了所有的慌乱和担忧。

时间一点一点地过去，等待是漫长的，黑暗像是没有尽头一般，铜面人还没有回来，隐约中似乎听到一阵低吟声，像是小孩子的呜咽，妖月头皮阵阵发麻，可那呜咽声在寂静中却不断地放大。

她鬼使神差地向岩石后走去，前面出现了一个小小的山洞，外面有一些枯树枯草遮掩着，她拨开那些草木，低吟声越发清晰，就是从山洞里传出来的。是野兽还是人？妖月心里暗自思忖着，在心底警告着自己不要多管闲事，但好奇心还是战胜了理智，她循着呜咽声向山洞里走去。

心如小鹿般在胸腔里乱撞，身体也因恐惧而颤抖着，但冥冥之中却有股力量吸引着她不断地深入，呜咽声越来越近，手指间的戒指突然泛出了一阵光芒，照亮了整个山洞，山洞里跟一般的山洞无异，洞壁上有层层湿气泛出，她不禁打了个寒战，不知是因为恐惧还是寒冷。

"呜呜……"低吟声在一个转角处瞬间清晰，在戒指的光芒照射下，妖月看到前方转角处有一只全身雪白的兽，脖颈跟背脊处的毛上沾着点点猩红的血迹，像是刚刚经历过一场奋战，身体蜷缩着，瑟瑟发抖。

妖月的到来让它警醒，它抬起了头，毛发迅速立了起来，眼里透着凶光，却没有马上扑过来，只是冲着妖月露出尖利的牙齿，警告着她不要靠近。妖月心里害怕，但却没有马上走开，小兽身上有血迹，明显是受伤了，但是小兽的态度很不友善，当妖月尝试向它靠近时，它立马弓起了脊背，做出攻击的准备，吓得妖月连忙停住了脚步。

"你别怕，我不会伤害你的。"她尝试着跟小兽沟通，心里有很奇怪的感觉，似乎不由自主地想要为小兽疗伤，可是那雪白的毛发依然直立着，危险的气息从小兽身上发出，她知道自己不能久留，于是将手上的野鸡放在了旁边的石块上，"这个给你吃，身上有伤不能再乱动了啊。"她小声地说着，也不管小兽能不能听懂，对它微微一笑后转身离开。

她走过转角躲在了岩石后面，看着小兽放松了警惕，徐徐地走到野鸡旁边，嗅了嗅，然后一口吞下。

出了洞口才发现天色已经放亮，远方的天际拉开淡青色的天幕，月落日出，山谷里开始有鸟儿婉转的清鸣传来，空气中弥漫开清晨的气息。随着日光层层盛亮，她的心中却一丝一叶抽出忧惧，仿佛铜面人的离开在她心里种下了一粒种子，见了阳光便再也抑不住生长的姿态。

她向之前约定的地方走去，他会不会还没有回来，这段时间发生什么事了，他有没有受伤？种种的忧虑，却唯独没有想过他会不会不再回来，会不会将她抛在这里，也许是想过的，但却被瞬间扼杀在心底。他怎么会不回来，怎么会丢下她。

还没有走到大岩石处，一个黑色的影子便疾速向她奔来，铜色面具后是无以名状的焦虑与担忧。铜面人快速跑到妖月面前，一把将她揽入怀里，喃喃地道："你还在，你还在……"妖月不明状况地被他抱在怀里，他有力的心跳从胸膛传出，甜蜜呈温暖的姿态在妖月心里蔓延开来。

"你去哪里了，不是叫你在原地等的吗，你知不知道我找了多久，你知不知道我有多担心！"铜面人将她从怀里松开，十指捏着她纤弱的肩膀，声音里有无法遏抑的愤怒。妖月却低低地笑了，冲他吐了吐舌头。

铜面人看着她俏皮的笑，真想扯下面具狠狠咬上那对唇，让她知道她私自离开是一件多么不应该的事，让她知道要他为她担心是一件多么危险离谱的举动。然而他只是用力地将她抱进怀里，手臂越收越紧，似乎要将她嵌进自己的身体才甘心。直到妖月被抱得胸腔发闷，喘不过气来才用力地从他怀里挣扎出来。

她瞪着他，他也瞪着她，然后牵起她的手走出了丛林。

幸福感充斥了妖月的整个心，她甚至忘了问他他是怎样摆脱那些追兵的，忘了问他他刚刚经历了怎样的劫杀，也忘了告诉他她走进了一个岩洞，并且将那只心心念念的野鸡给了一只受伤的小兽。

而铜面人也一直沉默着，没有告诉她他刚才置身于多么危险的境地，那么多的追兵将他包围，若不是有一只雪白的兽突然冲出来跟追兵撕咬，他恐怕不死也得挂大彩。两个人就这么沉默着各有所思地牵手行走着。

第二十八章　从此萧郎是路人

“走过这片草地，前面有一个小村庄，我已经在那里找好了人家，我们暂时在那里住下。”阳光斜斜地倾洒而下，铜面人原本冰冷的面具上竟也泛出了一丝温暖的光泽，妖月抱着刚刚从草地里采出的还带着露水的鲜花，放在鼻子边用力吸了吸，然后微笑看着他，“那以后呢?”他如果可以陪自己一直住下来该多好。

“以后的事以后再说。”他淡淡地回答。

妖月的笑凝滞在脸上，又胡思乱想了吧，她怎么会以为生活就一直这么简单幸福下去呢?但转念间笑容又在脸上绽放，“这样就很好了。”至少她心安过，幸福过，那么，以后的事以后再说吧。

铜面人望着她映衬着鲜花的眼，她一夜未眠，脸上现出一丝憔悴，但却有一种颓废的美，眼里泛出的光彩令鲜花都黯了色。突然那么渴望这一刻静止，如果生活可以一直这样简单而美好，又何尝不是一件美事?

可是事与愿违，这样的想法才冒出，天边骤然出现的一道白光便让他整颗心沉了下去，白光无声无息地出现，却在天空中持续了几分钟之久，一般人甚至都无法察觉，可是他自小便经受过特殊的训练，那是总坛主召唤他的信号。

将妖月送到一家民居，安置好一切后，他第一时间赶到了一个山洞里，精致的雕琢让山洞不亚于一般的房间，只是光线一如既往地暗沉，唯有洞顶处一缕光线直直地射下，打在黑袍披肩的人身上，他表情狰狞的面具更加增添了山洞里的诡异气氛。

“属下见过总坛主。”铜面人冲着黑袍男子单膝跪下。

“你眼里还有我这个坛主?”黑袍男子暗哑的声音传出，“听说你动用了追命坛的势力劫走了一名秀女?”

“总坛主请放心，属下所带去的人都是属下的心腹，不会给朝廷留下丝毫的线索。”

“哼!”黑袍男子怒哼一声，“你现在可是翅膀长硬了，竟然没有我的命令就私自做出如此不利于追命坛的事来，你要为了那个女子放弃现在的一切吗?!”

“坛主言重了!”

“言重，那你给我说说，你所做的这一切是为了什么?!”

铜面人抬起了头，眸子里泛出凌厉的光，语气里有恨意:“执疵想要的人，我即使是毁了也不会让他得到!”

“那你为什么不毁了她，还要铤而走险不顾自身安危救她!”

铜面人眼色一沉，他何曾不想毁了她，可是面对那样一个单纯灵气的女子，他怎忍心下手，更何况，心中早就刻下了她的痕迹!

“属下只是想着总坛主之前有意用她，留下她该是有利用价值的。”他回答道，他一向不屑于撒谎，可是如果骗人甚至骗自己能救她的命，他做这些又算什么呢?

“如此想便好，以后你好自为之，否则……”黑袍男子的一个否则让铜面人心为之一悬，“她的命难保。”几个字从黑袍人口中吐出，铜面人眉头紧蹙。

“她留下是有用，你这次救下她也不是一件坏事，将计就计，你以丞相府的名将她送回皇宫，这样，你便能深入朝廷，能到更多有利的信息。”

他大惊，“坛主!”

“有异议?!”黑袍男子厉声道:“枉我将你从小带大，精心挑人传授你武功，你竟为了一个女子忤逆我!”

他最终还是垂下了头，“属下不敢。”好在她对坛主还有用，否则她的下场就不是进宫这么简单了，便先顺着坛主的意，日后再见机行事吧。他心中暗想。

“听说你惹到了极乐门。”

“极乐门素来作恶多端，奸淫掳掠，刺杀忠良，无恶不为，死不足惜!”他冷冷地回答。

“你以为你是拯救苍生的大侠吗，追命坛不是用来给你尽妇人之仁的，你别忘了你身上背着的使命!”

“难道要我置百姓的性命于不顾?”他抬头，无所畏惧地对上总坛主慑人心魄的眸。

“你这样轻举妄动，沉不住气，何以挑起江山?”坛主的声音蓦地提高。

“若我成为了一个不仁不义之人，那得到了江山又有何用，更何况，江山从来都不是我要的!”他坚定而有力地回答，江山，他做的这么多努力真的只是为了宫殿里的那个皇位吗?皇权，江山，他从来都不稀罕!

“那你的母亲呢，杀母之仇你是不是也要抛下?!”总坛主向前迈了一步，眼神逼人。

他眸光一动，杀母之仇!他可以抛下皇权，抛下权势，抛下江山，可是从他出生时就压在他身上的仇恨又怎能抛下，“我定会血洗楚一族!”他的眼底泛出凶光，那么地深，那么地浓，那是从骨子里透出的仇恨，足以吞噬一切的仇恨。

一家小村庄的民居里，妖月坐在小木椅上帮着张大婶剥豆角。铜面人将她安置在张大婶家里，受到一家老小的热情接待，张大叔还特意外出打猎招待妖月，两个小娃也叽叽喳喳地围在妖月身边。

“你是说，他救了你们所有人的性命?”跟张大婶闲聊中，她才知道原来这个村庄的人都受过铜面人的恩惠。

“是啊，那次我们村庄受到一群恶贼的劫杀，所有的房屋都被烧光，东西也被抢光，要不是他及时赶到，我们连命也没了。后来他带人来帮我们重建了房屋，还给了我们不少银两，这才能活着啊。”

妖月听呆了，想不到向来冷酷的他还有如此善良的一面。

“那你们知道他长什么样子吗?”

“不知道，他每次来都带着铜面具，从未取下过，应该是脸上有伤吧，可是他即使再丑，我们也不会嫌弃他啊，他可是我们所有人的恩公啊!”

妖月听了张大婶的话笑了，若铜面人真是仲楚歌的话，他又怎么会是因为长得丑而带着面具呢，正是因为长得太好看了呀!

正想着，那个一身青衣，有着绝美眼睛的英俊男人从远处向屋子走来。妖月惊讶极了，才想着要摘下他的面具，他竟然就自己摘下了。

“他可是十足十的美男，下到六岁上到六十岁的女人还是男人绝对都抵不过他的魅力。”

“真的假的?”张大婶也张大了嘴。

妖月眨了眨眼说:“不信我这就带他来见你。”说完便兴奋地跑出了屋子，“仲楚歌，你可算来了，走，进屋去。”她拉起了他的手，他指间一片冰凉。

“你怎么不走？”妖月转过头去奇怪地望着一脸冰霜的他。

他手一抬，几个穿着兵服的人从身后的丛林中窜出，将妖月围在中间。

“我奉朝廷之命捉拿出逃的秀女回宫。”他冷冷地说道。

“你说什么？”妖月不可思议地张大了嘴，他是不是吃错药了，是他千辛万苦将她从皇帝的手中抢出来的啊，现在又要送她回去，这什么逻辑嘛！

“要带走她得先经过我的允许！”一阵剑气呼啸而过，几个官兵应声而倒，一个一身黑衣，脸上戴着铜面具的男子从一旁飞出，他将妖月从包围圈里拉了出来，护在了身后。

妖月睁大了眼睛，铜面人……她又望向一脸冷酷的仲楚歌，难道一直以来她都错了？不，她不要接受这样残酷的事实。

“你以为丞相要的人你能留得下？”仲楚歌眼眸骤紧，手中银剑辗转，发出阵阵嘶鸣。妖月望着那熟悉的杀气，心微微一颤。竟然会是这样，是她错了，错不该把自己看得太高，错不该以为他会为自己改变，他有着那么高的权势与野心，怎会为她冒如此大的险，他们的记忆，在山崖上就该断了的。她转头望向挡在自己前面的铜面人，如果他不是仲楚歌，那么自己心里的悸动又从何而来？

时间不容她做多猜想，铜面人已经跟官兵们交战，他的速度很快，黑色的身形一闪就躲过了数多官兵致命的剑，瞬间冲到了仲楚歌身边，擒贼先擒王，若是拿下了仲楚歌，那些官兵自然不战而败。

仲楚歌却始终站在那里，如雕塑一般，凝眸望着厮杀中的人，铜面人的轻功与武力都极高，官兵甚至都近不了他的身，他如一阵黑色旋风一样闪到仲楚歌身边，一剑挥过，眼见剑气掠起了仲楚歌额前的青丝，妖月的心提到了嗓子眼，再一个眨眼，仲楚歌的人竟然不见了，她不禁前进了一步，突然一阵青色晃到了自己面前，仲楚歌那双凌人的眼居高临下地望着她。

“心疼他吗？”冷酷的声音从他嘴里吐出。

妖月呼吸一紧，心的确在疼着，可是，真的是为他吗？还是为了，眼前这个不可一世的骄傲男子？

“是！”她瞪着他，咬牙吐出一个字。她盯着他的眼睛，尽全力抓住他的每一个眼神，可是那双妖艳的眼里却没有她奢想的失落或者难过，反而是，一闪而过的喜悦。尽管只是一瞬间，却落入了她的眼底，如魔鬼无情的爪，深入她的心底，将那一份情愫连根拔起，血肉模糊。

“跟我走就留他一条命。”

她恨恨地望着他，那双眼底再也没有之前的柔情，是她错了，错的离谱，她一字一句地说：“你休想！”她终于从他的眼里捕捉到一丝痛意，却不知痛从何处来，她继续说道：“我爱他，要死，跟他一起！”心里满是报复的快感。

痛并快乐着，她是如此，却不知仲楚歌亦是如此。从未想过那个爱字是如此地沉重，沉得他来不及躲闪。

“你会后悔。”他沉着声音，望进她的眸底。会后悔，后悔爱上他，后悔挑拨他寂寞的神经，后悔，撩起了他心底的涟漪。他提剑闪进了厮杀圈内，跟铜面人刀锋交战，银白色的剑气激起了满地的残草。

铜面人纵然厉害，可是仲楚歌却更胜一筹，一招一式都透着蚀骨的杀气，逼得铜面人没有反击的余地，一路后退，然而仲楚歌眼底的戾气却愈加逼近，铜面人的眼底露出了恐惧。仲楚歌的剑与铜面人的剑相碰，铜面人被剑气逼得退了好几步，喉头一热，鲜血从口中喷出，他以剑插地，这才勉强稳住摇摇欲坠的身体。仲楚歌微眯着双眼，乘胜而上，尖利剑锋迎面对上铜面人的心口。

“不要！”妖月疾奔上前，张开双臂挡在了铜面人面前，剑光划亮了她的眸，晶莹的泪光晃了仲楚歌的眼，他剑锋急转，妖月几缕青丝飘飘然坠地。她紧咬着唇，望着仲楚歌满是震惊的脸，将已到眼角的泪水生生地逼了下去，“我跟你走，放过他。”

铜面人抓住了妖月的手，纵然是第一次与她见面，可是她出尘的模样，淡然的神情，以及在他生命危在旦夕时不顾自身安危挺身而出，这一切，早就融化了身为杀手的他，是什么让这个看起来单纯出尘的女子陷入了这个复杂的圈，让总坛主花这么多的心思去对付她？可是他的手最终还是松开了，他只是一个受命于追命坛的杀手，他没有任何能力去拯救她，他望向神一般站立着的仲楚歌，从他望向她的眼里，铜面人明白了里面所包含的情愫，他有能力的，他能保护她！

“带走。”仲楚歌收了剑，骤然转身，他再也无法面对妖月眼里的痛楚，以及对他的失望。若刚刚那一刻他没有及时收回剑，她就会死在自己的剑下，她与铜面人就只有几日的相处，她就这样为一个人如此不顾一切吗？明明是一场戏，可自己为什么还像乱了心智一般不给铜面人留余地？

那么多的为什么，谁又能说得清呢？

第二十九章　一入宫门深似海

被劫出宫的秀女被丞相的义子追回，皇宫里派人送出好些珍贵物品送到丞相府，人人都说丞相招了个好义子，丞相膝下无子，唯一的一个女儿前年被皇上封为贵妃，独受圣宠，若不是一直无子，早已荣登后宫之首。如今再立大功，丞相府可谓是门庭若市。

妖月被一些丫鬟带到客房，才脱下没几日的秀女服再次被换上，妖月心底再没有任何涟漪，只是安静地让丫鬟给自己穿衣、化妆。

摆弄了近半个小时后终于被带出府，站在门外等候的仲楚歌静静地凝视着在丫鬟的簇拥下走出来的女子，低首垂眸，淡淡的妆容，脸上带着温和笑容，似乎在向所有的人宣示着自己此刻的幸福，而所有的人也理所当然地对她抱以羡慕的态度。一个平常人家出身的女子，得到皇上的特诏加入秀女队伍，进宫之前又被劫，丞相府的人出面抢回，这是怎样一种殊荣，想必日后更是平步青云。

唯有仲楚歌暗自蹙起了眉头，他不喜欢看到她这样的笑，仿佛戴着微笑的面具。她的笑该是纯净、调皮甚至肆无忌惮，发自肺腑的。可此刻的她却不是，那淡淡的笑里失去了以往的随意，开始小心翼翼。

快走到轿边时，妖月无意地抬头，对上那双凌厉的眼，不再似平时那般冷冽，却多了一分无法探究的复杂，她望着那双眼，啼笑皆非。但将君心换我心，是什么时候，他冷冷淡淡的模样也让她为之颤然动心？是那萍水相逢的邂逅，是那短暂到可以忽略的怀抱，是那转身离开后便可当作什么事也没发生的吻，还是那相对忘言的凝视？

一切都来得那样猝不及防，可是却也那般顺理成章，日后再想起，若当时有人给了她选择的权利，她知道自己还是会走进那举步维艰的皇宫，即便前面是可以预知的浪涛风波，她也愿意做这样的选择。因为有人在宿命中等了她千万载的光阴，只为与她携手共赴即使是短暂的路途。

进了宫后，妖月在一个小公公的带领下前往致和殿，虽然这几天经过了一系列的波折，可是自己在皇宫的地位并未因此而提升，这几天对她来说有着非同一般的意义，可是对于皇宫来说就只是几天而已。

水榭长廊，古色古香的皇宫园林，纵是经过一番风波淡定下来了的妖月，依旧是难以压抑内心的激动，这不是在拍电影，这是真真切切的皇宫，而自己，正以秀女的身份即将面见圣上。

远远的荷花池，几处荷花含苞欲放，还未到开放的季节，却越显细致动人，露水在荷叶里兜转，微风吹过，摇摇欲坠。廊前桂子香气依稀纠缠，几株亭亭如盖的桂树林立在长廊四周，暗香浮动，只是醉人。四周静谧如梦境沉沉，只能听见轻微的脚步声，仿佛又能听到朵朵桂花在皇宫深处悄然绽放，清风穿过树梢，流连忘返。桂子庭中落，池中的荷花浅碧轻红，素雅之中自有梅兰不及的风姿，无比的宁静和舒泰。

“今年的荷花想必是开得比往年更灿了。”一个清雅慵懒的声音从长廊尽头远远传来，打破了清晨的宁静。说话的是一个中年妇女，在一群宫女的陪伴下向这边走来，走得极慢，步履轻缓，长长的碧色裙裾拖曳身后，

“有太后娘娘的呵护，它们自然会一年比一年灿，太后娘娘就是那花仙子。”领头的小丫头歪着脑袋答道，声音清脆动人。

“你这小嘴倒是越发能说了。”一袭话让太后笑意不止，淡雅的笑容中透着高贵动人。

“跟着太后娘娘久了，奴婢的脑子也越发清醒了，都是沾娘娘的光呢。”小丫头浅笑盈盈。小小年纪便能说出如此讨人喜欢，称心如意的话来，也难怪能伺候在贵人前后。

“太后娘娘万福。”公公连忙带着妖月跪到一边。

太后走到妖月身边时脚步停了下来，“你就是妖月？”声音自妖月头顶传来。

妖月抬起了头，面前的太后虽已四十多岁，可是岁月并未在她脸上刻下过多痕迹，容颜姣好，尚保存着年轻时的美好。碧色绢裳，烟笼轻柔，温婉如水，弱柳扶风一行一动里的柔软，款款叫人如沐春晖。那双眼睛细长妩媚，竟让妖月有种似曾相似的感觉。

“回太后娘娘，奴婢正是妖月。”虽未参加过正式的宫廷礼仪训练，但电视上看得不少，她倒也学得有板有眼，从容不迫，不卑不亢。

太后眼眸轻动，静静地打量了妖月一番，据民间传说，揽月妖姬长得甚是妩媚妖娆，说话行事都是媚态横生，如今一看，给人的感觉非但不妖反而清冽得如出尘仙子，长得是有媚人的气魄，但她却会掩饰自身光华，让人遐想却不敢侵犯。太后心里一阵担忧，终究回头，声音清漠，如她的眉眼："我们走吧。"在丫鬟的陪同下向长廊的另一头走去。

"妖月姑娘，日后若是得到圣上的宠爱，别忘了奴才呀，奴才怎么着也给你做了一番引路。"小公公见太后娘娘都为妖月驻足了，连忙讨好。

妖月听了那番话只是淡淡地笑笑："还要公公多多指教呢。"说话间又回头望了一眼渐渐远去的太后娘娘，她只是安静而缓慢地行走着，纵衣衫飘拂恍若洛神临水，却有入骨的清冷淡在周身。是不是皇宫里的女人都这样，看似华裳披身，骨子里却是谁人也无法化解的寂寥，连坐在后宫最高位置的女人都是如此，其他没有名分的女子不是更加凄凉。

原以为是圣上特诏会有不同的待遇，进了宫后才知原来自己只是数百秀女中的一个，吃穿住行方面毫无差异。致和殿只是圣上处理朝事的一个普通宫殿，被分到这个宫殿的除了她还有好几个秀女，其中一个还是认识的，正是同自己一同登台竞选的舞剑女子，闻得她叫慕白英，虽身着跟其他秀女一样的粉红色丝绸纱裙，贤淑端庄的头饰，但举手投足间仍有遮掩不住的英气。她一脸冷然地站在新人队伍里，眼神掠过妖月时只做了稍刻的停顿，便又视若无睹地飘走了。

一个管事嬷嬷踱着细小的步子走了过来，一双精锐的眼一一扫过秀女们，妖月静静地低着头，然后看到一双绣满了花的鞋子停在了自己的面前，心中一滞，强忍着好奇之心低垂着头。突听一声轻哼在面前发出，然后那双绣花鞋缓缓移开了。

嬷嬷开始给秀女们讲皇宫里的规矩，讲着讲着便说到了自己初进宫时的事，说自己如何如何懂得察言观色，如何如何得到主子的赏识，最后经过怎样的磨砺坐到今天的位置。

"你们都给我记住了，在这个皇宫里脚踏实地做好自己分内的事才是最重要的，别以为你们有几分姿色便想着四处出头卖弄，肆意卖弄只有两种结果，一种是爬上枝头成了凤凰，还有一种就是枪打的出头鸟，皇宫可不比民间，你们说的每一句话，做的每一件事，走的每一个步子都有人在看着，做什么都给我小心了，别一个不留神头上那颗美丽的脑袋就掉地上了。"

“诺。”众秀女低着头微微侧身应着。

“嗯。”嬷嬷满意地看了她们一眼，“那你们就好自为之了。”说完便走出了致和殿。

妖月轻轻地呼出了一口气，这皇宫里真是连空气都透着紧张的气息，自己在齐府那时虽然也感觉压抑，但跟这比起来简直就是小巫见大巫，当时只觉得是生活在别人屋檐下不能自主，现在别说是自主了，就连最基本的自由都没了。

进宫好几日都没见到皇上，妖月整天跟其他秀女一样做些打扫、刺绣之类的小事，偶尔哼几句现代歌，那怪异的曲风吸引了不少秀女的注意，大家都争着抢着要妖月教她们唱，好在妖月是个喜热闹的人，一堆年龄相仿的女子凑在一起，日子倒也过得舒畅，那些藏在心底不快的事渐渐地淡去。

妖月趁着没有管事注意的时候还给他们表演了选秀时跳的蛇舞，惹得秀女们一阵脸红尖叫，对妖月的崇拜却又更深了一层，加上她脑中有着不少来自于21世纪的新鲜故事，久而久之她就成了所有秀女最爱接近的人，就连慕白英也会时不时坐到一边听她讲故事。有一次讲到包公审案的故事，坐在一边的慕白英突然从椅子上站了起来，冰冷的语气中带着些许激动：“故事就是故事，根本就不会从实际出发，世间若真有那样秉公廉洁的大人，地下也不会有那么多的冤死鬼!”说完便拂袖离去。

大家都指着她的背影说她神经病，还有人说她仗着自己有点功夫就想充当武林大侠，更甚者说她进宫就是为了刺杀朝廷重臣。那个秀女的话一出就被妖月捂住了嘴，她严厉地瞪着那个秀女斥道：“祸从口出，在宫里随便说错一句话就会掉脑袋的，你知不知道!”

那个秀女听了脸色蓦地变白，宫廷险恶，她们至今虽未遭遇过什么，但入宫前听的劝诫可不少，经妖月这么一提醒，才知道自己说了怎样危险的话来。妖月望着慕白英离去的方向，心里隐隐泛出忧虑。

不知不觉天气便暖和了起来，朗日如金，折射在致和殿青蓝色水透琉璃瓦上，将阳光幻出一片宝光艳潋，妖月好不容易打发了缠着她讲故事的秀女们，握着手中的丝绸绣帕独自坐在致和殿后院的一块大岩石上。锦字花纹飘拂如云，但见帕角处隐隐绣了个珂字。

正是那日齐子珂与她共用的一块帕子，恍惚间小少年擦拭嘴角脸颊带红的画面又浮上了脑海，如画的少年就此远离她的世界。

正出神间，突然身后传来一阵吵闹声，妖月皱了皱眉，好不容易安静下来好好想事，这片刻的平和又被打破，她站起了身，向前庭走去。

“慕白英，你别仗着自己有点三脚猫的功夫就趾高气昂的，你在我面前耍什么大小姐脾气，我爹怎么说也是个总督，你呢，来自民间有点容貌有点才气罢了，你有本事到万岁爷面前神气去，我今天不只是碰你的茶杯，往后你有什么我便毁什么！”

妖月才踏进前庭的门就看到一个秀女不顾其他秀女的劝慰对着慕白英怒骂着，那个秀女放在桌上的东西尽数被慕白英摔到地下，慕白英粉色水袖下粉拳紧握，脸色苍白地望着眼前冲着自己怒骂的秀女，一个人孤身站立着，尽显寂寥孤寂。

慕白英的脚下有一个已经碎成了几片的翠色暖玉杯，妖月认出这是慕白英向来不离身的专属茶杯，这杯子说不得价值连城，却雕得精巧，用了水头清透的绿翡琢成白菊的模样，玲珑精巧赏心悦目，是慕白英极为珍爱之物。

妖月望向被众人拉扯住的秀女，她是朝堂掌管各地商官的苏总督大人庶出的女儿苏洛梅，虽是庶出，但品貌端正，贤良有道，被朝中大臣推荐入得宫中伺候皇上，不知慕白英怎么惹得她。

“怎么回事这是，各位姑娘是要造反了不成？”一个尖利的声音从前庭的门外传来，管事在几个小公公的陪同下拉长着脸走了进来，看到一地狼藉，眼里的不满更深了，“还劳烦姑娘们给个解释，你们是嫌月给多了，成心浪费不是？”管事的公公眼睛一横，厉声说道：“你们是知道自己要飞上枝头当凤凰了，不把杂家放在眼里了是吧，只要你们一天没成为娘娘，就得归我管着！”

“公公息怒，都是妖月的错。”妖月闻言知道继续沉默下去事情定会闹大，一来想要帮慕白英，二来不想致和殿惹上什么事端，便走上前去低首垂眉，细声软语道：“是妖月不小心将慕白英姑娘最钟爱的茶杯给砸了，她心里一时不快这才起了点误会，扰着公公了，还请公公大人不计小人过。”说完将手里一只白玉镯子取下偷偷塞进了管事的手中。

管事本就是个狐假虎威的人，平时在宫中也没有什么实权，这些个秀女说不准哪日真能飞上后宫宝座上，那他今日不就是给自己扎下了个大钉子，正后悔自己一时冲动，现在妖月出来解围，这些秀女当中，妖月本就出类拔萃得很，据说不久前连太后都询问了她的情况，有了台阶管事赶紧就着下了。

管事顺手接过妖月递过来的玉镯塞进袖子里，尖着嗓子说道："好吧，看在你们平时表现还不错的份上，杂家就不和你们计较了，以后行事说话都给我小心点，惊扰了杂家是小事，若是惊扰了圣上，那就……"他眼睛瞟过眼前的秀女们，轻哼了一声，转身离去。

妖月回过头去正好对上苏洛梅的目光，那目光里有审视，有质疑，偏偏没有感激，按理说今儿个妖月是替她背的罪，她没理由连点感激都没有啊。又打量了一番苏洛梅，她眼波里有着其他秀女不能及的睿智精明，妖月心里暗暗一惊，平时没细看还不知身边竟有如此善于掩藏光芒的女子。

让她不解的是苏洛梅一向泯然人群中，从没有刻意张扬的举动，对人对事也谦和至极，慕白英虽不爱给人好脸色，但也不是无理取闹之人，两个人怎么能起这么大的矛盾，甚至连慕白英钟爱至极的白玉杯都给砸了，真是费解。

第三十章　淡烟微雨如梦逢

又是一个不眠夜，连绵不绝的春雨使得天色沉暗了许多，雨意潇潇，妖月睡在榻上，思绪不知不觉便飘出了窗外，已经在皇宫中待了好几个月，皇宫里能问的人也问遍了，还是没有哥哥的消息。

她轻声一叹，知道自己是无论如何也睡不着了。撑着把纸伞踏出了房门，花木扶疏的长廊，桂花飘零一地，阵阵芬芳散落在雨滴里，沿着这九曲回廊蜿蜒过去，星星点点残留着最后的美丽。

长廊尽头处人影晃动，黑影趋步靠近，那修长的身影熟悉不已，她亦莲步轻移，嘴里小声地吐出一个名字："楚歌……"

黑影在原地顿住了，月光的照射下，黑衣上的那具铜色面具闪着微光。

他，不是啊。

只是，纵然是他又怎样呢，不一样将自己亲手送入这深海似的皇宫。酸楚蓦然而来，妖月手中握着的纸伞轻轻一晃，一朵桂花悄然滑落，轻轻地跌入雨中。

不远亦不近的距离，俩人谁也没有动，隔着寂静长廊寂然相望。一时间四周仿佛只能听见细微雨声，在天地间铺展开一道若有若无的幕帘。

片刻后，铜面人走出长廊，没有撑伞，春雨将他的黑衣打湿，面具外的长发亦被雨水肆意轻薄，风姿凛然泰然自若。

妖月在心底一遍遍地告诉自己他不是仲楚歌，可是心里依旧有迈不过的沟壑，终究是移动了脚步。

铜面人眼见着身着淡蓝色水袖衫的柳芷烟自淡烟微雨中缓缓而来，故作淡然地将伞举过他的头顶。纸伞下水墨素颜仿若浅浅辰光，雨落如花，花烁如星。铜面人抬手轻轻覆上了她握伞柄的手，纤细的手指在夜风的侵袭下冰凉入骨。他手掌的温度传入她的十指间，她怅然抬眸，为什么还是会有错觉，以为他是仲楚歌。

“我带你走。”沙哑的声音自面具后传出。

妖月轻轻摇头，喃喃自语道：“你不是他，他亲自送我进来，断然不会再带我走。”她将手指从他掌中抽出，将伞柄塞入他的手里，转身走进了回廊。“你以后别来找我了，擅闯皇宫是死罪，我现在很好。”

“芷烟。”铜面人也跟着进了长廊，“你不用骗自己。”

妖月身体一颤，声音也跟着颤抖：“你叫我什么？”自从登台后她便一直用妖月的名，知道她真名的人并不多，知道她真名的男人更是只有熊毋康与仲楚歌，甚至齐子珂她都不曾告诉，熊毋康身为王爷自然不会做劫秀女一事，如果他不是仲楚歌，那么就只有……

“告诉我你是谁？”她定定地望着铜面人，铜面人逆光而立，长廊里寂静无声，略显诡异，妖月手伸向铜面人的面具……

“来人啊，抓刺客！”远处传来一声大叫，铜面人身形一闪，消失在夜幕中，妖月的手还顿在空中，转眼的工夫几个内廷侍卫便举着火把跑了过来。

“你是何人，为何深夜在此？”其中一个内廷侍卫将火把举到她的面前，厉声问道。

“我叫妖月，是宫廷秀女，太后娘娘喜爱这池里的荷花，奴婢怕这接连不断的雨水将花苞打败，特意前来查看。”她知道宫里定是发生了什么事，此刻说自己睡不着出来走走一定免不了让人生疑，便随便找了个理由。

“看荷花？刚巧在皇上遇刺的途中夜里出来看荷花？我看你定是刺客的同党，来人哪，给我抓起来。”

“大胆，没有任何证据就贸然抓人，你们眼中还有王法吗？”妖月眉眼冷冽地望着那个内廷侍卫。

领头的那个本也无意跟一个弱女子过不去，只是刚刚在长廊那边就见一个秀丽出尘的女子立于长廊里，近处一看更是美目流转，清透的叫人惊叹，便心起歹意，想要将她抓回，随意给个罪名便将她占为己有，岂料她竟拿王法来苛责他。

他瞪大了眼，“老子抓人还要证据吗，我告诉你什么是王法，老子就是王法，带走！”这些内廷军本就是富家子弟，近来朝中无险事，国泰民安，那些个闲着无事的公子哥懂点功夫再有点本钱，便买下了这么个当差的职位，眼中也确实没什么王法。

“琤琤”两道音律破空而出，直直地划入领头人的膝盖骨里，他一个扑棱跪在了妖月面前，妖月急忙退了几步。旁边的几个内廷侍卫连忙拔出了腰间的佩剑，却闻得一道流水般的音符倾巢而出，几个人齐刷刷地跪倒在地。

“皇上，你这内廷军也是时候整顿整顿了。”长廊尽头处，一个温婉如玉的声音远远地传来。

内廷军一干人听到那声音立马低头跪了下去，“参见皇上!”声音里满是恐惧。

“皇兄，你要真有心的话干嘛一直推脱带兵的职务呢?”另外一个低沉有力的声音传来。

妖月怔住了，这声音，好熟悉。

熟悉的不是音王熊毋康，而是，另一个……

长廊尽头处，几个宫女提着明黄的灯笼在前面带着路，执疵走在偏中央的地方，一身明黄色长袍，手中玩转着一只萧。熊毋康一脸温和的颜色，望向跟着众人一起跪在地上的那抹淡蓝色的身影。

“皇上明鉴，臣的一颗心只在音律上，其他的事爱莫能助啊。”

“朕如今可是求贤若渴啊。”走到了内廷侍卫下跪的地方，一行人停了下来，“你说，朕该如何处置你们?”收起了戏谑，不怒自威，吓得跪在地上的一干人身体止不住颤抖。

“皇上恕罪!”

“恕罪?朕今日可是亲眼所见，这楚国的王法竟被你们视为无物。你们可有把我这个皇上放在眼里?”平淡的语气，却有来自四面八方无形的压力，压得一等人不敢抬头，甚至都不敢磕头求饶。

“拖下去，杖毙!”几个冷冷的字丢出来，砸在妖月身上，却如北极的雪一般寒冷。

“皇上饶命，饶命啊!”几个人这才不顾一切地磕头呐喊，平时铁血铮铮的男儿，面对死亡时丢了所有的尊严。

妖月虽对他们打心底厌恶，但杖毙还是深深震撼了她，这皇宫里的戒律虽森严，但也不至于为这么件事就要了几条人命，王法一词也是由她引出，这样一来这几条人命岂不因她而丢?她可不想做杀人的刽子手。

“请皇上开恩，这几人罪不至死。”妖月磕头替他们求情。

那几个人顿时噤声，显然没料到她会如此做，长廊里静了几秒钟。

“皇上不是求贤若渴吗，贤才可非天生，也该适当地培养。”她见皇上不说话，又补了一句，“他们得此教训，料想不会再犯。”

皇上嘴角微微上扬，口气稍稍缓和了些：“你们可愿意将一条命系于皇家?”

“尔等定当鞠躬尽瘁死而后已！”几个从阎王殿捡回命的人双手抱拳，大声地回答，只有生命弥留才知道生命的可贵，今日之事可大可小，是死是生亦全凭圣上一句话。

“死罪可免活罪难逃。”皇上淡淡地道，“你们先随朕一起去抓刺客吧。”

“谢主隆恩。”几个人起身对着皇上行了礼连忙退到了两侧。

“你抬起头来。”执疵行到妖月身边，声音自上而下落入妖月的耳中。

妖月闻言抬眸望去，却浑身一震，呆立当场。好在夜幕下她的表情不是很明显，但那震惊之色仍被一直凝视着她的熊毋康尽收眼底。

有棱有角的面庞，极深沉的一双眼睛，眉眼中那足以睥睨一切的霸气，那次不是她的幻觉，他是徐凌啊！然而理智压住了激动，她还记得刚刚大家都叫他皇上，她看着执疵，强烈抑制的神情下没有回避或是惧怕，只是心里却泛起了无法抹平的涟漪。

跟皇上如此对视说起来已是冒犯天颜，执疵却不发一言，只有熊毋康眉梢极轻的一紧。这样的场面甚是诡异，刚想说话，执疵却说话了，“你这女子好生大胆。”

妖月闻言知道自己多有冒犯，但察得圣上虽语气多有怪罪之意，但脸上却带着点点笑意，于是俏声说道：“妖月只是觉得皇上平易近人!”

“没有生分感便甚好，朕现在赐你执礼一职，随朕一并去解决眼下的麻烦吧。”

众人心中皆一惊，这执礼在楚国可非小职务，楚国自先帝时就有女官执礼一职，代替皇上拟定宣读一些圣旨，常伴于圣驾左右，还有资格参与朝政，放在现代跟总裁秘书大同小异，后因女儿家心思细腻，很多事情处理起来竟不亚于男子，渐渐地女官的职位从执礼扩充为执书、执法，其待遇俸禄等同于朝廷二品官。

圣上封官本不是什么大事，可一个小小的秀女直接被封为二品女官，是前无古人后无来者了，向来淡然的熊毋康也不禁眉头紧蹙，想先帝时，执礼一职共有两名女子担任，分别是当今太后还有熊毋康的母妃如妃，她们任职也是因为久伴先太后左右，对宫中事务有了详尽的了解，任职三年期满后便一一封妃。如今圣上没来由地就给了执书一职，莫非对妖月有封妃之意？

妖月起身后奉旨跟随皇上身后，亦低头暗自思忖着，她对执礼一职也略有耳闻，知道其身份地位只低于后宫册封了的妃嫔，三年任职期满后若皇上满意，还可直接封为贵妃等级，一个小小的秀女要想到此地位可不会简单。

她望着前面一身明黄色龙袍的男子，分明长得跟徐凌一个模样，却为何摇身一变成了皇上，虽面容酷似，眼神终究陌生，他不是那个在教堂里给她戴上戒指的徐凌。

那么那日在那神秘地带见到的男子也是他了，他为何会微服去那儿？那么她在那里要的小心眼赢了一笔银子他也该知情吧，难道是因为自己的小聪明被他盯上了，然后把自己弄到宫中来为他分担解忧？想不到一不小心还是跟朝堂势力牵扯上了，不如将错就错，照着命运给自己安排的路走下去，反正她只是一缕来自异世界的孤魂，今日不知明日事，又何必想那些有的没的。望着无边无际的夜幕，她微微叹气，刚才若不是内廷侍卫的出现她也许就摘下了铜面人的面具了，他到底是谁，会是自己以为的那个人吗，可是若真的是他，那么为何要对自己避而不见呢？

妖月只顾自己暗自思索，没有注意到暗夜中一直注意着她的两双眼睛。一双是来自自己的身侧，熊毋康担忧的神色。一双来自假山后，那双道不清说不明的深眸。

第三十一章　可怜徒添一生恨

这不是致和殿吗？一众人在一座宫殿门边停下了脚步，皇上不是说要抓刺客吗，怎么抓到这儿来了？

“搜！”

一声令下，刚刚的几个内廷军，还有他带来的一干侍卫立刻四散开去，只留下一个贴身侍卫。

正凝神等待之际，突然一股肃杀之气从屋顶上倾泻而下。

一个如若无声的身形闪动的声音从屋檐上传来，声音刚碰触到大家的耳膜，一个黑色的声影也随之扑来，小雨已经停了，一把银剑照亮了致和殿的前院，戾气直指执疵。

“皇上小心！”楚王执疵身侧的侍卫在黑影下坠之际便拔出了腰间的剑，黑影人的银剑劈下时他刚好用剑挡住了，剑刃擦出一道银光，黑衣人却无心与侍卫纠缠，直直地刺向站在一边的执疵。

只见执疵眸光一闪，玉箫迎上直面而来的剑刃，手肘一个打转，玉箫如通人意一般，竟生生将银剑抵得转了个弯，黑衣人一个弯腰，躲过了冰冷的剑刃，执疵乘胜抽出玉箫，一下击打在黑衣人的胸口上。

黑衣人在地上打了一个滚，仇恨与绝望的眼神显露无遗，她背后已有一处伤口，似乎是刚刚就与人交手，皇上追击到此，躲不及便只有迎刃而上。她迅速起身，明知技不如人但还是冲了上来，招招刺向执疵的致命之处，同时不给自己留一点后路，同归于尽的姿态。侍卫们冲了出来，刚要上来帮忙，却见执疵发出一个制止的眼神，侍卫长阻止了大家，虽面露紧张之色，却不敢贸然上前。

只见执疵悠然立于月色下，乌黑的发丝在夜风中飞扬，一柄玉箫在手中来回翻转，一脸玩味十足见招拆招，耐心地与黑衣人周旋着，若不是一身龙袍披身，倒让人会误以为他是个风流公子，但整个场面却又杀气十足。

黑衣人跟执疵的实力相差太大，十几个招式下来已经深觉疲惫，然而执疵仍然怡然自得的模样，似是把她当作陪练对象，实在是气煞人。

“砰”她再一次被那柄玉箫击中胸膛，一个踉跄倒在了地上，她紧握剑柄顿觉羞辱，明亮的眸子里渗出一汪清泉，她咬紧殷红的双唇，望了一眼明月，大声喊道：“爹，娘！女儿不孝，女儿报不了仇了，原谅女儿，我这就下去陪你们!”

剑轴一转，银光掠过妖月的眼，妖月惊呼一声：“不要!”那黑衣人竟将剑刃扫向自己的脖颈，执疵脸上玩味的笑尽收，却来不及阻止。无形的音刃划破夜空，“铮”地一声，银剑落地，余刃扫向黑衣人的脸，她面上的黑布悠然落地，被音刃略过的脸颊上出现一道血痕。

“慕白英!”妖月惊呼出声，那英气俊秀的脸除了慕白英还有谁，月色下，她白皙的脸正慢慢渗出血水。妖月想要马上跑过去，却被熊毋康拉住了，她诧异地望向他，只见他眼神凝重地摇了摇头。

她忽地愣住，是啊，这是在皇宫，慕白英刺杀的可是皇上，堂堂九五之尊，她若是多管闲事怕是自己小命难保。

“昏君!”慕白英咬牙切齿地对着执疵吐出两个字。

“朕昏不昏可非你一人说了算。”执疵眸光一冷，“你可知你今日所做所言足以让朕诛你九族?!”

妖月神色讶然，诛九族?！妈妈呀，这么打两下就把九族给诛了，还好自己只是一个人穿过来，要死也不会拖累家人。

慕白英冷哼一声，“我还有九族可以诛吗？早就被你楚家给杀光了！若不是爹爹早将我送走，怕是这条小命也难留到今日!”

执疵眼神一闪，问道：“你爹叫什么?”

“我爹叫慕容裕。”她一个字一个字地说道。

执疵眼里泛起了惊讶，“洛阳城巡盐御史慕容裕?”

“哼，那是十几年前的事了，托你们所赐，现在已经成为阴曹地府一缕不肯散去的冤魂!”泪花呼之欲出。

“大胆，竟敢在皇上面前放肆!”执疵的贴身侍卫将剑尖指向她。

“冷冰!”执疵望了一眼那个叫作冷冰的侍卫，冷冰会意地收回了剑，退到了一边。

执疵望着双目含泪的慕白英，思索了片刻，问道：“你是慕容大人的独生女，慕容偲音？”洛阳慕容裕他有印象，十几年前他还是太子的时候曾经微服去过一次洛阳城，就是巡盐御史慕容裕接待的他。

慕容偲音闻得皇上称她父亲为慕容大人，不禁面露讶然之色，凝眸不得其解，皇上立马报出了她的名字更让她为之惊奇，不由自主地点了点头。

执疵在心里叹了口气，“慕容大人的死我也深感遗憾，可是一切都是他咎由自取，若非他一时的贪欲，也不会害了你全家。”

“什么狗屁贪欲，我爹爹是洛阳城有名的清官！”慕容偲音闻言满脸怒气地斥道，毫不在乎皇上的身份，执疵纵然心胸开阔，这样的骂辞难免让他心生怒气。他冷眼说道：“你可知你在跟谁说话？”

“可怜我爹爹一直说承蒙圣上恩德，要做一个为民为国的好官，可结果换来的是什么？慕容全府上下五十口的人一夜灭门！”慕容偲音越说越激动，挣扎着要冲向皇上，被一边的侍卫狠狠地压在地上，身体动弹不得，如果眼神能杀人，执疵怕是已被碎尸万段。

看着慕容偲音疯狂的模样，执疵沉眸。

在古代，盐是一个国家稳定的根基所在，这个看似无关紧要的普通小东西对于国家财政来说却起着不容忽视的作用，洛阳城隶属于江南一带，国家的江南盐税根本就是暴利，始终占取国家主要收入的1/4，古代商业相对来说比较薄弱，税政也不算完整，收入的重点就是农业、盐和铁。

巡盐御史这个职务的当选人是一个大的关键，因为盐税是暴利，再清廉的人在巨大的利益诱惑下都会成为金钱的奴隶，楚国的朝廷要臣被撤职查办的大多是各地的巡盐御史，因此巡盐御史是个烫手的山芋，人人想要却又不敢要。

而慕容裕是楚国开国以来在这个位置上坐得最久的人，但最后还是被满门抄斩，因为最后被朝廷查到慕容裕贪污国家税银达两百万两，这个数目不管在当时还是现在都是个天文数目，除贪污外慕容家还涉及到了命案。先帝盛怒之下撤了慕容裕的官，抄了他的家，据说当时慕容裕在铁证面前仍然不认账，还破口大骂先帝迂腐昏庸，一道欺君罔上之罪下来，便满门抄斩了。

“当年铁证确凿，你怎敢断定你爹无罪？”

“欲加之罪何患无辞！我爹爹就是为官过于清廉，惹恼了朝堂官员，那些什么破证据要想捏造岂不容易？”

执疵眼神骤然森寒，他曾经为这个案子费过不少神，因为他的印象中慕容裕是个极其清廉的人，但是当时自己手上没有实权，先帝满门抄斩的圣旨又下得过快，都没有给他足够的平反时间，慕容家满门抄斩后更是没有一丝线索，尽管心中存有疑问，但还是放弃了。

如今这个名字又出现在自己的面前，慕容裕的亲生女儿甚至杀入了皇宫，他是怎么也不能置之不理的，可是案子早在十几年前就已经成了铁板钉钉的了，如今要想翻案，怕是比登天还难。

“若慕容裕真是冤枉的，朕自会派人去查，还你们慕容家一个公道。”他顿了顿，望着慕容偲音落在地上的银剑，“可是，刺杀皇上可是死罪。”

慕容偲音闻言一惊，看样子执疵也不像是在骗她，眼神里一片决绝：“若你愿还我慕容家一个清白，偲音拿一条命去换又如何?”

“将慕容偲音暂时关押，明日再做审问。”执疵凝眸望着慕容偲音，“朕会还你慕容家清白，但刺杀一事也非你一死就能解决的。”

眸子里泛出的冷光让人不寒而栗，慕容偲音眉头紧锁不再言语。

“回宫。”执疵不再看任何人，转身向来时的方向行去，慕容偲音被侍卫押去了宫牢。

“那个，我怎么办?”妖月见大家都要走了，连忙从地上爬起。

“你回去好行歇息，明日上任。”执疵头也不回地说道。

“这么说，你们这次的任务失败了?”黑山洞内，光束下的黑衣人背身而立。

“属下没能顺利完成坛主指派的任务，还请坛主责罚!”铜面人和一个面带白色面纱的女子一齐跪倒在地。

“责罚？哼，本座的计划被打乱了，你们是死不足惜!”

“这并非属下的错，属下已经将消息以及执疵的行踪带给慕白英，没料想狗皇帝竟事先做好了埋伏，才导致刺杀任务失败，啊!”白纱女子还未说完左脸便被一阵极强的掌风扇过，扑倒在地，白皙的脸上渗出道道血痕，她银牙紧咬，心里自是愤怒，却不敢表现出来。

黑衣人已转过身来，“本座最讨厌任务失败还为自己找尽理由的人，失败便是失败了，从你得到那则错误的消息时你便失败了，就是因为你，我追命坛还损失了一个傀儡!”

白纱女子不甘心地抬起头说道："消息是竹密使给我的，即使是错，坛主也该追究她从何得到此消息，说不定就是她放出假消息，然后引我们中圈套!"

黑衣人冷笑一声道："汀竹？她是本座一手带大，就凭你也有质疑她的资格？她跟你一同进宫，不但通过了重重考核，而且在如此短的时间内就取得了执疵的信任坐上了执书的位置，你拿什么来跟她比?!"

白纱女子本还想说什么，但看着他面具后泛着冷光的眼，白纱女子心里升起恐惧，生怕自己再说错什么，追命坛主向来冷血无情，自己是四大密使之一又如何，若一不小心惹恼了他照样人头落地，"属下知错。"她缓缓低下了头。

"坛主，依属下所见，竹密使这么快便坐上了执书的位置实属奇怪。"静静站在一边的铜面人也突然开了口。

黑衣人凝神思索了一下，眼里的冷光更深了，"若汀竹敢做对不起本座的事，本座定让她死无葬身之地!"他又对铜面人说道："这次的计划本座也想过会失败，但没想到非但没有伤执疵一根指头，反而让他将慕白英抓了，我派你进宫是为了辅助慕白英的刺杀行动，为什么连你也会失手?"

"禀坛主，属下无能，没来得及在慕白英动手之前赶到，属下赶到时慕白英已经失手并脱身，属下为免节外生枝便离开了，岂料慕白英竟进行二度刺杀，最后没能逃脱。"他眸里有微光闪过，他本已追寻到慕白英的踪影，也猜测出她准备再次刺杀，本打算阻止她，岂料途中遇上妖月，那个让他在某一片刻抛下所有只心系于她的人，于是所有的计划，便有了变化……

"慕白英自是不能留了，我会安排人将她灭口，你们退下吧，以后办事利索点，追命坛容不下废物!"

"是!"

第三十二章　一朝伴在君王侧

白玉砌成的廊墙，丞相与几位大臣走下来，紧跟着后面的是身穿藏青长袍的仲楚歌，只见他脸色略微苍白，眉目冷峻，与其他几位相互奉承，互送笑脸的大人形成鲜明的对比。

妖月抱着竹简在廊墙下面走着，这是她上任的第一天，一大清早就被叫起来做苦力。

“妖月姑娘，您这奏折是要送去给皇上的吧。”一个御前伺候的小公公一眼就认出了妖月手上的奏折，那正是今日大臣们递呈的。

“呃，对，早上刘公公吩咐我给送到御书房去呢。”妖月这才回过神来。

“哎呀，麻烦大了，方向错了!”

“什么?”妖月凝神一看，自己不知不觉中竟跟到了廊墙外，这跟御书房的方向刚好相反。“对不起公公，我刚刚一不小心迷路了。”

“好在刚刚皇上留下几个大臣又商议了些个事情，你赶紧小跑过去，还来得及。”

“好的，谢公公，我马上就过去。”妖月连连弯腰道谢。

转身走了几步后她回过头来，仲楚歌他们已经走远了，看着那抹消失在廊墙下的青色，没来由地一阵失落。

廊墙的台阶上，那身着藏青色长袍的男子一步步又走上了台阶，看着一路小跑而去的妖月，脸上露出鲜有的温柔之色。

一路经过了珠玉生辉的宫殿，御书房虽显得素雅了许多，朝南的方位放着一张花梨大理石大案，案上摞着各种名人法帖，并数十方宝砚，各色笔筒，笔筒内插的笔如树林一般。左边紫檀架上放着一个大观窑的盘，盘内盛着数十个娇黄玲珑大佛手。右边洋漆架上悬着一个白玉比目磬，旁边挂着小锤。

东边便设着卧榻，拔步床上悬着葱绿的纱帐。

妖月往四周观望了一圈，见四周无人，便信手将奏折放在了案牍上。胳膊好酸啊，她边揉着胳膊，边看案头上的一幅画，那是一幅骏马奔腾图，用传统笔墨挥洒而出的骏马，精神振奋，舞动有力的四蹄、狂奔飘洒的尾巴和劲力狂放的鬃毛，身后是一轮彤红的落日，似乎在奔向自己向往的地方，芷烟看着看着便忘却了身上的疲惫，如同感受到骏马激昂奔跑的激情，为它的自由自在悲喜交加。

“好大的胆子!”

正看得出神，一道厉喝穿来。

执疵不知何时已经进到了御书房里，骂人的是他身边站着的一个老太监，他另一边站着的是身着官服的女子，妖月一眼便认出来是汀竹，只是此刻已没有时间细想，她“扑通”一声跪倒在地。

“皇上恕罪! 妖月一时间被这幅好画作吸引才乱了礼数!”她连忙将大家的注意力转移到画的身上，看那画堂而皇之地放在皇帝的书桌上，肯定不是皇帝画的就是他很喜欢的，这个时候拍拍马屁应该还是管用的。

“哦? 你懂得书画? 你倒给朕说说这幅画好在哪里?”不出妖月所料，皇帝的注意力果然被转移。

她小小地松了口气。

“妖月只是能看画，而非懂画。”她谦虚地说道。

“那你在这幅画上看到了什么?”执疵饶有兴趣地问道，然后走到了书桌前，用双手小心翼翼地拿起了那幅画。

“由于是水墨画，初看并不觉得逼真，但只要认真观察，便可看出作画者高超的水平。”她不紧不慢地说道。

“站起来说。”执疵将画正面朝向妖月的方向展开来，示意她接着说。

“刚劲稳健的线条准确勾画出马的头、颈、腹、臀、腿等结构要点，又以饱蘸奔放的墨色笔势挥毫铺写马的颈部鬃毛和鬃尾，在局部细节的处理上，作画者辅以变化有致的淡墨，使笔下的马既充满了勃勃生机，又富于笔情墨趣，斯须九重真龙出，一洗万古凡马空。”她上学时看过徐悲鸿的骏马图，也看过一些相关的讲解，搬来用下还是可以的。“最重要的是，作画者用自己的笔和笔下的马来表达自己的希望和理想。”

“怎样的希望和理想?”执疵在心中对她的一番讲解赞许不已。

“自由。作画者想要挣脱身上的枷锁，奔向自由的原野，在辽阔的天空下追寻真正属于自己的东西。”与其说的是作画者的希望，倒不如说是她的希望，“不受这深宫别院的束缚，回到属于自己的时空……”

“大胆!”这回是执疵的厉喝。

妖月再一次扑倒在地，完了完了，一不小心就说得走神了，才刚刚利用这幅画将自己从水深火热中解救出来，这会儿又要因为这幅画惹得龙颜再怒。

“你是觉得这深宫别院束缚了你?”执疵厉声问道。

“奴婢不敢!”

“说真话!”

妖月心一惊，说真话？在这样一个帝王为尊的朝代我如何跟你说真话？

可是当她抬头望向执疵的目光时，却分明看到了他震怒背后的哀伤，她已经可以肯定那幅画就是他画的，而画上对自由的渴望之情是那样的浓烈。

她鼓起勇气答道：“妖月所想正如皇上所想。”

旁边的老太监吓得心脏都要停止，而汀竹也是心里倒抽了一口气，挣脱这深宫别院的束缚，这几乎是宫里每一个人藏在最心底的期望，可是再期望又能如何，从他们出生开始就已经注定了这被束缚被摆布的一生，任凭他们万般挣扎也无法摆脱这宿命，除非夺得那万人之上的帝王位，纵使如此，也只不过从一个牢笼换到另一个牢笼罢了。

“哈哈哈哈!”

在所有人都为妖月捏了一把汗的时候，执疵却出人意料地大笑了起来。

“真不愧是朕亲封的执礼，你倒真是朕的明镜，普天之下怕是只有你能读朕心意，敢读朕心意！你喜欢这幅画是吗，朕赏你了!”

“谢皇上!”妖月忙低头道谢，起身时发现手心都是汗。

老太监闻言多打量了几下妖月，妆容素雅，容貌也未见得多出色，只是眉宇间透出的淡然随意气质让人不由自主地愿意与其亲近。宫中之人尤其是伴圣驾左右的，无一不是察言观色，小心行事，只见她竟愿拿一片赤诚之心相待，也难怪圣上龙颜大悦，只不过如此大胆，视宫规如儿戏的行为终是走在刀锋之上，圣上初见是新鲜，若因此恃宠而骄，只怕终有一天会人头落地，日后还得让嬷嬷好好调教调教。

春末夏初时节，繁花盛开，树梢那深深浅浅的绿也逐渐长成了苗头。天气虽已开始转暖，但晚上还是凉意侵骨。

妖月独自坐在荷塘中的凉亭里，望着水中随波一荡一漾的弯月，嘴里喃喃念道："才始迎春来，又送春归去。"春去春来，她到楚国已经是第二个年头。

除了最初进宫时与执疵见面的次数比较多，后因朝政繁忙，她好几个月都见不上他一面是经常的事，即使见上也再没有那次赏画时的亲近。

但他身边的老太监赵公公却是时不时来与她说话，虽说没有明里给她什么恩惠，但这么一来二去，宫中之人便明了她的身份，大小太监宫女们都不敢招惹她，待她很是亲善、尊敬有加，她知道这其中少不了有执疵的提点。

由于是执礼，自然是礼节招待上的事情居多，御前奉茶是其中最重要的一项差事。

妖月在现代时就不是个爱喝茶的主，一包咖啡一冲便了事。可到了楚国，泡茶那么简单的事变得万分复杂。她自然知道喝茶是门艺术，可绝想不到还会有这么多的规矩。

不得不一一从头学起，分辨茶叶，识别水质，控制水温，配置茶具，如何试毒，倒茶时手势，端茶时的脚步，还有执疵及各王爷主子的特殊癖好，都要记下来，绝不能出任何差错。整整学了大半年的时间，主事的嬷嬷才点了头。

她本就是七窍玲珑之心，有着现代人的智慧，经过时间的打磨又懂得谨言慎行，态度谦和，很快周围的人就接纳了她，不多久她就已经是负责奉茶和日常起居的领头执礼了。

想着这几年的日子，不禁对着水中的月影叹了口气，她利用宫中所有能够用上的关系去打听哥哥的消息，可还是一无所获。

"妖月。"她正愁眉不展时，一个清脆的声音响起。

她抬头望去，桥的那头，一个束着高高的头发，身着紧身官服的英气女子正向她走来，正是慕容偲音。

这两年来最大的收获就是见证了慕容家族的沉冤得雪，随着皇帝的一声令下，宫中的提刑官不分昼夜地奔跑在全国各地，终于在蛛丝马迹中找到证据，将洛阳城巡盐御史慕容裕贪污一案推翻，涉及谋划参与这起案子的几个官吏也被关押，执疵趁此机会将自己一手培养的几个官员提携起来，与朝中其他明顺暗反的反派势力相抗衡，一时之间，朝堂之上无不对执疵的治国能力钦佩有加。

慕容偲音本可回到洛阳城接管慕容裕的官衔，但她却拒绝了，毅然选择留在皇宫里为皇帝鞠躬尽瘁死而后已，由于翻案的过程慕容偲音经皇帝的允许全程参与，在不少隐藏的线索中寻找到蛛丝马迹，颇受提刑官的赞许，皇帝便封她为三品女官执法，负责宫中刑狱。

“偲音，这么晚了还没睡呢?”

“睡不着，起来透透气，走着走着就遇见你了，你倒是会选地方。”慕容偲音走过来坐在妖月的身边，望着那荷塘月色深深地吸了一口气，“荷香水色月光，真是孕育美人的好地方。”

“也是葬送美人的地方呢。”妖月深叹了口气，一入宫门深似海，虽说她只是一个小小女官，不用陷入到后宫斗争中，但在这深宫里日复一日地过着，还是有韶华逝去的悲凉感。

妖月话音刚落就被慕容偲音捂住了嘴，“你疯了，竟敢说这大逆不道的话。”

妖月眨巴着眼睛，示意不再胡言乱语，慕容偲音这才松开了手指。

两人望着荷塘中月色的倒影，再美的容颜沉映下去也成了黑暗的剪影，倒真是应了妖月的那句话，葬送美人的地方，两人一时之间竟相对无言。

“只要自己认为值，就算是葬送也是心甘情愿的。”沉默了许久后，慕容偲音发出这样一声感叹。

妖月心里一惊，转过头去，看见她望着月光的眼睛柔情似水，便瞬间反应了过来，偲音这样一个侠骨女子，自然是不愿意被宫闱所束缚的，更何况她早就有衣锦还乡的理由，可她最后却选择了留在了这宫墙内，除了一个“情”字还有其他什么理由呢？只是这份情却不仅仅能用值不值得来衡量。

“即使是跟众多女人分享一份虚无缥缈的感情吗?”妖月问道。

她吃惊地望着妖月，知道自己的心思已经被人看穿，双颊间飞上一抹不易察觉的红晕，一贯直来直去的性格使得她对于感情也绝不扭扭捏捏，即使红了脸，也大大方方地说：“只要能在他身边，望着他，守着他，便别无他求。”

好个别无他求。

妖月想到慕容偲音也是在封建王朝成长的，从小被灌输了男人三妻四妾天经地义的观念，所以纵使侠骨情怀，也是可以接受跟其他女人共同分享一个男人的爱。

然而她妖月不是，她曾经在一个婚姻自主，男女平等的时代生活了25年，一份爱即使不能天长地久，但也绝对只能是专属于一人，容不得第二个人瓜分。

回眸的瞬间，突然看到假山后面一抹光亮闪过。

“偲音小心。”妖月下意识地将慕容偲音推开，一柄锋利的箭擦着妖月的衣袖划过，慕容偲音瞬间警觉，朝假山后面追去，一个黑衣人“腾”地跳出假山，以迅雷不及掩耳之势翻过别苑的围墙。

“抓刺客!”深夜巡逻的禁卫军察觉出了动静，刀剑齐齐出鞘。

慕容偲音也顾不上追黑衣人，连忙返回到凉亭查看妖月的伤势，只见衣袖破损之处一道血痕渗出，慕容偲音撕开妖月的衣袖，鲜血从手臂处涌出，她动作迅速撕下一块碎布将伤口包扎。

“幸亏箭上没毒。”那道弓箭分明是冲着她来的，想来这是妖月第二次救她的命，想到妖月不顾一切之势，她情不自禁地跪倒在地，“大恩不言谢，日后妖月姑娘有用得上偲音的地方，偲音定然万死不辞。”

“偲音，咱俩谁跟谁呀，快起来，这可折煞我了!”妖月忙不迭地扶起慕容偲音。

“刚刚那个黑衣人你看清了吗?”想到那夺命的弓箭，妖月这才感觉后怕，要是她没有那下意识地一推，弓箭怕是已经射穿了慕容偲音，不知是谁要下此狠心竟想要了偲音的命。

慕容偲音摇了摇头，眼神覆上了一层惆然之气，她虽然没有看清那黑衣人的长相，但却已经猜到了他幕后的势力。

第三十三章　南蛮无知掠西风

快到立秋之际，可热气仍然未减，反倒如磐石般压着心头，连着还有一个‘秋老虎’，真是难熬的热。

连续两年的大旱，楚国边疆地区颗粒未收，当地官员却私自贪吞赈灾粮草，以致朱门酒肉臭，路有饿死骨。执疵闻之震怒，命丞相义子仲楚歌为临时总督负责赈灾，调中原地区筹集三十万石去边疆，并免了边疆本年未完额的税赋。

赈灾粮还在运输的途中，中原又爆发了官府亏蚀购办草豆银两的案件，牵扯在内的官员，从历任尚书、侍郎，到其他相关大小官员，共达一百余人，其中还有执疵一手提拔之人。执疵看完奏折，当即将竹简摔至在地，伺候在旁的太监宫女一个个吓得跪倒在地，妖月也在其中，她柳眉紧锁，平时看着执疵意气风发的样子，想不到还有这么多的烦心事，真是哪一个时空的皇帝都不好当啊。

九月秋风起，随军信使快马加鞭，传来噩耗。

由仲楚歌押送的三十万石赈灾粮在进入东胡境内时被当地部落围劫！

“可恶的乌桓人！”执书汀竹当时正伴在圣驾左右，由于汀竹对事情极有自己的想法，因此被执疵任命可参与议政。

乌桓族原为东胡部落联盟中的一支，先帝在世时，东胡部落常与匈奴联兵扰乱代郡以东各地。楚 45 年，先帝任命吴荣将军率军讨伐，不胜。次年，东胡部落内乱，且遭旱灾蝗祸，先帝乘机再派兵攻击之，东胡无力抗敌，被迫南徙，退居乌桓山的一支称为乌桓；退居鲜卑山的一支称鲜卑。

鲜卑一族因傍山傍水，便守着鲜卑山过着怡然自得的生活，与外界接触甚少。而乌桓山相对资源贫乏许多，便大肆侵犯邻边小国，并一鼓作气占城为王，那一带的人被楚国称之为“南蛮”，此次半路拦道的必定是乌桓南蛮。

“命仲楚歌全力抗敌，粮在人在，粮失人亡!”执疵下出这道口谕时，汀竹看到他眼里泛出让人不寒而栗的冷光，而静守一旁的妖月也不由得身心一颤。此次的赈灾军上上下下不到两百人，乌桓南蛮既然敢抢赈灾粮，自然是有备无患，更何况又是在别人的领土上，这个时候若全力抗敌无疑以卵击石，这道口谕分明就是判了仲楚歌的死刑!

“执书大人，可否借一步说话?”妖月在殿外守了好些时候，可算等到了汀竹。

“你我姐妹又何必如此拘于礼节?”汀竹望着妖月浅笑，貌似无意地望了周围一番，“便好生叙旧一番吧。”说着，便朝御花园的方向走去。

妖月见状，赶忙跟上。

秋季，百花衰败的季节，御花园里也免不了一片萧条的景象。

“汀竹，楚歌他会怎么样?”刚到无人处，妖月便焦急地问道。

汀竹没有答话，只是径直地往前走，急煞了身后跟着的妖月。又走过了一个转角，来到一片湖边。汀竹这才停下脚步，脚步刚停，妖月便欺身上前，“他会怎么样?”

汀竹望着妖月的眼睛，又是浅浅一笑。

“你看那边。”她纤指轻抬，指着湖的对面，秋海棠开得甚好。

妖月望着那姹紫嫣红的秋海棠，心里突然升起一丝希望。

“有的花是开不过秋天的，而有的花，越是深秋开得越灿。”汀竹带着妖月绕着湖面慢慢走着，走到了秋海棠盛开的地方，她弯腰摘下了一朵开得最艳丽的花，“这秋海棠，我们又怎么需要担心它在秋天里凋零呢?”

妖月细细地思索着她的话，明白她是在暗示自己。

汀竹走上前来，将秋海棠插在妖月的发鬓上，幽幽地说道：“真是美得让人嫉妒。”

“好个粮在人在，粮失人亡!”远在险境的仲楚歌听到来自京都的口谕时冷哼了一声，“狗皇帝是高抬自己了，想让我死，也不看看自己有没有那个能耐。”

“他这如意算盘打得太大。”他身边的黑衣男子也不屑一顾地笑道，“坛主的人一个时辰内到。”

“一个时辰？怕是太便宜他们了。”仲楚歌眼观远方，火光蹿得很高，隐约中还有丝竹作乐声，想是乌桓人正在为即将到手的粮食而庆祝。

“通知独孤绝，半炷香后带他的人随我深入敌军。”

“是！”

远处的火光映到仲楚歌的眼里，恍惚间，竟成了血光。那收割生命的死神，怕是又将降临在这荒野之上……

“禀皇上！仲总督夜袭乌桓南蛮，将拦路者一夜杀尽，无一活口！”信使报。

执疵正在写字的手微微一颤，只见宣纸上写着“坐看云卷云舒”，几个字如行云流水，一气呵成，只是由于刚刚的那一颤，舒字的最后一钩终究是没有钩成，只是随着一竖直直地落了下去。执疵轻叹一口气，将宣纸一揉，丢掷了。

“命御膳房准备十五日后的盛宴，朕要宴请文武百官，为仲楚歌封侯！”

“奉天承运，皇帝诏曰，仲楚歌文武双全，德才兼备，护粮有功，今特下诏封其为弘武侯，钦此。”

一旨旨意，一道道门，一重重礼，一排排卫士。

设宴那天，身为二品执礼的妖月在御膳房与霎德殿之间来回穿梭，她已经完全忙晕了，皇帝设宴，宫内上下唯恐行差踏错，所有人都精神高度紧张。妖月好不容易确定各项分工到位，这才缓了缓劲，四处打量：悬灯万盏，亮如白昼，银光雪浪，珠宝生辉，鼎焚龙檀之香，瓶插长青之蕊。不禁暗自叹道：好一派皇家气象，连现代电视剧都难以描摹万一。

文武百官各自携带亲眷到齐，各自坐定。妖月吩咐人上茶点的时候暗自打量了一下席位上的人，丞相坐在面向皇上左边的席位上，一身墨蓝色官服，笑吟吟的样子，身边坐着的是一个风韵尚存的女子，看样子是他的夫人。

丞相后面的一个位置坐着仲楚歌，依旧是一身青衣。琉璃灯火中仲楚歌的肤色似乎略显苍白，微挑的英眉下一双细长的眼睛，虽寂然看着一方，却浮沉敛入光影万千，配上挺直鼻梁薄锐薄唇，搭配得几近完美，妖月不禁看得出神。他手握一盏金樽杯，在妖月看来的时候他亦抬眸迎上，妖月慌忙将目光转移，顺手接过一名宫女手上的酒壶。

她知道他还在望着她，那目光里说不清道不明的情愫几乎将她吞噬，为了避开那道让她几近失态的目光，她径直走到了面向皇上右边的席位上，第一个坐的是一名当朝元老，她将酒倒上。走到第二位时发现端坐在席的正是熊毋康，一身白衣胜雪，嘴角有让人暖心的笑，那抹笑容让她静下心来，于是也对着他巧笑嫣然。

从高度紧张状态释放的笑容如昙花绽放时的惊艳，纵使是音王熊毋康也不禁被她那不经意的笑容所怔住。

她今天穿的对襟流云裳是京都普通的女子装扮，外衣绢纱淡薄如清雾笼泻，里面衬着白丝抹胸，束腰一袭飘洒长裙。虽非广袖宽松，亦露出脖颈玉色肌肤。

仲楚歌也窥见了她那一抹足以融化寒冬的笑容，他将杯中酒一口饮尽，放下的时候只见手上青筋突起，微微颤抖，几乎要将酒杯捏碎。

退下席间时，妖月忍不住望了一眼仲楚歌的方向，他已经将视线从她身上转移，身边一名貌美端庄的女子正与他说着什么，女子说笑间用纱巾轻掩面颊，几分惹人怜爱模样。

妖月笑容仍在，却渐渐苦涩。

只见一队太监快步而来，各自按方向站定，一个声音远远传来“皇上驾到!”

各文武百官都起身站定。又过了一会，才看见身穿黄袍，帽饰美玉，面貌俊朗，脸带笑意的执疵缓步行来。

众文武百官及其亲眷、所有太监宫女呼啦啦地全部跪倒在地上。

虽跪了一地的人，但一个大喘气的都没有。待执疵坐定，赵公公高声叫道:“起!”大家这才纷纷起身立着。执疵笑看了一圈底下的人，赵公公又高声叫道:“坐!”众人齐应:“喳!”各自落座。

妖月悬了半天的心这才稍微落下，看着执疵不怒自威的阵势，这就是普天之下莫非王土的天子威严。

开席后，文武百官纷纷向仲楚歌道贺，轮番着向仲楚歌敬酒，他毫不推脱，来一个就一饮而尽，像是杯里装的是水而非烈酒，看得侍在一旁的妖月心惊胆战。

酒过三巡，席上的气氛越发活络，一个喝得微醺的大臣突然问道:“弘武侯少年得志，可有娶王妃?”

仲楚歌眉头一皱，摇了摇头。

“弘武侯前程锦绣，可这府里也该有一贤内助打点才甚好啊!”那大臣转身向皇上做了一个躬，“今日不如就请皇上为我楚国之栋梁赐婚，也算是喜上加喜。”

“哈哈，爱卿说得极是!”执疵爽朗一笑，“各王爷诸侯在弘武侯这年纪大多有了小王子，仲楚歌，朕今天就亲自为你赐婚，说，你是要了哪位女子?”

“微臣只愿一心为国效力，还不曾考虑儿女情长之事。”仲楚歌从席间走出，跪在皇上面前。

“如此……”执疵低着头一副思索的样子，“邵平公主倒是到了适嫁的年龄，不知你意向如何?”

妖月心里一紧，皇上表面上是问意向如何，但哪由得人拒绝的道理。

“邵平公主金枝玉叶，臣不敢高攀!”皇上话音刚落，仲楚歌便有意婉言回绝。

“若朕有心促成呢?”执疵淡然的话语中显然有着不满，一时之间席间各人都屏息静待。

妖月看着仲楚歌跪在地上，他低着头，她看不见他的表情。只见他临近席上方才与他说笑的女子也是一脸悲戚沉重，他们不是在交往吗，为什么他不顺势要了她？妖月觉得这等待的时间是如此漫长的煎熬。

“臣，谢主隆恩!”仲楚歌抬起头时只剩一脸漠然。他慢慢地，重重地磕了三个头，脑袋触地的声音清晰可闻。

妖月只觉得那三个响头全磕在了自己心脏上。

一声，一声，又一声。

重重地落下来，压得她喘不过气来。

她自知古代婚姻都是父母之命，媒妁之言，个人很难有自主权。可是真实面对这一幕时，才感觉到它的残酷。

席下的邵平公主缓缓走出来，停在了与仲楚歌并排的位置，仪态端庄地跪下谢恩，“谢皇兄!”

看着邵平公主和仲楚歌并排跪着的身影，妖月的时间突然间沉寂了几秒，席间再次热闹起来，祝贺声一波盖过一波，仲楚歌跟邵平公主只是静坐着，脸上几分凄楚，几分不甘，但都掩饰在了微笑的面具之下。

第三十四章　却向断肠诉离殇

春风吹动杨柳岸，恰是人间四月天！蝶飞燕舞，花开草长，山水含笑，白云映衬在蓝天下，风在空中回旋游荡，似能听到它在林间与新叶嬉戏的笑声。

“在想什么呢?”一个温柔的声音在妖月的耳畔响起。

妖月回过神来，给身边的男子请了安。

“起吧。”熊毋康温情地笑笑，“又不是在宫里，不必拘泥于繁文缛节。”

妖月看着逆光而站的熊毋康，只觉得在春风中他更显得儒雅了，像是那新叶，在阳光下泛着清翠的光泽，翠得好似能点亮你的心。

“音王怎么不去和他们一起狩猎?”

执疵前几日给各位王爷发了邀请帖，上云：为迎新春佳节，野外狩猎，大家同乐等等一长串子话。其实照妖月看那意思就是：最近国中无大事，我好闷，大家都来陪我玩吧！

并且不论男女只要骑得好，都有赏。妖月觉得今儿个来的这些王爷小姐们怕是都没在乎那些赏赐，不过是大家都无聊，凑一块打发时间罢了！

妖月本来不想来的，被慕容偲音软硬兼施地磨了半天，硬是给拖了过来。妖月从没骑过马，严格来说，一切看上去有危险的运动她都是敬而远之，但真正到了狩猎场之后才发现，除了王爷少爷们，还有好些王妃公主也跑来凑热闹，原本属于男人的狩猎场被那些个女人当成了野炊集合地，正好男人们打到的野物可以顺手丢给女人们做烧烤。

突然听到那边传来一阵叫好的声音，夹杂着掌声。妖月跟熊毋康望过去。

只见一匹通体雪白的马，风驰电掣地纵横在天地间。一位身穿艳红骑装的女子坐在马上，殷红裙裾在风中翻飞。她忽然从身后抽出弓箭来，对准一棵树射了过去，一只鹧鸪鸟应声而落，引得四周的人喝彩声越发响亮，那马上的女子正是英气逼人的慕容偲音。

那样精彩的骑术让妖月不禁看直了眼，远远地随着众人拍掌大叫，这才明白过来慕容偲音为什么一定要跟来，原来是有这绝活。

她一圈跑完，勒着马缓缓退出了场子，而周围的人还在大声喝彩！妖月看得不过瘾，忍不住拉着熊毋康走近了。“今儿没白来，没想到偲音这样英姿飒爽！”

熊毋康在后面温和地笑着“你要喜欢，也可以去学啊，骑马也不是什么难事！”

妖月摇了摇头，“我身上最缺的就是运动细胞了。”熊毋康一脸茫然的样子，古代人当然不知道什么叫细胞了，“我的意思是，我怕摔。”她解释道。

“摔几回也就学会了。”

“不要。”妖月还是摇着头，做出一副恐惧的样子，惹得熊毋康一阵欢笑。

“妖月，你去哪了，刚刚四处没找到你。”一个白衣胜雪的少年走了过来，妖月转过身对着少年莞尔一笑，“看那边风景好，过去透透气。”

“齐子珂，你说刚刚慕容执书骑得好看吗？”

正与少年说话间，一个粉嘟嘟的少女赶了过来，正是楚国玲珑公主。

齐子珂白了她一眼，“当然好看了，反正是你不能比的。”

一句话气得玲珑怒眼圆睁，“哼，你给我等着！”说完便跑远了。

“你啊，都这么大了还跟小姑娘较劲儿。”妖月看着他们争吵，又想到了初到楚国那年的元宵节，当时齐子珂跟玲珑还那么稚嫩，转眼间，齐子珂已经褪去了稚气模样，出落成了一个风度翩翩的少年，一开始妖月还没能认出他来，直到他主动过来跟妖月说话她才将眼前这个男人与印象中的小少年结合起来。

“你看什么呢，本少爷虽然长得俊朗，但你也得含蓄点啊。”

“你这脸皮是跟着身高一起长了哟。”妖月嗔怒，想当年那个齐子珂多清纯啊，妖月轻轻调戏一下就会红脸，如今是他将妖月调戏红了脸，岁月真是不饶人。

说笑间，一匹枣红大马跃了出来，只见玲珑神采奕奕地坐在上面，她换了一套雪白的骑装，甚是夺目。

速度倒是未见得比慕容偲音骑得快，可她时而双手抱着马脖子身子紧贴马侧骑一会儿，时而单手支撑马鞍骑一会儿，时而还在马上打个翻身，像是一只白色的精灵在马上起舞!

喝彩声一浪高过一浪，连刚刚对玲珑不屑一顾的齐子珂也看傻了眼，妖月更是连连鼓掌。

只看她渐渐逼近大帐，速度却仍然未减。

熊毋康低呼一声："不好!"然后迅速下令周围的侍卫将围观的人往后护着。越来越近，越来越近，原本得意洋洋的玲珑突然面露紧张之色，她连忙拉缰绳，"吁……"白马却不再听她的指挥，直直地向前奔跑，"停下，快给我停下!"玲珑边骂边拉缰绳，却没有一点用处。

人人都憋着一口气，忽听一长声马嘶，熊毋康奔到了白马的右侧，手上紧紧地拉住了缰绳，竟是生生将奔跑的马给拉停了，可随着白马的一个跳跃，玲珑被甩了出去，侍卫们紧张地想要过去接，说时迟那时快，一个白色的身影已经抢在所有人面前跑到了玲珑的面前，将玲珑接在了怀里。

白色骑装的少女惊恐地抬头，见到接住的少年的脸时一抹红晕飞上少男少女的脸颊，"齐子珂……"两人均是白衣胜雪，青春动人的年龄，丝丝爱恋霎时缓和了原本紧张的气氛。

妖月在一旁看着，只觉得心里又是喜悦又是失落。那原本只为她红脸的少年，如今却为另外的女子红了脸。

"公主!"玲珑的贴身小丫头连忙跑了过来，"你没事吧，公主，可把奴婢吓坏了!"

"我没事。"玲珑挣扎着要下来，齐子珂这才将手松开。

玲珑揉了揉肩膀，刚刚齐子珂抱着她的时候手臂太用力，竟将自己的肩膀握疼。

"技不如人就不要逞这个能。"齐子珂没好气地说。

玲珑微红的脸瞬间又变得铁青，"谁要你多管闲事，哼!"她狠狠地瞪了一眼齐子珂，又气呼呼地往帐篷里走去。

"真是好心没好报!"齐子珂也给了玲珑一个白眼。

倒是小丫头礼貌周全："谢谢齐少爷救了我们家公主。"微微作了个福，便跟着玲珑过去了，只是才迈开三步又回过头来望了一眼齐子珂，齐子珂没有注意到小丫头的三步一回头，妖月却细心观察到了，突然觉得这场景好像在哪见过。

“咻……”大家刚从公主落马的惊吓中回过神来，突然一道利箭射了过来。

“啊!”慕容偲音被突如其来的弓箭射中，妖月忙赶上前，查看慕容偲音的伤口，弓箭射在了她的左肩上，离心脏只有几公分的距离。

“有刺客!”几个侍卫顺着弓箭射出的地方追去。

“偲音，你怎么样?”妖月紧张地问道，血液汩汩地渗出来，虽然没有伤及心脏，但如果救治不及时的话也会危及性命。

“走开!”慕容偲音突然大吼一声推开了妖月，又是一支暗箭飞了过来。眼看就要射中她，突然近在咫尺的弓箭被熊毋康用手抓住，他迅速地丢掉弓箭，第一时间取过别在腰间的古琴。

“琤琤……”两道音刃划出，一棵大树上一个黑衣人应声而倒，黑衣人迅速从地上爬起，拾起弓箭又是一箭射出，熊毋康凝神屏气，一连串的音刃飞出，那弓箭在半空中被截断，黑衣人手上、脸上被音刃划出几道血痕，他见势不妙，立即向远方奔去。

“追!”侍卫中又有几个要追出去。

“别追!”熊毋康一声令下，“你们都留在这里保护主子们。”

妖月见熊毋康眼神凝重，心知杀手肯定不止那一个弓箭手，果不其然，另一个方向又是一道弓箭飞了过来，紧接着好几个方向都飞过了弓箭。

熊毋康手指快速划动，弓箭一个接一个地被截断，可一人难敌众，一个侍卫中箭倒下。

齐子珂见状也迅速跑到了妖月的身边，“嗖嗖”几声，便打落了几根弓箭，妖月细细一看，他投掷出去的竟是棋子，少年还是多年前的那个少年，他将妖月护在身后，坚定地说道：“别怕，我会保护你!”

弓箭不断地射出，几个人根本无法阻挡，越来越多的侍卫倒下。

“他们要杀的是我!”慕容偲音见侍卫一个接一个地倒下，而熊毋康与齐子珂挡得那么辛苦，心下一横，便冲出了他们的保护圈。

她迅速地向刚刚黑衣人消失的方向跑去，反正这条命早就不是自己的了，她慕容偲音死不足惜，怎么也不能再赔上其他人的命，那些放暗箭的人必是追命坛的人，他们的目标是她，只要她离开了，其他人就不会有性命之危。只是能否在死前再让她见上一眼心爱之人，将他的眉、他的眼刻进心里，那么即使到了黄泉路上，也不会寂寞……

“偲音！”妖月见状也跟着冲了出去。

“疯女人！”齐子珂一声咒骂，也要跟出去，一不留神，一根弓箭便射进了他的右肩上，紧接着又是一根弓箭跟了上来，他欲抛出棋子时却已来不及。

“嗯……”一声低吟，那个身着白色骑装的女子在齐子珂的面前倒下，在千钧一发之际，玲珑竟挡在了齐子珂的面前。

“玲珑！”齐子珂看着倒下去的玲珑，心里比自己中箭还要难过。

“你救了我，我救了你，咱俩扯平了。”玲珑忍着巨大的疼痛说着。

“你别说话！”齐子珂一把抱起玲珑，往帐篷里奔过去，“你挺住！”他边跑边叫。“太医！”看着玲珑苍白的脸，眼眸里竟渗出了泪水，这个女人，怎么这么傻，“你不要睡，眼睛给我睁得大大的！”

而妖月追着慕容偲音一路跑着，不时用剑挡开飞过来的弓箭，好在她在宫里时为了自我保护向慕容偲音学了用剑。

跑到一处空旷之处，远远见到了执疵等人骑马而来。

“偲音，你看，皇上他们过来了，我们不会有事了！”妖月高兴地说着。

“笨蛋！”慕容偲音停下了奔跑的脚步，回过身来时眼里噙满了泪水，“你为什么要一次次地救我？你知不知道我是谁！”

“偲音……”

“那些是追命坛的人，我是他们派进皇宫里的细作！”她大吼出声。

“那他们为什么要追杀你？”

“因为我违抗了他们的命令，我不愿意再听命于他们。”

“抗命者，死！”偲音话音刚落，几个黑衣人便追了上来，刀光闪闪。

“你快跑！”慕容偲音心下一惊，将妖月护在后面。

“我愿意受死，但一切跟她无关，你们放过她！”

“哼！你们谁也活不了！”带头的黑衣人冷冷地说道。

“快跑！”慕容偲音从怀中掏出两个圆珠子，妖月还没看清楚是什么，只见一阵浓雾升起，烟雾弹！妖月瞬间反应过来，偲音真是厉害，连这个也随时携带。

来不及细想，趁着浓雾重重，妖月不顾一切地往前跑去，不能死，不能就这样死掉。

“偲音，我们都不能死，纵使错了，也要给自己一个改正的机会!”她边跑边往后面叫着，突然脚下一空，她惊恐地大叫起来，才出声头就被一根大树干撞到，顿时失去了知觉。

醒来时已是黄昏，还在昏睡的妖月感觉一股热热的气息喷在自己的脸上，她手一挥，想要把那股气息挥走，却抓到了一些茸茸的毛皮，瞬时被惊醒。

只见身边站着一只通体雪白的野兽，“呜……”野兽伸出舌头来对着妖月的胳膊舔了一下。妖月惊坐在那里不敢动，小时候遇到恶狗时大人们就告诉她停在那里不动，越跑狗越追得凶。野兽舔了两下便停了下来，妖月只觉得肩部阵阵清凉，扭头一看，它舔的地方正是刚刚流血的地方，被它这么一舔，伤口反而不再流血了。

“你是在帮我止血吗?”妖月欣喜地问道。

野兽只是呜咽了一下，像是回应她一样，听着这熟悉的呜咽声，妖月突然想起几年前自己进宫之前与铜面人在山间逃亡时的那只野兽，不正是它吗？敢情它是来报那只野鸡之恩了?

“真是一只讲情义的兽，你有名字吗?”她试探着摸了一下野兽的头。

野兽对着它龇了一下嘴，露出锋利的牙齿，但妖月看出它并没有敌意，便大胆地摸了起来。

“你又不会说话，即使有名字我也不知道啊。不如我给你取个名字吧。”妖月望着它笑。

野兽又是一声低低的呜咽声，像是应允了妖月的要求。

妖月顿时乐了，从地上站了起来，低头思索了一番，“就叫你茯苓吧。”茯苓是一种中药材，药用部分也是雪白的。

“茯苓……”妖月欢乐地叫了一声。

茯苓抬起头对着妖月长鸣一声，表示接受了这个名字。

夜幕降临，妖月带着茯苓找到了一个山洞，她拿着火石使劲地擦啊擦，可是就是出不了一点小火花。

“电视上他们不是拿着两块石头一碰就碰出火花来了吗?”妖月抱怨道，气得将火石砸到地上，“噌”地一声，石头旁边的枯树枝就燃了起来。

“古人诚不欺我!”妖月兴奋地赶紧又拾了些柴火搭起了一个火堆，虽已开春，可是山里的夜晚还是凉飕飕的，若是没有个火堆只怕明天就冻得睁不开眼了。

“可惜我不会打猎，你跟着我恐怕是没肉吃了。”妖月摸着茯苓的头叹息道。

茯苓忽然转身跑了出去，站在洞口像狼一样嗷叫了起来，妖月不明所以得跟着跑到了洞口边，看到草丛里有几对明珠一样发光的东西。

“是狼!”她惊觉，好在那些狼听到茯苓的嚎叫都跑开了。

“真厉害!”妖月惊叹道，“你就像只百兽之王，它们居然怕你!”妖月开心地蹲下来对着茯苓又抱又亲的，茯苓将头高傲地转向一边，活像个害羞的小男孩，惹得妖月又是一阵欢笑。

然而远处危险正在逼近，茯苓虽然逼退了狼群，却逼不走比狼更为凶狠的，人类。

“头儿，前面的人说东南方听到了灵兽的叫声。”十几个黑衣人邻近了洞口，追灵兽追了好几天可算又找到了。

“走!”领头的黑衣人手一挥，后面的人全部跟了上来。

妖月正将一只野鸡烤得炉火纯青，那霸气侧漏的兽叼着一只野鸡到她面前时她几乎要笑岔气，她这是名副其实的大材小用吧。

“茯苓，野鸡马上就要烤好了，咱们又有肉吃喽。”

话音刚落，茯苓又警觉地跑到了洞口边。

“啊!”洞口外传来一阵惨叫声。

是人的声音！妖月赶紧拿起手边的剑，这个时候会是谁呢，自己人?还是那些杀手追来了?

“头儿，里面还有人!”几个黑衣人追了进来。

领头的看了一眼妖月，“带走!”

那边茯苓正跟两个黑衣人对峙着，旁边已经有两个黑衣人被咬死在地。

茯苓见妖月被带了出来，想要跳过来救她，一个黑衣人趁机一剑挥过去，只听一声低吼，茯苓的前腿被剑割破，红色的血液将雪白的毛浸染。茯苓像是受了刺激一般以迅雷不及掩耳之势扑了上去，只是一瞬间黑衣人挥剑的手就与身体分了家。

茯苓发出的低吟声里满是愤怒，又是几个黑衣人围了上去，妖月望着被围攻的茯苓心疼不已，一个黑衣人走上前来，用一块白布捂住了她的嘴。

第三十五章　浮华转世一瞬空

熟悉的街道，她身上披着一件黑色斗篷，头上戴着黑色面纱，走过了曾经住宿的客栈，她的嘴巴不能发出任何声音，手跟脚也完全不受自己的控制，那些黑衣人已经乔装成平常百姓，和她一起坐在一辆马车内。

经过揽月阁的时候一个熟悉的身影正走出来，段青色的长袍，狭长的双眼，冷峻的目光，仲楚歌！

妖月多想叫出声来，只要叫出来，那个人定会不顾一切地过来救她，可是她没有办法，直到马车经过仲楚歌的身边，越来越远，快到看不清的时候她才看到仲楚歌向着她的方向望了一眼。

马车在一座房子的门口停了下来，妖月透过黑纱看到房门前站着两个小厮，只听其中一个小厮说："探花采木若有时，客官可是要赏花？"

"有花堪折直须折，莫待无花空折枝。"随同妖月一起来的人边说边从衣袖里拿出一块牌子。那两个小厮便将他们请了进去。妖月突然觉得这场景似曾相识，经过了一道道门，最后被推进了一个房间里，刚进去又被一块白布捂住了嘴，便失去了知觉。

在一阵喧闹声中醒过来，大脑昏昏沉沉的。她强迫自己睁开眼睛，看到自己睡在一个很简陋的房间里，随便一动身下的床便发出一阵"吱呀"的声音。

房间的隔音效果很差，她都能听到隔壁男女调情的声音，心下一惊，不会又被卖到妓院了吧？连忙低头看自己的衣服，破烂的外套被换了，还好内衣内裤还是原来的，看样子还没有被玷污。

她蹑手蹑脚地走到门边，门居然没有上锁，再看门口，也没有人守着，心下奇怪，却顾不着那么多，她迅速地跑了出去。

这是一个被隔了很多个房间的大厅，各个房间里都有男女调笑的声音。大厅的一边有一扇门，推开门前面是一条狭窄的通道，走过通道后前面是一条长廊，长廊两边同样被隔了很多间，却比之前的房间小了很多，大概五六平方一间，连房门也没有，只是用粗麻布制成的门帘挡着，两边各有十几间。

妖月为了不让自己发出声音，将鞋子脱了去，一间一间地走过去，走到一半的时候听到隔间里发出一声呻吟。

在好奇心的驱使下，她掀开了门帘，看到昏暗的隔间里只放着一张单人床和一个极小的桌子，一个衣衫凌乱的女子正低着头躺在床上，双手捂住肚子。像是察觉到门帘被掀开，那女子抬起了头，女子二十几岁的样子，眼窝深陷，皮肤蜡黄，像是生了重病一样，对着她诡异地一笑，吓得她立马松了手。

她越发好奇这些隔间里都是些什么人，便硬着头皮又拉开了另一间，只见一个女子裸露着上半身坐在床上，一个男子正背对着门帘亲吻着那女子的大腿。

妖月惊得捂住了嘴，连忙又拉开了第三间第四间第五间……

终于崩溃，跌倒在地上哭泣了起来。

那都是怎样的景象，那样简陋的小隔间里，每张床上都躺着一个面容憔悴的女人，她们像是吸了鸦片一样病恹恹地卧倒在床上，各种各样粗俗鄙陋的男人在剥她们的衣服，有的已经直接在嘿咻嘿咻了，她们都没有反抗，或者说，根本没有反抗的力气，这简直就是女人的地狱。

一个隔间里的男人闻声走了出来，那裸露的男人见到妖月的容貌时脸上露出惊喜的表情，然后向妖月走近。

“不要过来，不要过来!”妖月崩溃地往后挪，那个男人却越来越近，越来越近。

“啪!”突然男人被打了一巴掌，“就那么点钱还想要这样的女人?”一个男人粗鲁地将妖月从地上拉起来，“贱人，你怎么跑出来了!”

妖月脑子里一片混沌，那个五大三粗的男人凶巴巴地看着她，手像钳子一样揪着她的胳膊，她想要从他手里挣脱，只见他不耐烦地大手一挥，将妖月甩到了一个隔间里，妖月的头碰到桌子角，便又昏了过去。

失去意识前她听到有人在喊：“你们谁也不许碰她，她还是雏的，可以卖不少银子。”

“芷烟乖，爸爸妈妈明天就带着礼物回家看你了。”

“芷烟不怕，爸爸妈妈不在了还有哥哥，哥哥会一直陪着你，保护你。”

“芷烟，别哭，没消息就是好消息，只要我们不放弃，只要他还在这个世界上，我们总有一天会找到他的。”

“柳芷烟，我说我喜欢你的单纯与美丽你信吗？”

“芷烟，芷烟，芷烟……”

为什么那么多人都在叫着芷烟，她是谁，她还是柳芷烟吗？她已经是懂得察言观色逢人三分好的妖月了，她已经丢掉了自己的名，所以找不到了回家的路，迷失在这个陌生的时空里，一年，又一年。

“芷烟，你醒醒！”

这是梦吗？为什么这么真实，有人在叫她，叫着她已经遗忘的名字。

“芷烟！”

她从梦中惊醒，一个男人在她面前，摇着她的肩膀。

她揪紧了自己的衣服，惊叫道：“不要碰我，不要过来，你们走开，都走开！”眼泪簌簌地流下来，她在地狱里，在比死还可怕的地狱里！

突然被面前那个男人抱到了怀里。

“芷烟，别怕，是哥哥，哥哥会保护你的，哥哥再也不让谁伤害你！”柳晨东见柳芷烟惊慌失措的摸样，心疼到极致。

妖月浑身一颤，哥哥……

她从男人怀里挣脱，定神看着面前这个男人，那熟悉的眉眼，熟悉的声音，这个人，真的是哥哥，她千辛万苦寻找的哥哥！

“哥！”她用尽所有气力喊了出来，这一刻，她等了多少年，以为从此只能在梦里出现，她终于再次见到了他，她这个世上唯一的牵挂，唯一的寄托。

“你去哪了，我找了你好久，我活得好辛苦好辛苦，你知道吗？”妖月在柳晨东的怀里放肆哭泣，有哥哥在她身边了，她什么也不用害怕了。

柳晨东眼角也渗出了眼泪，是呀，这一刻，他们都等了太久太久。

“慢点吃，没人跟你抢。”柳晨东宠溺地看着狼吞虎咽的妖月。

“唔……我好久没吃到这么好吃的了。”这是哥哥的味道，她吃着吃着眼泪又落了下来，刚刚她已经掐过自己好几次，每一次都痛得那样真实，这不是梦，她终于找到哥哥，与哥哥重逢了！

“哥，你怎么会在这儿？”

“说来话长。”柳晨东又给她夹了些菜。

“哥！”妖月拦下柳晨东递过来的筷子，她忘不了，忘不了之前看到的那一幕，那一排近三十个隔间，躺着那么多的女人……

“芷烟，有些事你不知道可能会更好。”柳晨东放下了手中的碗，眼里的温柔渐渐散去。

“他们叫你掌门！”妖月将筷子放下。

面对柳芷烟的追问，柳晨东自知避不过，便诚实地回答：“江湖上有个门派叫极乐门，我是他们现任的掌门。”

“那个奸淫掳掠无恶不作的极乐门?!”妖月惊讶极了，她进宫前就已经知道臭名昭著极乐门，那如蟑螂鼠疫一样存在着的邪恶门派，老百姓们不愿提及的一个门派。

“妖月，有很多事是你不知道的。”柳晨东无奈地说。

“我只知道在你的管辖范围，那些破烂的床上躺着一些女人，如蝼蚁一样任人践踏着！”妖月想到那个场景忍不住激动起来。

“很多事我都身不由己。”

“身不由己?!”妖月觉得难过极了，“哥，你变了！”

柳晨东看着妖月，说：“你不也变了吗？”

妖月惊讶地望着他，还是一样熟悉的脸，可是眼神却让妖月觉得无比陌生，甚至是恐惧。

妖月别过了脸。

柳晨东将她的脸掰过来，强迫她看着自己。

那双眼睛又回到了最初的温柔宠溺，“芷烟，不管哥哥怎么变，那颗疼你的心，是永远都不会改变的。”

“哥……”眼泪夺眶而出。

这么多年不见，一见面自己就苛责他，自己有仲楚歌等人护着，尚且觉得日子过得辛苦，而手无寸铁之力的哥哥来到这个陌生霸道的时空不知道经历了多少的苦难，更何况还坐在这样一个众矢之的的位置上，所要承受的苦楚自是常人所不能理解的。她不该，不该对自己最亲的人那样刻薄，纵使他再坏，也是自己的亲哥哥，更何况，她也一样不再是以前那个单纯的柳芷烟，又有什么权利要求别人不许改变呢？

她静静地靠在了哥哥的肩膀上，“哥，我想家了。”

日落西山，妖月独自一人倚坐在柳树旁的石块上，半眯着眼看着天际渐渐消失的光晕，这是丁香花的季节，深深浅浅的紫色小花密密匝匝地压满了枝头，两只蝴蝶在花间时停时飞，双飞双落，夕阳下无限恩爱。

“芷烟。”柳晨东在后面叫她。

她回眸。双眸似水。

几年不见，她的头发已长至脚踝，一头青丝用蝴蝶流苏浅浅绾起，随风舞动，发出清香，有仙子般脱俗气质。一袭白衣委地，上绣蝴蝶暗纹，蛾眉淡扫，面上不施粉黛，神情淡漠，恍若不食人间烟火的仙子一般，嘴角勾起一抹笑容，如同烟花般缥缈虚无而绚烂。是什么让他曾经雀跃活泼的妹妹变得这般心如止水？

“还住得习惯吗？”柳晨东走到凉亭里坐下。

“你将我的衣食住行打点得无微不至，哪有不习惯的道理？”妖月坐到了柳晨东的身边。

“我以前不能给你的，现在终于给你了。”柳晨东看着远方说道，“以后，我给你的只会越来越好。”

夕阳映在柳晨东的眼里，他的目光似是在燃烧。

妖月很想对他说，她要的只是简简单单的生活，没有皇宫的复杂，没有江湖的纷扰，即使是有光明没前途的日子，只要跟哥哥平平安安的，就够了，可是她最终没有说出口。

“皇宫里的人在四处打探你的消息。”

妖月闻言望向柳晨东，他依旧望着远方。

“看来你在宫里的地位举足轻重。”他终于收回了眺望远方的目光。

“你想让我回去？”妖月直言不讳。

“你可以让我的计划实现得更快。”他定定地迎上妖月的目光。妖月从那双眼睛里看到了他对权力的向往。

“你知道吗？我刚到楚国就被人下了毒，毒发时我感觉到撕心裂肺的疼痛，他们利用我体内的毒让我进宫去给他们当卧底。”

“芷烟。”柳晨东脸上有心疼的表情，“我永远也不会那样对你。”

“呵。”她苦笑了一声，“你给我的，比那毒还要痛千万分。”

“芷烟……”

“我愿意。”芷烟打断他的话，“只是你要告诉我那隔间的女子都是怎么回事?”

“我们需要资金。”

“那就用那些无辜女人的身体去换?!”妖月激动地站了起来，“难道就没有王法了吗?”

“王法?!”柳晨东也站了起来，他拨开自己的衣服。

“啊!”妖月惊讶地捂住了自己的嘴。

只见柳晨东的胸膛上布满了一道道纵横交错的疤痕，邻近心脏的一刀还很深。

“哥……”妖月鼻子一酸，眼睛蓦地红了。

“这几年，我从一个连刀都不会拿的人到现在杀人不眨眼的极乐门掌门，所受的苦，所流的血，又岂是王法两个字可以解释的。”他把衣服放下，双手抓住了妖月的肩，“我告诉你什么是王法，金钱、权势，这就是王法！那些女人身上得到的钱极乐门能留下的只是一小部分!”

“那大部分的钱去哪了?”妖月心里有了很不好的预感，却又不愿意承认。

“朝廷!”柳晨东恨恨地说着，“几乎每年都有女人死去，每年都要有新的女人进来，那么多女人失踪你以为朝廷不知道吗?！因为他们需要我们这么做!”

“皇上知道吗?”妖月浑身颤抖着。

“哼!”柳晨东冷笑了一声，“他就是最大的受益者!”

“不，不可能!”

“芷烟！我告诉你，在楚国，谁掌握了权力，谁就是王法!”

“你骗人！他为什么要这么做，他是皇上，他没有理由这么做!”妖月摇着头，泪水终于落下。

“因为他无能！每年那么多的天灾人祸，江湖这么多的门派抗争，他为了巩固自己的势力，为了稳住民心，只能拆东墙补西墙，一面做好人，一面做最坏的勾当!”

“你住口!”妖月挣脱他的双手，一时间失去重心跌倒在地。

柳晨东看着她痛苦不堪的样子，微微叹了口气，“你在他身边待了那么长的时间，你已经完全被他表面的假象所蒙蔽，芷烟，有太多的事情都不是你看到的那样，既然你不愿意听，今天我就跟你说这么多，大势所趋，执疵难成大器，只有我，才能真正让这个朝代死灰复燃，而你，将是我最有力的助手，我们用21世纪的智慧来拯救这些可怜的人。”

芷烟泪眼婆娑地看着被野心驱使的哥哥，突然觉得他变得好陌生好陌生。

“掌门!”有个身着黑衣的男子急忙忙地跑了过来，看到妖月后欲言又止。

“说!”

“有人闯进了极乐门!”

“谁?”

“音王!”

“知道了，你下去吧。”柳晨东嘴角露出一丝笑，那抹笑容落入了妖月的眼里，只觉得浑身一颤。“看来有人来接你了!”

远远就能听到一串急促的音律，赶到前厅的时候一道音刃迎面而来，柳晨东迅速用剑鞘挡住，紧接着又是一道音刃飞过来，柳晨东将妖月赶紧拉到了自己的身后，前厅的门“咻”得被音刃穿透。

“音王，别来无恙?”

“冷掌门，小王奉皇上之命前来带柳执礼回宫，得罪了!”音王收了古琴，大方地对着柳晨东抱了一下拳。

“啊!”一个黑衣男子从前厅东门门里飞了进来，然后倒在地上，一口鲜血自胸腔喷涌而出。

“看来无礼的还不止你一个。”柳晨东看清来人的脸，眼眸骤然收紧，面有怒意。

“面对你极乐门，我也不是第一次无礼了。”仲楚歌将剑插入剑鞘内，“你的这些人跟以前一样不耐打。”

“今日你能竖着进来未必能竖着出去!”柳晨东脸上满是杀意。

“哼，我若今天不能竖着出去，那你极乐门的人自是全体给我横着陪葬!”

妖月看他们二人眼里都燃烧着怒火，连忙说道：“掌门只是暂时将我收留在此，我们……”

“把妖月带下去！”柳晨东一句话打断了她。

“你敢！”仲楚歌冷冷地吐出两个字。

“带下去！”又是一声冷喝！

一个黑衣人三步并作两步走了过来，将妖月反手押着往前厅的门走过去。

“啊！”黑衣人的右胳膊随着那声惨叫掉了下来。

“啊！”妖月看着落在地上血淋淋的胳膊尖叫出声。

两人的剑同时出鞘，眼看着一场血雨就要落下，妖月连忙跑到仲楚歌的身边按住他的剑，一边回过头来摇着头乞求柳晨东。

“好，看在音王的面子上，我让妖月跟你们走。”

“话你得说清楚了，是我把妖月抢回的！”仲楚歌阴冷地望着他。

“咻！”一道刀光闪过来，仲楚歌身子微侧，刀锋贴着他的面颊划过，几根飘扬在前的青丝被斩断，“啪！”他身后的柱子被划成两截。

妖月怔地说不出一句话，想不到哥哥竟然这么厉害。

“带她走！”仲楚歌将妖月推到熊毋康的身边。

“那你呢？”妖月紧张地问道。

仲楚歌头也不回地说道：“我跟他之间有太多恩怨未了。”

“我不走！”

仲楚歌蓦地回头，凌厉的眼光吓得妖月倒退了一步，她的手无意划过熊毋康的古琴，“琤”地一声，厅堂桌面上那只茶杯碎了。

“你也会音攻？”柳晨东惊讶地望着妖月，慢慢地那惊讶转化成令人不易察觉的惊喜。

“我们走！”熊毋康拉住了妖月的手。

妖月还在为自己刚刚的举动惊措不已，待到回过神时发现自己已跟着熊毋康走出了好几步，极乐门的好些弟子都围了上去。

妖月望着柳晨东，摇着头。

柳晨东见妖月眼中含泪，自是看出了眼前这个男子对于她的重要性，便挥手让其他人散开了，他今天可以留仲楚歌一条命，但有一些账的确是时候算一算了。

第三十六章　守得云开见月明

风轻轻地吹过，天色在变动。

天色就如人生，祸福难料，忽然之间就瓢泼大雨，妖月撑着竹伞经过御花园，小小竹伞已经不足以遮蔽漫天风雨了，淡蓝裙摆已经溅湿。她忙奔向最近的凉亭内避雨。迷蒙烟雨中，看着还有别人正在亭内避雨。

“执礼吉祥！”两个小丫头给妖月行了礼。

妖月认出其中一个正是玲珑的贴身丫鬟，她手上托着一个木盘，上面有一些中药包。

“那是给公主的药吗？”

“是的。”

“公主伤势如何了？”

“时而昏迷时而清醒。”

“太医怎么说？”

“太医说无大碍，只是失血过多导致体虚，需要静养。”

妖月走上前去，拿起托盘里的中药包，闻了闻，都是玄参、麦冬等一些调理身体的中药材，闻到其中一包时她顿了顿，又仔细闻了闻。

“这里面有川草乌？”

“公主常说头痛，奴婢便让太医开了这味药。”

“你懂药？”

“奴婢进宫前在中药房待过，耳濡目染，略知一二。”

“那你可知这药用不好是会变成毒药的？”

“公主头痛难耐，奴婢只好求了这治头痛效果最好的药，至于毒性，太医已经吩咐过奴婢，只要经长时间煎煮，便可将其毒性减弱。”

妖月点了点头，川草乌的治头痛效果是比一般药材强，它的有毒成分是乌头碱，乌头碱经长时间煎煮，经水解成毒性较弱的苯酰乌头原碱和乙酸，可减轻毒性。

“记住不能给公主服用太多。”她特别叮嘱道。

“是!”小丫头应道。

“雨小了，你去吧，别耽搁太久了。”

“奴婢告退。”两个丫头作了个福便都离开了。

妖月本想去看看慕容偲音，只是遇着这绵绵不绝的雨，情绪又低落了下来。回宫已经两天了，熊毋康命人送来口信，报了仲楚歌平安，只是这两天早朝都不见仲楚歌的身影。想那时他与哥哥势如破竹的神情，纵然不死也定讨不着好的。

她有问过熊毋康他们是如何在那么快的时间找到自己。他说是茯苓去了他的府里，因牙齿上有妖月衣服的碎片，他才紧跟而去。

雨过天晴，一道彩虹挂于天际，这是她到楚国后第一次看到彩虹，又迎着这花红柳绿的春天，本该心情明朗才是，却没来由地一阵伤感漫上心头：“桃花谢了春红，太匆匆，无奈朝来寒雨晚来风。胭脂泪，相留醉，几时重？自是人生长恨水长东!”

“大家都在欢心雀跃，唯有你在这独自背诗，黯然伤神。”

妖月抬头望去，执疵走了过来。

“皇上吉祥。”妖月施施然行了个礼。

“背的什么诗，说给朕听听。”

“下官只是随口一念，让皇上笑话了。”妖月心想那是南唐国君李煜亡国后做的诗，自是不好说给执疵听，再则想到哥哥说到的极乐门正是因为有他的纵容才做出那般伤害女子之事，心里便不愿与他多做交谈。

“下官还有要紧事在身，就先告退了。”

执疵眉头上显现出不悦的神色：“是什么要紧事比朕还重要?”

“玲珑公主尚在昏迷当中，下官略懂民间偏方，可过去帮助一二。”妖月一时之间找不到什么借口，便临时搬出了玲珑。

“既是如此，你便去吧。”执疵知是她找的借口，但她既然都到了找借口的份上，自己也不好再强留。

“下官告退。”

因跟皇上找的借口就是看望玲珑公主，她此刻只好放弃去慕容偲音那儿，直接去了玲珑公主的宫里。

走在路上的时候突然想到几年前跟齐子珂去过的神秘地带，执疵曾去过一间齐子珂都不知道暗号的房子里，再一细想，自己被极乐门抓去那日，门口那小厮报的暗号不正是齐子珂答不上来的暗号吗？难道那儿就是关押从各地掳掠来的女子的地方？那执疵自然是同谋不假了。想到此，她只觉得身后的那个人越加陌生，脚下便加快了脚步。

执疵看着她越走越快越走越远的身影，只觉得怅然若失，这阵子政务缠身，他将她搁置一旁许久，只想着来日方长，可突然有了一种已然失去的感觉。

“公主，柳执礼来了。”

“快让妖月姐姐进来。”玲珑面容憔悴，眼神里却散发出喜悦的光彩，整张脸总算是有了一丝生气。

“执礼吉祥。”小宫女们见过妖月后纷纷作福。

“都起吧。”妖月渐渐也习惯了大家这样对她行礼，举手抬足间是有了几分官范儿。

“妖月姐姐。”玲珑望着妖月开心地叫道。

“下官参见公主。”妖月也没忘了尊卑。

“快起吧，跟你说过多少遍了在我宫里不用行礼。”玲珑假装生气地看着她。

“下官遵命。”妖月笑着答道，进宫来妖月虽与玲珑见面次数不多，但每一次相处都是至诚至真，皇宫里能够遇到一个推心置腹的人本比登天还难，再加上妖月智慧无穷，很多事情上都给玲珑出谋划策，一来二去，玲珑便将妖月视为姐妹，无话不谈。

“你憔悴了许多。”妖月看着玲珑黯然无光的脸心疼地说道。

“太医说我再休养几日就可康复。”玲珑笑得一脸灿然。

“齐子珂来看过你吗？”妖月见她一副为郎献身我情我愿的样子，便投其所好地抛出了一个话题。

果然，玲珑听到齐子珂的名字后两颊便红了。

“他已来过几次了。”

“可是对你体贴入微？”妖月调笑着。

“妖月姐姐，你讨厌！”玲珑嗔怒，但还是难掩喜悦之色，转而又叹了口气，“他只不过因我为他挡了一箭而关心我罢了，再说，他心里早已有别的女子。”

“你怎知?”

“我亲眼所见，他身上放着一块白手绢，手绢上隐约可见一些糖渣的痕迹，我笑说他怎么不扔掉，他说那是他心爱之物，那分明就是女子的。”玲珑说完后微微撅起了嘴。

妖月只觉心里一沉，想起小少年掏出白手帕为她擦拭嘴边的糖渣，以及不顾手帕上有糖渣又拿回去擦拭自己嘴边的茶水。只是那手帕自己明明一直带在身上，怎么又回到了他的手里?

“妖月姐姐?”

“嗯?什么?”妖月正出神，听玲珑在叫她，却是没听清玲珑之前说的话。

“你怎么不回答我的问题?”

“什么问题?”

“我刚刚问你当初是如何入住齐府的。”玲珑神情复杂地看着妖月，又问道，“不会他喜欢的那个女子是你吧?”

“不。”妖月慌张地否定，“怎么会是我，他一直把我当姐姐，当年我入住齐府是受到齐老爷的邀请，民间的VIP卡就是我替齐老爷设计的。”

“那是姐姐设计的?你真是太厉害了，那VIP卡我也有呢!我生日那天齐府还给我送来了一匹西域的丝绸。”

“我就从来没收到过什么像样的礼物，给你送丝绸一定是齐子珂的主意。”

“怎么可能，他才不把我放在心上呢。”

“当然可能了，你看你那天受伤他紧张的样子，比自己受伤还难过千万分，你从马上摔落时是谁第一个上前去救你的?不是你的音哥哥，更不是那些护卫军，而是你的情哥哥齐子珂!”

“哎呀姐姐，你再这样说我就不理你了。”玲珑羞红了脸，却喜上眉梢。

她虽然依旧面容憔悴，但神采奕奕的脸庞还是触动了妖月日渐冰冷的心，这才应该是这个年龄的女子该有的光彩，有了爱情的滋润，一个女子的一生才算完整。

“公主，齐少爷求见。”

“真是说曹操曹操就到，是不是某人在心中默念了一千遍呀?”妖月继续调笑着玲珑。

“让他进来。”玲珑吩咐道，复又看着妖月恐吓道，“你一会可不许胡说八道，不然我让皇帝哥哥扣了你的俸禄。”

“遵命！”妖月吐了吐舌，每次跟玲珑在一起自己都可以全身心放松，不用去在乎宫规礼数，不用去在乎尊卑有别，玲珑那纯真的笑脸能让她暂时忘了这个时空给她带来的苦痛。

“胡说八道什么？”齐子珂笑容满面地走了进来，手上提了一个方木盒子。

“没什么！”玲珑看着妖月坏坏的表情生怕她泄露了自己的心事，赶紧转移大家的注意力，“盒子里装的什么。”

“你猜猜。”齐子珂笑着说。

玲珑摇了摇头。

齐子珂将盒盖子打开来。

“板栗饼！”玲珑惊喜地叫道。

“你上次不是说想要再尝尝醉月轩的板栗饼吗？我就顺便给你带了进来。”

“是你亲自买的吗？”

“嗯。”齐子珂从方盒里拿出一块，小心翼翼地递给玲珑。

玲珑接过，咬上一口，酥脆的口感让她不禁湿了眼眶，醉月轩的板栗饼每天出的量极少，要想买到都得提前排队，而且醉月轩有个不成文的规定，买饼的时候必须要说出为谁而买，若是为他人而买还得说出理由。

“你如实相告你为谁而买了吗？”

“嗯。”风轻云淡的回答。

玲珑眼角的泪水轻轻地滑落。“那是什么理由呢？”哽咽的语气，看得妖月也觉得鼻子酸酸的。

“以后会告诉你。”

妖月看着齐子珂温柔的模样一改以前的盛气凌人，之前的担忧立刻烟消云散，再看脸上含笑眼中含泪的玲珑，知她是守得云开见月明了。

又是一阵闲聊后，玲珑现了疲惫之色，妖月跟齐子珂便先后告退。

“妖月。”刚出殿门，齐子珂便叫住了她。

“嗯？”妖月回过头来。

齐子珂看着妖月面带微笑的脸，不禁失了神，几年过去了，那张脸一点都没有变，初见时的惊艳，入住齐府时的俏然，此刻又多了些许的成熟，只是增添了魅力色彩。

“我有些话想对你说。”

妖月沉思了片刻，大致猜到了他要对自己说的话，齐子珂不是一个滥情的人，如今对自己对玲珑都有好感，这道障碍他跨不过，她便只有推他一把。

“好。”

“时间过得真快。”他俩双双走在玲珑公主宫殿的后花园里。

“是啊，时间将太多东西改变得面目全非。”

“可你一点也没有变，还跟当初一样。”齐子珂停下了脚步，望着妖月，眼里有柔情。

“可你却变了很多。”妖月也站定，平静地看着齐子珂。

齐子珂收回了目光，“有些变化是我也始料未及的。”

“顺其自然就好，我都能理解，毕竟你是我一直珍爱的弟弟。”

“可我从没把你当姐姐！”齐子珂再度对上妖月的眼，“妖月，我是真心的，我曾几次乞求爹让他帮我向皇上说情把你要了去！”

纵是心如止水，但听到这番话时免不了还是起了涟漪，压住心中的悸动，强作平静地说道：“那结果呢？”

齐子珂深深地闭了闭眼，“爹他从来都没有允许过，还……”他没有再说下去。

“还苛责你，说你有眼无珠，说你竟看上一个来历不明的女子。”她淡淡然地说完，那么长时间的相处，齐老爷的性格她又怎会不知。

“可我从来都不在乎这些！”齐子珂叫出声。

“可你爹在乎，齐家的门面在乎，楚国宫里宫外都在乎！”齐家富可敌国，齐老爷在乎门面事小，执疵也不会允许肥水流向外人田，这万贯家财自是要宫中女子去接手。

看着齐子珂语塞的模样，她继续狠心说道：“更何况，你的心已经有一半遗失掉。”

“对于玲珑，我自己也不知道是什么时候开始……”

“这就是爱情。”妖月替他说道，“不知道什么时候开始在乎，脑海中时常回忆起她的音容笑貌，在她危难之时挺身而出……这才是爱的过程。”

“我会给她一个好的未来。”齐子珂说道，“待她伤好之后我就请皇上将她赐给我。”

“嗯，这就对了。”妖月笑着，心里却有隐隐的失落。

“妖月。”少年望着那熟悉的笑容，喃喃地问道，“在离开之前，我可以抱抱你吗?”

看着少年期许的眼神，妖月的心瞬间就柔软了，虽然小少年已经长大，但是曾经给过的温暖还会一直残留，她大方地展开了胳膊，“来吧。”

齐子珂上前去，一把将妖月紧紧地搂入了怀里，妖月的侧脸紧紧地贴在少年的胸膛上，少年急促而有力的心跳声落入妖月的耳里，汉霄苍茫，牵住繁华哀伤，弯眉间，命中注定，成为过往。

在他们紧紧相拥时，不远处的转角处，一双嫉恨的眼睛正死死地盯着他们。

第三十七章　此情可待成追忆

树影婆娑，点点月光透过茂密的树间洒下来，一八角亭台屹立在一弯湖泊旁，周围笼罩着几丝淡淡的雾气，在碧蓝的湖色辉映下，远远看去犹若仙境，清雅，幽然。

八角亭中，妖月抚摸着古琴坐在其上，手指轻弹，一曲没有曲谱，没有来历的琴曲飘扬在湖光山色中。

乌黑如泉的长发在雪白的指间滑动，一络络的盘成发髻，玉钗松松簪起，再插上一枝金步摇，长长的珠饰颤颤垂下，在鬓间摇曳，眉不描而黛，肤无须敷粉便白腻如脂，唇绛一抿，嫣如丹果。

锦瑟无端五十弦，一弦一柱思华年。

庄生晓梦迷蝴蝶，望帝春心托杜鹃。

沧海月明珠有泪，蓝田日暖玉生烟。

此情可待成追忆，只是当时已惘然。

伴着琴音，边吟着李商隐的诗，一曲终了，掌声响起。

妖月抬眸望去，执疪在亭外湖边站着，边鼓掌边走进亭内。

“皇上吉祥。”妖月放下琴，请了安。

“坐。”

妖月复又坐了下来。

“此情可待成追忆，只是当时已惘然。是什么让你发出这样的感慨?”

“妖月只是随意弹奏，随意吟诗……”

“你最近是越发欺瞒朕!”执疪打断她的话，怒喝道。

妖月赶忙跪在地上，“皇上息怒。”

执疪怒气不减，捏住她的下巴，强迫她抬起头来，“你可知，这皇宫里的女子朕若想要只是一念之间?”

妖月朱唇轻咬，薄薄的唇上很快就被利齿划破，猩红的血液渗出，显得朱唇更为诱人，只是双唇间吐出来的话语却是冰冰凉拒人于千里之外，“这皇宫里的女子自然是皇上的，可心之所属，却是皇上怎么也强迫不了的，皇上若是强要了，也只不过是一具空壳。”

“混账!”执疵震怒。

妖月只是低头跪在地上，一言不发。微风吹拂过妖月的鬓发，灵动异常。

执疵沉默片刻后，问道：“你已是心有所属?”

妖月抬眸望着执疵，他怒气似乎已经渐退。是否心有所属，她自己并不明确，因此也无法回答，只是淡淡地望着执疵，不语。

执疵见她清眸似水，恍若黑暗中丢失了呼吸的苍白蝴蝶，神情淡漠，恍若不食人间烟火的仙子一般，怒气便没来由地消了下去。

“若你心中所属的男子来求朕要你，朕便成全你们。”

妖月心中冷笑，先帝在世时，几位执书执礼都先后封妃，楚国女官是皇帝妃子的候选人这已经是不言而喻的事情，普通的男子谁又敢冒这大不敬之险来要了她?她心中虽是不屑，但表面上还是恭敬地道了一句：“谢皇上。”纵使此刻没有谁愿意为她冒这个险，但君无戏言，他此刻应承下来，也算是为自己留了一条后路。

一句“谢皇上”不由又激起执疵心中不满，但着实无处发作。

“拿酒来!”唯有借酒消愁。“坐起来，陪朕喝上一杯。”

“是。”妖月也觉心中压抑，便不再拒绝，起身与执疵齐坐，月光落在执疵的眸子里，那眼里自信中又藏着些许哀愁，恍惚间似乎又见到了徐凌，那个男子说：“你是我见过最纯真的女孩，你身上有着她们所没有的气质。”他说：“嫁给我。”

抽刀断水水更流，举杯消愁愁更愁。

妖月本就不胜酒力，在卸下心理防备后就更加一杯接一杯地喝了下去，只一炷香的时间，便觉得思维开始飘起来，酒真是个好东西，让她一时之间忘了所有的苦闷，她摇摇晃晃地把古琴拿到桌上，玉指轻挑，曲不成调，嘴里念着“此情可待成追忆，只是当时已惘然……”突然把琴一推，“我还是不会!为什么音王会我就不会?”

执疵好笑地看着她，说道：“原来你是想学音攻，你既喜欢我让他教你便是。”

“真的?”妖月欢喜地站了起来，讨好地走到执疵的身边，说:“徐凌，你真好，你什么都愿意答应我。”

一声徐凌让执疵瞬时黑了脸，冷冽地望着她道:“他就是你的心之所属吗?”

“哈，你胡说什么呢?你就是徐凌呀，你还娶了我呢，我知道你是花花公子，可你为什么要对我那么好呢?”

执疵心一惊，望着眼前的女子，原来她已是成过亲之人，她身上到底还有多少秘密?

突然手上的酒杯被她抢了去，“来，咱们喝交杯酒。喝过交杯酒后我就是你的妻子了。”说完，她仰头将杯中酒一口喝下。

执疵捏住她的下巴，眼神骤冷道:“你到底是谁?”

妖月醉眼蒙眬地望着他，摇了摇头，“我谁也不是，我是柳芷烟，来自21世纪，那是很久很久以后的事了，我一点都不喜欢这里，不喜欢你们。”

她推开执疵的手，伸手摸向他的脸，却发现手从他的脸上穿了过去。“徐凌，我怎么摸不到你，不行，再来。”她摇晃着又去抓，谁知脚下一软，整个人朝他扑了过去。

身子被执疵稳稳接住，头埋在了他的胸膛，衣物中传来淡淡的清香。在那抹让人安心的清香中，妖月竟甜甜地睡了过去。

执疵扶她坐在石凳上，她枕着手臂在石桌上沉睡过去。

他还在思索着她刚刚的胡言乱语，竟理不出个头绪来，月光透过湖面反射在妖月的面庞上，雪白中透着粉红，一双朱唇微张，语笑若嫣然，这样一个女子，他能奈她几何?

“拿笔墨来。”执疵吩咐道。

他要留住这让他无法触及的美丽。

时至夏初，不比初春时的一片新绿，新叶像是知道自己的季节已过，不似久前的轻快明亮，眼前的绿是沉甸甸的。

玲珑公主即将出嫁的消息传来时，妖月正跟熊毋康、慕容偲音二人讨论音攻。

“以音为剑，以乐为杀。刀剑有形，音刃无形，无形胜有形。”

妖月迷迷糊糊地听着，只觉无聊，学音攻是自己主动提出来的，加之又受到了皇帝的特许，自己若不把握时机好好学出点什么来，岂不遭人笑话，但她大概实在没有音攻的天赋，慕容偲音教她舞剑时她学得倒还算快，但这应用到音律上来却是傻了眼。

听了半天后妖月沮丧地说道："看来我是真没有音攻天赋，你教了我这么久，我一个音刃也没有弹出。"

"学音攻最不能急，一急乱了心境便学不会了，楚国以前好些音攻天才就是这么泯然众人的。"慕容偲音安慰道。

"不急，不急得学到什么时候？"

"听说一般人都得学个十年八年才能有所成绩。"

"十年八年？我都成老太婆了！"妖月惊叫道。

惹得熊毋康一等人笑开了颜，忍了笑，他解释道："音乐达到极致，以气驭音，无须深厚的功力，同样能纵横天下，以音为利器，以念力为主导，音刃便可随心而挥发。"

"念力？"妖月瞪着眼睛，"这也太悬乎了吧。"

"你想想你那日是如何发出音刃的？"熊毋康继续引导。

"是啊，找找当时的感觉。"慕容偲音也说道，在极乐门发生的事妖月已经跟慕容偲音说了，独独瞒了柳晨东与自己的关系。

"那天我是被仲楚歌的眼神吓着了，心里充满了恐惧的情绪。"

"对，就是那样的情绪，让你产生了念力，从你的心中传至你的指尖传至到琴弦上，然后发挥出音刃。"

"可你们不是说学音攻之人要心境平和吗？"

"这里说的心境平和并不是说没有情绪，初学者需要某种情绪的刺激，而当内心被那种情绪所占据，并且长时间维持着，那么音攻的效果就能发挥到极致。"

"这样啊，那心如止水算不算情绪？"

"你会在心如止水的时候去杀人吗？"慕容偲音白了她一眼。

熊毋康也不置可否。

这时妖月手下的一名宫女欢快地跑了过来。

"音王吉祥，执礼、执法吉祥！"

"看你一脸喜洋洋的，是有什么好事要汇报吗？"妖月问道。

"奴婢的确是有好消息。"

“说。”

“齐老爷带着齐少爷向皇上提亲了！皇上当场就把玲珑公主许给了齐少爷，并让他们下月初八就完婚。”

“这么快？”妖月“腾”地站了起来。

慕容偲音见妖月反应这么大，不解地问道：“这不是好事吗？”

“可是公主的伤势还未完全好。”

“皇上就是见公主的病迟迟未愈，才安排了这场婚事来冲喜。”

“冲喜？这也太不科学了吧？”

“科学？”

“哎呀，跟你们说你们也不会明白，哪有还生着病就成亲的？”

“可是这本来就是很正常的事呀。”慕容偲音说道。

妖月沮丧地坐了下去，是啊，在古代本来就很流行冲喜，说是什么这样一冲人的病就好了，可玲珑现在身体那么虚，哪能承受得了洞房花烛夜的激情。算了，随他们去吧，好在齐子珂不是一个莽夫，他应该自有分寸。

只是这心一被扰乱，却是怎么也学不进音攻了，便借故午饭时间已到，请熊毋康与慕容偲音一起用膳去了。

转眼已是婚礼当天，玲珑公主的宫里忙上忙下忙不停，玲珑指定妖月给自己梳妆，好在妖月早些时候研究了一下古代的妆容，又用以现代化妆的手法，所以总能化出让众人称赞的妆来，想不到在现代时自己对化妆千般抵触，到了古代竟成了化妆高手。

玲珑公主本就长得俏丽，肩若削成腰若约素，肌若凝脂气若幽兰，眸含春水清波流盼。

面部化了古今皆宜的新娘妆后，妖月突然一时兴起，随手拿起一旁的描笔，蘸了朱砂在额前勾勒几笔，眉心画了一朵玲珑细巧的兰花，妖娆秀美，冲淡了一点儿那端庄的妆容。头上倭堕髻斜插一根镂空金簪，缀着点点紫玉。香娇玉嫩秀靥艳比花娇，一颦一笑动人心魂。

“公主真是美得让人移不开眼睛。”屋里的宫女纷纷称赞道。

玲珑看着镜中似是熟悉似是陌生的脸，“这真的是我吗？”

“满意吗？”妖月看着她惊艳的表情，得意极了。

“我从没想过自己还会有这样的一面，妖月，谢谢你。”

“公主本就是天生丽质，妖月只不过将公主另一面的美给展现出来罢了。”

玲珑站起身来，抓住妖月的手，眼睛点点湿润。

“好了，不许哭哦，要不弄花了妆，我可就没有时间给你再化一遍了，吉时马上就要到了，新郎就要来接你了哦。”

“嗯!”玲珑强忍住泪水，绽放出一个笑容，真是明艳地让人移不开眼。

“执礼，郑公公那边刚刚派人来传话，说是茶礼的工作还需要你检查一下。”玲珑的贴身宫女提醒道。

“哦，对了，差点把这事给耽误了，玲珑，姐姐就帮你到这了，以后的幸福，你要自己去把握!”说完便出去了。

吉时已到，玲珑公主被牵上花轿，锣鼓齐鸣普天同庆。

妖月听着远方传来的喜庆之乐，露出一个欣慰的笑容。

第三十八章　只是当时已惘然

夜幕降临，像是知道今日有璧人结合一样，暮阳早早沉入西山，金碧辉煌的宫殿在夜色下收敛了白日的恢宏气派，沉沉暗暗殿影起伏。

该到入洞房的时候了。

妖月望着天上那一轮皎洁的月光，今晚，玲珑将是天底下最最幸福的女人，有什么比跟自己心爱人喜结连理更幸福的呢?

“羡慕他们吗?”一个声音在妖月的身后响起。

妖月闻声转过身去，“是你。”

仲楚歌走上前来，“宫中有些事需要处理，我便留晚了一些。”

妖月看着那双眼睛，一时之间竟无言。仲楚歌也不语，只是回望着她。自从妖月进宫后，两人有多久没有这样静静在一起过，有多久没有这样肆无忌惮地对视过，无须过多言语，只要看到你的眼神，便能望断秋水。

“你……那天有受伤吗?”她终于喃喃地开口。

“还好。”一句风轻云淡的，还好。

“你是怎么找到我的?”

“有探子来报。”仲楚歌淡淡地答道。

“哦。”妖月也淡淡地应着，只是言语间少许有些失望之色。

然后两人又静立着，看着一塘荷池相对无语。

“执礼!”妖月的贴身宫女惜若远远就叫了起来。快速地跑到妖月面前，还没站稳，便扑通一声跪了下去，哭泣了起来。

妖月以为小丫头是在哪里受了委屈，便让她起来。

小宫女并未起，只是扬起一张满是泪水的脸，抽噎道：“玲珑公主……”

“公主她怎么了?”突然有很不好的预感。

“公主……公主殁了!”

“什么?!”妖月心里一惊，只觉得双脚顿时无力，向后踉跄了一步，仲楚歌忙上前来扶住她。

“你说什么，再说一遍！”她强忍着心痛厉声问道，明明已经知道结果，却还要再去求证一遍，她宁愿是自己的宫女不懂事，宁愿自己耳朵失聪，也不想要这样残酷的事实发生。

“公主一路上都好好的，与驸马拜堂成亲的过程中都是好好的，可是喝过交杯酒之后，就……”

“不可能！”泪水自眼中滑落，玲珑走时还是喜笑颜开，是她亲手给她化的妆，一定是哪里错了！

仲楚歌握住了她的手，只感觉她浑身都在颤抖。

“此事定当查清楚！”他心疼地望着她，定定地说道。

她蹲下身来，压抑地哭出声来，“这怎么可能，好好的一个人，怎么说没就没了呢？”

“公主……”小宫女见妖月哭了起来，自己不敢再哭。

“你先下去吧。”仲楚歌吩咐道。

“是，奴婢告退。”

仲楚歌蹲下了身子，将妖月揽过来，让她靠在自己的肩膀上哭，“哭吧，哭出来就好了。”

妖月心中一痛，便放声哭了出来。

他知道她一向与玲珑交好，甚至一路上也安排了人在暗中守护，却没想到竟死在齐府里，不由得暗暗握紧了拳头。

“经仵作检验，确定玲珑公主是毒发身亡，因公主体内有大量的川草乌，加之成亲之日饮了酒，便导致毒发身亡。”第二日，在慕容偲音的住处，妖月得此言。

“川草乌？！”妖月大惊失色，突然想起一个月前在亭内避雨时遇到的宫女。

“公主的贴身宫女叫什么？”她问身边的宫女。

“禀执礼，公主的贴身宫女叫月牙。”

“传月牙！”慕容偲音见妖月表情异常，便知从她口中的月牙身上定能查出一二。

片刻后，月牙便被带了过来。

“奴婢见过执法、执礼！”小宫女请了安，低着头站在二人面前。

“抬起头来。”妖月说道。

宫女月牙抬起了头，淡淡然地望着妖月。

妖月越发觉得这张脸熟悉，“你是何时进宫，又是何时跟随公主的。”

“禀执礼，奴婢三年前入宫，打入宫起就跟随在公主身边。”

“为何?”据妖月所知，宫内身份尊贵的主子身边的宫女太监都是经过内务府特别安排。

“因为奴婢是公主从民间直接带进宫的。”她复又低下了头，声音哽咽，“公主对奴婢有救命之恩。”

“那你为何恩将仇报，将公主置之于死地!”妖月厉声喝道。

“奴婢没有!”月牙吓得直直跪倒在地，“请大人明察!”

“你最好是如实相告了，以免受刑狱之苦。”妖月冷冷地说道。

“奴婢不知道大人的意思。”小宫女吓得一脸苍白。

“川草乌!”妖月痛心地说道。

宫女身体一震，片刻后平静地说道：“是因为公主一直说头痛……”

“一派胡言！公主纵然是有头疾也不至于让你在每一次的药中都放置川草乌!”

“奴婢是遵了太医与大人的吩咐，将其煎熬许久以去其毒性取其药理。”

“去其毒性取其药理？看来你比我想象中的还要懂药!”妖月冷言道，“那你可知，煎熬也只能减少其毒性并非能去毒性，日积月累，毒性在公主体内积攒，而你又诱使公主喝酒压惊，毒性便发作了!”

“公主喝酒是在齐府里，并非奴婢……”

“传石榴!”

宫女月牙的脸色这才彻底煞白。

“那日我离开公主宫里后，月牙是如何诱使公主喝酒的?”

“那日执礼离开后，公主一直说心慌，月牙便打发我们出去，说有让公主安心的法子。我想要偷学，所以就藏在帘子后没有出去，月牙便拿来一壶酒倒给了公主喝。”

“奴婢只是想为公主分忧，借酒压惊，更何况只是一小杯!”

“莫再巧言辩解！那日是公主大喜之日，你当然知道洞房花烛之时还有交杯酒，你担心酒量不够，便骗公主先喝下一些!”

“公主于奴婢有恩，奴婢没有理由杀害公主，执法明察!”月牙见妖月步步逼人，忙向慕容偲音求助。

“妖月，玲珑曾经跟我说过这是她从民间带回的丫鬟，一直对公主忠心耿耿，是否其中另有蹊跷。”慕容偲音问道。

“你既然要理由，我便给你。”妖月深吸了一口气，“第一，你爱齐子珂，而齐子珂却爱上了公主，你因爱生恨，便很下毒手。”

那小宫女竟是跪在地上没有反驳，但隐约可看出身体在微微颤抖。

“第二，你受追命坛的控制，接到暗杀公主的命令，如果说对齐子珂的爱还不至于让你下此狠手，那么这个命令就等于将你逼上了悬崖。”

宫女月牙已经瘫坐在地上，“奴婢认罪。”她慢慢地抬起了头，一脸凄然地望着妖月，“妖月姐姐，你可还记得我。”

“如若料到你今日所为，我宁愿当初没有救你。”妖月痛心地回答。

眼前这个小宫女就是她离开揽月阁后在茶楼下与齐子珂一起帮助过的那个小女孩，只是一直觉得眼熟，直到刚刚才记起是她，没想到那日的相救种下了她对齐子珂的爱慕之情，也埋葬了玲珑的香魂。

“救?”她笑了一声，“你那一日的相救只是激怒了爹爹，他不但没有悔改，反而对我跟娘亲加倍的毒打，你们给他的惩罚，他全都算在了我的头上！最后娘亲竟被他活活毒打致死，无奈之下，我拿起刀反抗，失手杀了他，你能想象到我那时的心情吗？我只后悔自己没有早点勇敢起来，杀人的滋味竟是那般美好。”

“来人，将她押入牢里!”慕容偲音下令。

“妖月，你没有救我，是你害了我，如果不是你，我就不会碰到追命坛的人，他们就不会安排我跟公主进宫，公主每次出宫去找齐子珂都带上我，可他已经完全忘了我!”她挣脱掉侍卫，大声叫道，“公主喜欢齐子珂，可齐子珂喜欢的人是你！他可以不喜欢我，可是我不能让他娶一个自己不爱的人！妖月，是你，是你害死了公主!”

“拖下去!”慕容偲音怒道。

侍卫将月牙强行拖了下去，她还在叫喊着：“我没有错，错的是你们，你们都是罪人……”

妖月只觉心里阵阵抽搐，痛得趴倒在桌面上。

“妖月，你没事吧。”慕容偲音担心地询问道。

“是我没有早点发觉，这一切的祸果都是我种下的，是我害了公主……”想到那张临别前还对她巧笑嫣然的脸，她觉得心更加痛了。

“你别听她胡说，不关你的事。”慕容偲音抚着妖月的肩安慰她，“只是，你怎么知道她是受追命坛的控制?”

“我看到了她毒发的样子。”妖月抬起了头，“我早就应该察觉到的。”

那日她去玲珑的宫里经过宫女的住所时听到了里面摔破杯子的声音，她觉得奇怪便推门进去，看到月牙捂着肚子在床上打滚，她连忙走上前去，见她脸色惨白，额头满是虚汗。月牙当时说是自己吃错了东西，妖月也没在意，刚刚审问她的时候突然想到，再跟自己在揽月阁时的疼痛联系到一起，她也只是试探，谁知竟是真的。

几日后，宫女月牙因杀害公主的罪名，处以五马分尸极刑。

行刑那天妖月没有去看，五马分尸，这听着都让人心惊。她向内务府请示出宫，然后径直去了齐府。

齐家上下都穿着白袍，头上扎着白布，一片凄凉死寂的模样。

齐家管家在将妖月领往齐子珂房间时对其说道：“少爷这几日茶不思饭不想，成日把自己关在房里饮酒，少爷从前就听姑娘的话，姑娘离开齐府后，少爷更没少为了姑娘的事与老爷争吵，这会儿姑娘可得好好劝劝少爷啊。”

“老人家放心，我来的目的就是让他节哀顺变的。”

“哎，这公主也真是可怜，那么好的一个孩子，说没就没了。”

妖月只觉一阵心酸，没再接话。

“少爷就在里面，这几日谁都不见，姑娘你好生劝劝吧，奴才不打扰了。”

妖月站在齐子珂的门口，时光流转，她曾经站立过的地方似乎一点也没有变，然而物是人非事事休。

她轻轻敲门，里面没有回应。

“子珂，我是妖月。”

里面还是没有回应。

“我知道你心里难受，我也很难受。”

她一下一下地敲着门，一下一下地，仿佛都像敲在自己的心门上，只觉得好沉好沉。

“你就让我进去，让我陪你一起喝醉。”

这一扇门，再不似几年前，它将她与他隔了千山万水，他的世界，他的悲伤，她再也踏不进，本以为自己成全了他们的好姻缘，到头来却是一个香魂逝去，一个在这浮尘乱世里不知所向，红颜弹指老，刹那芳华。

突地门打开了，还未待妖月回过神来，齐子珂又走了进去。

一进门是个侧厅，屋中一股子酒味，却无人。妖月看了看侧旁一个拱门，上垂珠帘，于是分帘而入。身后的珠帘，串珠之间彼此碰撞，只闻清脆悦耳的珠玉之声。屋里一片漆黑，齐子珂坐在角落处，不断地用酒灌自己，满屋散落的空酒坛。

再看齐子珂，披头散发，胡子拉碴，曾经的芳华绝代俱往矣。

妖月跪在了他的身边，伸手去摸他的脸，他生硬的胡须刺痛了她的手指，泪水落下。

“那日，我将她迎进了门，我心中还在想着自己的决定是不是对的，当我走进洞房掀开她的盖头时，我才知道，我是真的爱她，我亲吻着她额头上的兰花，她的轻笑清扫了我心中所有的犹豫不决，我知道我做了此生最正确的一件事……”他看着床榻的方向，那红烛还在案头上放着，被褥里还有下人撒下的红枣花生桂圆莲子，只是佳人却已不在。

“我被心中的喜悦冲昏了头脑，早在我进门时她的脸色就已经略显苍白，可是我以为她只是病还未好全，是我让她喝的那杯酒，喝完后，她就倒在了我的怀里。”眼泪从齐子珂的眼里滑落，他望向妖月，“她临死前还问我，那日我去醉月轩买饼时说的理由是什么。我说，‘我买给我这一生需要呵护的人’，可是我却看着她在我怀里死去，无能为力……”

齐子珂痛苦地抱着头，发出小兽一般的低吼声，“我从来都没有跟她说一句我爱她，有一次她问我有没有可能喜欢她，我只瞟了她一眼，我应该早点跟她说的。”他仰起头，对着天空大喊道：“玲儿，我爱你！我爱你！你能听到吗！”

妖月早已泣不成声，她抱住齐子珂的脑袋，齐子珂大声地哭出声来，嘶吼道：“她听不到，她再也听不到了！”

“不！”妖月将脑袋靠在齐子珂的脑袋上，“她可以听到，可以听到的。”

发泄过后的齐子珂这才感觉到铺天盖地的倦意，便枕着妖月的腿沉沉地睡了。妖月拨开他额前凌乱的碎发，因几日未进食，原本就瘦削的脸此时更加憔悴，让人心疼不已，她抬起头，仰望着天空，“玲珑，你听到了吗?”

门外满树桃花像是感知到了一般，簌簌而落，彷若一阵红雨而下。

第三十九章　夏日盛荷逐冬梅

玲珑公主死后，妖月的话语变得越发少，再没有开心地笑过。小宫女们使尽浑身解数，她都不为所动。每天不是坐在荷塘边练琴，就是找块草地坐着，呆呆地仰望着天空。

由于心境平和了下来，音攻倒渐渐显山露水。

一日慕容偲音突然从假山后出现，妖月心中警觉，指尖一个音刃便随之飞出，但由于音刃的力道较弱，仅是在慕容的衣袖上划破了一道口子。

“妖月，你好厉害呀，音攻练出门道来也就算了，警觉性居然也这么高了。”

妖月露出一个淡淡的微笑，“你来了。”说完又继续撩起了琴弦，心中回忆着刚刚那道音刃划出的力道，指尖加快弹奏的速度，一道道音刃划过湖面，激起阵阵涟漪，一只游得浅点的鱼被音刃划破了背，吓得潜入了水底。

音律接连不断，妖月足足弹了半炷香的时间，湖面的小小涟漪渐渐成了激起的水花，只见妖月手指的速度越来越快，蓦地一道水柱喷出了足有半米之高，“琤”的一声，一根琴弦应声而断。

慕容偲音在旁边看呆了眼，才几个月的时间，妖月的音攻竟然进展得如此之快。

妖月叹息了一声，将琴放到了一边。

时值夏初，本该是绿叶缤纷繁花似锦的季节，可是树上的叶子却开始掉落，随风而舞。

“你看，它们在跳舞。”妖月指着那些随风而舞的落叶，“它们的舞姿那样曼妙，随心所欲，可是最终也敌不过地心引力，逃不了零落成泥的命运。”

慕容偲音抚着妖月的肩膀，轻声道：“你这阵子是心情不好，别想那么多，把那些不开心的事都忘掉。”

"忘得掉吗?"妖月轻声问道,"我们都是侩子手,接受着命运的摧残,也在摧残着别人的命运,这是一个让人不能自主的时代。"

"我不懂你在说什么?"

妖月看着慕容偲音的脸,"你也是追命坛派进宫的卧底。"

慕容偲音表情一惊,"你怎么知道的。"

"你进皇宫除了给你家族报仇雪恨之外,还负责给追命坛传递情报,你、我、月牙,我们都是一样。"

"妖月,这其中还有很多你不知道的事。"

"我知道的,我知道你改邪归正了,因为你爱上了皇上,你不愿再做他们的眼线,所以他们派人追杀你,我不问你,是因为我相信你,可没想到最后你为了保命,还是继续替他们做事,玲珑公主的死,你也有份。"

"妖月……"慕容偲音眼里的惊讶慢慢转为了悲伤,"那日我若不答应他们,我早就没命了。"

"你用公主的命换了自己的苟活!"妖月加重了语气,看着慕容偲音,眼里噙满了泪水,"月牙虽然背后有追命坛的支持,可是她毕竟是一个身份卑微的宫女,川草乌虽有治头痛的功效,但只要略懂药理的人都知道稍用不慎就会让人致命,她一小小宫女何以勾结太医?"妖月顿了顿,见慕容偲音神情痛苦地闭着眼睛,又继续说道:"后来我去查了给药的太医,发现他来自洛阳。"

"是,月牙一早的确拿不到川草乌,是我去找了刘太医,月牙跟我说是组织的命令,如果我完成了任务,可以暂时放过我。"

妖月扭过了头,痛心地说道:"公主与你无冤无仇,你竟能下此狠心!"

"无冤无仇。"慕容偲音冷笑了一声,"那我、月牙还有那么多受追命坛控制的杀手又跟谁有仇?我十岁就被带入了组织,这期间经历了什么你知道吗?在遇到执疵之前,我的心都是死的,我们活着只有一个目的,就是杀人!只要是组织上要的性命,不管是谁!"

"即使是我?"

慕容偲音一愣,看着妖月悲伤的眼睛,最后狠心说道:"我不知道。"

妖月只觉心中一痛,再说不出一句话来。

沉默了一会儿,慕容偲音站起身来,"既然你已识破我的身份,我自然会向皇上坦白一切。"

“不是现在。”妖月淡淡地说道，“有赎罪的机会，你要吗?”

“什么?”

“竹菊荷梅。”妖月信口吐出四个字，一边注视着慕容偲音的眼睛。

慕容偲音显出前所未有的惊讶，“你竟然连这个都知道！你是如何得知的?”

“这个你不用管。”

“你想要我将他们一一供出来?”

“是。”

“我并不知道他们是谁。”慕容偲音说道，“我知道竹菊荷梅各代表着一个人，是追命坛多年苦心培养的女细作，他们深藏在宫里，我们是分批训练的，我并未见过她们，也不知道她们的年龄。”

“可有什么线索?”

慕容偲音低下头沉思，突然想到一个线索，“杯子！我进宫前他们给了我一个翠色暖玉杯。”

“就是刚入宫那时摔破的那只?”

“对！组织上曾说过，我入宫最大的任务就是刺杀皇上，并且不允许我擅自行动，而是让我时时刻刻关注着那只暖玉杯，杯子碎了就行动，杯在人在，杯碎人亡。”

“完成了任务也得死?”

“呵，刺杀皇上这等事，成功了你觉得能逃得了吗?”

“你那次的杯子是怎么碎的?”

“那次是意外。那日与苏洛梅起了争执，她一怒之下将我桌面上的所有东西都摔至地上，包括那只杯子，我正不知道怎么办时，一只暗箭在当晚射进了我的房间，箭头上有一个纸条，命令我行动。”

“苏洛梅！这么说来，她就是四大细作中的梅。”

“很有可能，可她如今伺奉在太后身边，要尽快禀报皇上!”慕容偲音大惊失色，“我竟一直以为是巧合。”

“看来我比你更适合做执法的位置。”

“也许我死后……”慕容偲音喃喃地说道。

“我不想要看到那样的一天。”妖月打断了她的话。

慕容偲音看着妖月，眼里神情复杂。

“可是这些说给皇上听，他未必会信。”

“他会信的。”妖月下意识摸了一下藏在衣服里的一块金牌，那是前几日极乐门的人给她的，除此之外还有一张纸条，让她携手慕容偲音找出追命坛潜藏在皇宫里的四大细作，禀告皇上时现出金牌便可。

“桃花谢了春红，太匆匆，无奈朝来寒雨……”

一折墨痕断在半路，有些拖泥带水的凝滞，妖月颓然停笔，将宣纸缓缓握起，揉作一团。

案头上已经有好几张写废丢下的，仍是静不下心来，她将笔搁置一旁坐在了椅子上，眉头紧皱。

调查追命坛奸细的事情越来越没有头绪，那个苏洛梅她跟慕容偲音都去调查过，她是苏总督大人庶出的女儿，身份虽说不得金贵，但打小就养在深闺里，并没有机会接受追命坛的训练，也没有必要当追命坛的细作。

她站起身来，想出去透透气，刚走到门前外面便传来了汀竹的声音："妹妹在吗?"

妖月忙将门拉开，请进了汀竹。

汀竹今天穿了一身白色的拖地长裙，宽大的衣摆上绣着粉色的花纹，臂上挽迤着丈许来长的烟罗紫轻绡。纤纤细腰，用一条紫色镶着翡翠织锦腰带系上。脸上未施粉黛，却清新动人，窈窕大方。

看到案上的笔墨，她笑道："前几日才听偲音说你迷上了书法，字是越来越好了。"

妖月说道："只是随便写写，哪谈得上书法，左右也无事可做。"

汀竹道："看来你的确是个闲不得的人，前阵子你不是问我有什么事可帮忙，如今还真有件事要你帮我。"

“是什么事?”妖月问道。

“你随我来。”汀竹牵了她的手往外走去。

沿湖跨过白玉拱桥转出柳荫深处，临岸是一方水榭，平檐素金并不十分华丽，但台阁相连半凌碧水，放眼空阔，迎面湖中的荷花不似夜晚看时那般连绵不绝，一枝一叶都娉婷，点缀着夏日万里长空。

踏入水榭，香木宽廊垂着碧色纱幕，微风一起，浅淡的花纹游走在荷香之间，携着湖水的清爽，汀竹带她走过台榭，步履轻柔。

“这可是通往太后宫里?”

“是的，太后有一些差事委托下来，我实在是做不来，便唯有让妹妹指教一二，妹妹可愿?”

“怎会不愿，”妖月说道，“只是姐姐都做不来的事，妹妹怕是更加心有余而力不足。”

汀竹扭头看她：“妹妹蕙质兰心，脑子里的办法层出不穷，怎是我等俗人可以相提并论的。”

“姐姐说笑了。”妖月应道。

回廊的尽头有一处八角亭，亭中挡着墨色洒金屏风，其旁透花清水冰纹盏中植了紫蕊水仙，白石绿叶，玉瓣轻盈，悄然绽放着高洁与隽雅。

“太后吉祥。”二人绕过屏风，纷纷请安。

太后正在往湖里抛掷鱼食，将手中的抛洒出去后又接过宫女递过来的湿毛巾擦了擦手，这才回过身来对二人说：“起吧。”

妖月维持了请安的姿势许久，只觉得筋骨酸痛，好在太后及时地发了话，缓缓抬起头来。太后今天穿了件云英浅紫叠襟轻罗衣，下配长褶留仙裙，斜斜以玉簪挽了云鬓偏垂，神清气闲的样子，比上次所见更显年轻。

“赐座。”太后轻轻地吐出二字。

宫女搬来两个凳子，妖月二人坐下了。

进宫虽说有几年了，但由于自己负责的一直是皇上那边的礼仪工作，太后向来也不喜走动，除了在一些重要的仪式上见过太后，这还是第一次这么近距离接触，不知道汀竹说的要帮忙是为何事。

太后淡淡说道：“汀竹说你心灵手巧，我这里有个东西你看看。”说着吩咐宫女将一件物品摆在了桌面上，妖月抬头一看，惊住了。

那竟是跟慕容偲音先前摔破的杯子一样，水头清透的绿翡琢成梅花的模样，玲珑精巧赏心悦目。

“这杯子……”

“材质没什么特别的，纹样也一般，但是这小巧的模样我倒甚是喜欢，汀竹说你平时画了一些稀奇的小玩意，便想着让你也给我绘一个样子。”

“太后能看得上眼，是下官的荣幸。”妖月答道，“不知娘娘喜欢什么花样。”

太后望了一眼荷塘，“这荷花开得甚好，百花之中，哀家只喜荷，你就给哀家绘制荷花吧。”

“是。”妖月应道。

“哀家乏了，你该做什么就做什么去吧，哀家的荷花不急。”说完拿起了桌面上的暖玉杯递给一旁的宫女，“把这杯子好生收着，回去还得还给梅儿。”

妖月心中一颤，梅儿……果然是苏洛梅的。

宫女应承着伸手来接，交接之时宫女手中一滑，杯子竟摔到地上，碎了。

“奴婢该死，请太后恕罪！”

“这等上好物品你竟如此不小心！”太后苛责道，竟也是风轻云淡的语气，末了说一句：“罢了，这梅花本是寒冬之物，这已不是它的季节，既是败了便让它败去吧。”说完，在宫女的扶持下，离开了。

“恭送太后。”

回去的路上，妖月大脑飞速地转动着，思考着太后所说的每一句话。她之前倒是有给大家花过一些卡通的形象，可太后所说的荷花却是宫中任何一个画师都画得比她好的，这荷花描绘在暖玉杯上，那不就成了竹菊荷梅中的一个了？莫非太后是暗示她荷所指的人？只是这杯子是绘制给太后的，总不成这荷细作就是太后吧，这也太荒谬了。

太后走时特意把苏洛梅的身份供了出来，是否暗示自己梅就是苏洛梅，可那荷若是太后自己，她又何必抖出苏洛梅的身份，这不是梅花的季节，败了就让它败了，这不就暗示着除掉苏洛梅吗？这一切绝不只是巧合。

妖月百思不得其解。

“妹妹，世界上总有很多让人想不通的事不是吗？”走在前面的汀竹发话了，她没有回头，边走边说道，“如果实在想不明白，那就做你该做的。”

妖月没有回话，这一切越来越乱。

第四十章　除却巫山不是云

桃花心木的低窗，竹帘半卷，透过碧纱送进丝丝凉风。廊前荷花香气依稀纠缠，暗香浮动，只是醉人。

妖月望着窗外，终于被那若有若无的淡香吸引，推门走了出去。

新月如痕，无垠清远，四周静谧如梦境沉沉，仿佛能听到朵朵荷花在荷塘夜色深处悄然绽放，清风穿过树梢，流连忘返。

正坐在荷塘边假山下发愣，突然有东西从眼前晃过，她吃了一惊，还未回头就被捂住了嘴，一个重心不稳，从假山上摔了下来，重重地落在了草地上，不等妖月叫出声来，突然嘴巴被堵住，同时一只手一把握住她的手，一只手紧紧抱住了妖月的腰，紧紧地贴上那人的胸膛，双唇无比疯狂激烈的吮吸，舔咬。

很熟悉的感觉，妖月停止了挣扎，却也没有迎合那疯狂的吻，她感觉到那一吻中传递过来的复杂情绪，无声的叹息了一声，许久，那人才停了下来。

“你胆子太大了，仲楚歌。”妖月淡淡地说道，好像刚刚被强吻的并不是她，好像她只是一个旁观者。

仲楚歌慢慢松开手，在草地上坐了起来。

“现在只需我一声呼唤，便有十几个内廷军过来。”

“你不会。”仲楚歌看着她的眼睛说。

妖月扭过头去：“你太自信了。”

仲楚歌不再纠结这个问题，问道：“听说你在调查追命坛派进皇宫的四大细作。”

“是。”妖月也不否认。

“停止。”

“如果我说不呢?”妖月望着他。

“那你就得死!”仲楚歌愤怒地说道，这个女人，怎么竟找危险的事情做呢？在皇宫里好生待着就不行吗？

妖月咬着嘴唇不说话。

“你在皇宫待得太久了，是时候出宫了。”

“你以为我不想吗?”妖月恨恨地看着他，“可是我有什么办法?”

“皇上不是许你自己嫁人吗?”

妖月吃惊地看着仲楚歌，这件事她未对任何人提起过。

他却不理会她惊讶的神情，“这些事情我不想你牵涉进来。”

“为什么?”明明心里清楚个中原因，可是她想听他亲口说出来。

“因为你对追命坛还有用处。”冰冷的语气，也浇灭了妖月原本炽热的心。

“那我便嫁人吧!”妖月恨恨地说道。

仲楚歌没有说话。

“你希望我嫁给谁?”她问道。

仲楚歌没有回答，妖月也不说话，只是死死地盯着他。

半晌，他说：“我请示坛主后，会向皇上要了你。”

“仲楚歌!”妖月的眼中略带怨意，“我柳芷烟在你心中就如此一文不值吗?”

他还是不说话。

她深吸了一口气，说：“我会向皇上申请，但是，那个人不会是你。”

“不管是谁，若敢要了你，我便放火烧他个三天三夜!”绝对的霸道与理直气壮。

“你!”妖月气结，“仲楚歌，这天下不是你的，容不得你为所欲为!”说完便起身，愤恨地离开了。

仲楚歌在原地握紧了拳头，这天下我可以不要，但你柳芷烟，必须是我的女人!

万里无云的天空，清晨还能见到的几缕淡云随了风丝丝散去，到晌午时分空中只剩下如洗碧蓝，一望无际，阳光肆无忌惮得铺展开来，亮得人眼难开。

浓郁花荫下透着几分清凉的影子，枝间蝉儿伴着微风细细吟唱，愈显得一方清静。

妖月抱着古琴往荷塘边走去，神情略有些懒懒的意味。前几日她将那日在太后身边发生的事一一说给了慕容偲音听，在妖月的分析下二人断定苏洛梅就是梅细作，虽然还不能肯定荷是否就是太后，但太后希望除掉苏洛梅的心却是昭然若揭。

“这关系真是复杂，我梳理不清，也觉得疲乏。”妖月如实说道。

慕容偲音听出了妖月的意思，说：“这事就交给我吧，原本也是我分内之事。”

妖月点了点头，她将这担子从肩上卸下并非是因为仲楚歌的话，只是她真的觉得身心疲惫，不愿再看到任何人因为自己的缘故死去，再者，也算是给慕容偲音一个将功赎罪的机会，只希望日后东窗事发之时皇上可以念其功劳赦免其罪。

还未走到荷塘边，便听到一串音律自凉亭方向传出，婉转悠扬，夹杂着无尽的温柔和平静，琴声飘荡在整个荷塘上，很清，很淡，温柔似水，一些鱼儿浮在水面上，像是在静静地倾听，琴声婉约清亮，仿佛在跟这些小家伙们打招呼。花丛中的蝴蝶停止了飞翔，安安静静地伏在花朵上，翅膀微微颤动着，不知是睡着了还是在听琴声。

“原来音王的音乐除了攻击还有静心之用。”妖月面带微笑说道。

“音乐的本意就是阻止杀戮，获得心灵的平静。”音王手指婉转一变，琴音也随之改变，由之前的悠扬婉转变成了欢快之声，带着浓浓的喜悦和愉快，鱼儿在荷塘里欢快地摆动着鱼尾，蝴蝶也开始在花丛中起舞。

妖月看着眼前万物同乐的景象，突然心里有了异样的情绪，她不知道那是怎样一种感觉，只觉得凡尘琐事仿佛都离自己而去。琴声越发的温柔和愉快，那般轻灵，把妖月此刻的内心感受整个地表达了出来，那么欢快，那么亲密，那么动听。

妖月看着眼前嘴角含笑，一心专注在音律上的男子，清秀俊雅，卓然风姿，虽然没有那种刻骨铭心的感觉，但每一次的相处都如阵阵春风拂面，让她糟糕的心情可以瞬间平和下来，如果一定要嫁人，他必然是最好的选择，但这样一个温润如玉的男子，又是否肯为自己铤而走险呢？

“在想什么？”琴声不知什么时候停了下来，熊毋康望着出神的妖月问道。

“音王可有迎娶王妃?”她径直问道，许是经历了这么多事，连脸皮也变厚了，她问这些的时候竟是脸不红心不跳。

倒是熊毋康被这出其不意的问题怔了一下。

“我已是而立之年。”一句话便道尽所有。

妖月微怔，是啊，他可是一人之下万人之上的音王，别的王侯将相在他这个年龄早已是妻妾成群，儿女承欢膝下，自己居然问出这样的问题，一时之间感觉又是尴尬又是失落。

论感情的话，仲楚歌在她心中位置更为深刻，但她不愿嫁仲楚歌，除了他是追命坛的人跟哥哥是对立面以外，更重要的是他前阵子才迎娶了邵平公主，妖月不想当小三，可是这样一个时空自己还想着一夫一妻制，那真是白日做梦，她嫁给仲楚歌是小三，但如果嫁给其他人不知道是四五六七八九十了。

要么不嫁，要么就只有当小老婆的命，想到此，她不禁长叹了口气。

“你若是厌倦了皇宫生活，我可以带你出宫。”熊毋康见妖月长吁短叹的样子，猜到了她心中所想。

妖月抬眸望向熊毋康，他含笑的眸子里满是真诚。

“那是以怎样的名义呢?”妖月急忙问道。

熊毋康轻笑道，“你如今的身份，想要出宫也只有出嫁这一条路。”

“你的意思是……”妖月讶然，环顾了一下四周，这才小声说道：“做假夫妻?”

熊毋康轻轻点了点头道：“你若不是心甘情愿，我不会动你分毫。”

妖月看着他的眼睛，一时之间竟不知道说什么。

“我等你的回答。”熊毋康站起身来，将古琴别在腰间，对着妖月点头以示告别，便走出了凉亭。

你若不是心甘情愿，我不会动你分毫。

她自然是相信熊毋康的，但既是如此，他又何必冒险将她娶进门，虽说他是王爷，但公然抢皇上的女人，未免还是……

妖月轻抚琴弦，琴声婉转，她在音乐声中弹出了自己的疑问与犹豫，自己，该何去何从?

半月后，苏洛梅被抓，条条证据可以证明她就是追命坛派进宫的细作，太后为此心痛不已，并生了一场大病，这越加激怒皇上，他在朝堂上发誓要揪出追命坛的余孽。

重重搜捕令发下去，民间不少追命坛的据点被查出。而宫内，也接二连三有人被当作细作抓起来。皇上秉着宁可杀错一百不可放过一个原则将所有有疑点的人都打入了牢房。

一日午后，妖月正在凉亭内专心练琴，惜若匆匆跑了进来，稍作了个福就立在那里不说话，妖月停下琴音，只见小宫女面上写满了哀愁，“有什么事情直说吧！”

小宫女咬了下嘴唇，又深吸了一口气，“今日朝上万岁爷大怒！”

妖月手指又按上了琴弦，淡然道：“想必宫里又被抓出了追命坛的细作吧，这会儿又是谁？”

“是慕容执法！”

“什么！”琴音戛然而止，妖月从凳子上站了起来。

“奴婢今日经过执法屋前时听到她的贴身宫女朵儿在哭，就进去一问究竟，执法竟是昨日夜里就被内廷军带走，今日传来消息说跟追命坛的细作关押在一起。”

“她会有怎样的处罚？”妖月紧着追问。

“奴婢不敢说……”小宫女跪了下去。

“说！”妖月心急如焚，忍不住喝道。

小宫女从未见过妖月如此疾言厉色，不禁吓了一大跳，赶紧接着说道：“说是跟追命坛其他共犯一样，中秋问斩！”

中秋问斩！！！

妖月只觉得心寒不已，浑身无力地软倒在凳子上。

没想到自己给她的将功赎罪的机会也没有办法挽回她。

小宫女见妖月僵硬地坐在凳子上半天没有反应，心中担心，只得试探地叫道：“执礼，执礼！”

妖月强自平复了心情，只觉得脑袋重如巨石，根本无力思考。心如被千针所刺，先时还觉得疼痛，这会儿却只觉得麻木。

她挥了挥手，示意小宫女下去。

她安慰着自己，只是暂时被关起来了而已，离中秋还有一个多月的时间，兴许皇上会念及旧情将她放出来，兴许可以找到她未犯错的证据，兴许有人来劫狱……却不知为何，眼泪却只是往下掉，止也止不住。

妖月捂着心口，只觉得好痛好痛，她实在是不明白为什么这样就要置慕容偲音于死地。自玲珑公主死后妖月就尽量跟所有人保持距离，就是有朝一日自己或者他人出事时可以不那么心痛，可还是做不到冷血无情。之后又会发生什么，还有谁又将死去？

思绪越来越混乱，无法压制的愤恨之情自胸腔涌出，她抬起头来，十指在琴弦上快速地拨动，一连串的音刃飞出，一刀一刀地削在草丛上，假山上，顷刻之间，原本挺拔的草儿便被音刃拦腰截断，而假山也被削得不成形状。

直到一根琴弦"琤"地断掉，她才趴在桌面上哭出声来，好几根手指已经被琴弦划破，一滴滴的鲜血自指尖渗出，落在地上。

第四十一章　谁知吾爱心中寒

“皇上有旨，任何人不得探望追命坛的罪犯。”

妖月被拦截在牢狱门口，气得甩手离开，又急匆匆去了御书房。

可是赵公公却命一个小太监来打发妖月：“皇上正在批阅奏折，没时间见任何人，执礼请回吧。”

“烦请公公再通报一次，我有要紧事找皇上。”

“执礼可是为了慕容执法而来？”

“对，有些话我要亲自跟皇上说。”

“赵公公吩咐过了，如果是因为这事，皇上就更加不会见姑娘了。”

“你再帮我通报一次，这事非同小可。”

“姑娘就别再为难小的了，皇上说不见自然是不会见的。”

“那我就在外面等，皇上什么时候有时间了，就什么时候见我。”

妖月说完便坚定地跪了下来，虽已是初秋，但当头烈日还是毒辣，好在很快就到傍晚时分，一直跪到夕阳西下，那扇门还是未曾打开过，从斜斜夕阳又跪到沉沉黑夜。膝盖早已酸麻疼痛，但想到慕容偲音在狱中受苦，想到她的性命堪忧，便忘却了所有的疼痛，后来渐渐麻木，表情也是一片木然，泪已落干，只余满心凄凉。

惜若匆匆跑来，眼中含泪，满脸焦虑：“执礼这是怎么了，好生生地怎么就跪在这儿这么久呢，我起初听她们说起还不信，跪了这么久了，您站起歇会吧。”

“我在等皇上。”妖月木然地说着。

惜若的眼泪簌簌地掉下，“执礼……”

黑漆漆的御书房前，安静得能听到风轻抚过树叶的声音，妖月静静地感受着这安静，进宫这么久，竟是许久没有过这样的寂静。她仰头看向天空，天空上挂满了水钻般的星星，明灭间如女子泪眼，在现代时常戏说法律无情，没想到了这个时空，却是无法可言，人的性命如蝼蚁，只在权势之人的一念之间！

入夜的风微凉，丝丝寒意从腿上传来，妖月捶了捶小腿，已是麻木到没有一丝感觉，试着移动了一下，一阵疼痛传来，索性作罢。

“执礼！”惜若又跑了过来，手上提着一个木盒子，她将它打开来，里面有两个馒头，还有一小碗咸菜。

“早就过了晚饭时间，奴婢只能弄到这些，执礼跪了这么久，想必饿慌了吧，就先将就着吃一点吧。”

妖月这才感觉到一丝饿意，原来自己晚餐还没吃，可是看着那馒头咸菜她实在是没有胃口。

“提走吧，我不想吃。”

“执礼……”

“拿走，我有事求见皇上，你若在这里只是减弱我的诚心，若打乱了我的计划你可担当得起？”妖月知道惜若是好心，但她此次为慕容偲音求情是凶多吉少，她不想再牵涉进来任何人。

小宫女眼角含泪，静立了一会儿离开了。

妖月看着那扇依旧紧闭的门，更加铁了心跪下去。

想必是凌晨了吧，一直柔和的风忽然转大，树枝被风吹得飒飒作响。妖月只觉得饥寒交迫，后悔自己没有留下那馒头跟咸菜。

几道闪电划过，撕破了黑云密布的天空，伴随着雷声，豆大的雨点从天空中打落下来。殿门还是未开，妖月有点绝望，大雨如塌了天似的倾斜而下。妖月早已全身湿透，她紧闭着眼睛，头半仰起，但还是不争气地流下了泪水，只是此时脸上泪水雨水早已分不清。

她决绝地面对着天地的狂暴肆虐，承受着它的雷霆之怒。没想到皇上竟是绝情到如此地步，她感觉好无助，向来以为自己在宫里的地位举足轻重，到了这关键时刻，竟是连皇上的面都是见不着的。她在暴风雨中挺起胸膛，任由万千雨点砸落在身上，纵然是输，她也要输得漂漂亮亮！

无边无际的雨倾盆而下，时间彷佛静止，似乎这雨要下到地老天荒。

她只觉得大脑昏昏沉沉，额头阵阵发烫，几乎就要晕过去。突然一道闪电狂厉地在头顶裂开，将她惊醒，闪电刹那照亮天地间，她看见前方终于亮起了暖黄的灯光，那扇门打开了！

一个人逆着光向她走过来，还未待她看清来者何人，身子就被腾空抱起。

“皇上！”她惊慌失措，挣扎着要下来。执疵却抱得更紧，不给她丝毫反抗的余地。

执疵抱着她进了门后，赵公公就吩咐小太监关上了宫门，宫内就只剩下妖月跟执疵两人。

执疵抱着她走到床榻边，一把将她扔在了床上。

妖月惊叫了一声，连忙从床上爬了下来，直直地跪在执疵面前，不知道是因为寒冷还是恐惧，只见她浑身颤抖不已。

眼前执疵的脚步离开了，只一会儿又走了回来。他手指取下妖月头上的簪子，一头青丝散落下来，湿发将地面滴湿，执疵拿着一块干毛巾给妖月擦头发。

妖月不明所以地跪着，不敢拒绝。

执疵手指捏住了妖月的下巴，缓缓地迫使她抬起头来，他看到的是一张脸上满是雨水，眼中又饱含泪水的脸，眼里写满了恐惧。

“你怕朕。”执疵冷冷地说道。

妖月点了点头，这样一个深不可测的男人，又拥有至高无上的权力，可以决定任何人的生死，说不怕，简直是可笑。

他手指上的力道加重了，“那你为何还冒死给慕容偲音求情？”

妖月只觉得自己的下巴似乎要被捏碎，此刻却顾不上疼痛，她说：“慕容偲音罪不该死。”

“她死不足惜！”执疵低吼道，“总有一天，朕要让追命坛在楚国消失！”

“追命坛的人是罪不可赦，可并不能代表里面的每一个人都该死，很多人也是被迫加入组织的。”

“那你觉得朕该去调查谁是自愿谁是被迫？”执疵松开了手，不屑地笑道。

“至少该给慕容偲音一个将功赎罪的机会！”

“将功赎罪？”他望着眼前的女子，松散的长发直垂脚踝，青丝无风而动，尽管刚刚被暴雨淋过还是能闻到一阵清香，眉不描而黛，肤无须敷粉便白腻如脂，唇绛一抿，嫣如丹果，双眸中带着紧张而又坚定的神情，我见犹怜。

“你可愿用你的功赎她的罪?”

他揽住妖月的纤纤细腰，一个转身将她压在了床榻上，软言细语道：“你若愿意，一个小小慕容偲音又算什么，这楚国的半壁江山朕都可以给你。”

妖月望着执疵的眼睛，又是初见时的柔情似水，可是，前生后世，注定无缘。

“她爱你。”她淡淡地说道。

“那你呢?”执疵手指轻触她吹弹可破的脸颊，手指往下滑动，轻轻解开了她的外衫。

妖月没有反抗，只是看着他的眼睛说：“楚国是你的，这天下也是你的，一个小小妖月你若要，也只不过是囊中之物，只是妖月死后，希望皇上能够信守承诺，放慕容偲音一条活路。”

“你什么意思?”执疵的眸子陡然一震，瞪着妖月。

“我喜欢的人并非皇上，但是我身处这个时代，我没有办法，你若强要，少不得也只有一个死字。”轻飘飘的话，却夹杂着不同寻常的意思。

执疵手指一紧，揪住了妖月的衣襟：“你威胁我。”

“事实而已。”妖月轻言，昏黄的烛光衬托的她淡然的神情，居然无比的圣洁。

执疵只觉得那淡然的神情向刺一样扎在他的心头上，很细很细，却有说不出的疼痛。

他单手将妖月举起，狠力地向地面摔去，妖月只觉得自己像一个布娃娃一样飞了过去，重重地撞在一张竹藤椅上。

“滚，朕再也不想见到你!”

妖月的嘴角渗出了鲜血，只觉得浑身上下像散了架一样地疼痛，她忍住强烈的痛一字一句地说道：“是皇上自己不要，还望皇上信守诺言!”

雨不知道什么时候已经停了，寒风刺骨，像刀刃一样一刀一刀地挂在妖月单薄的身子上，她的嘴角还挂着血迹，她觉得心也在滴血，从来没有想到自己会这么狼狈。

翌日清晨，一道圣旨下达到妖月住处。

“奉天承运，皇帝诏曰，宫女妖月无视宫中规矩，公然犯上，理应当斩，朕念其往日功劳，免其一死，死罪可免，活罪难逃，今削其官位逐出宫门，贬为庶人，并令其终生不得嫁人，违令者，株连九族，钦此。”

“奴婢，谢主隆恩!”妖月在地上磕了一个重重的响头。

来宣旨的公公一向很看重妖月，见她落此地步终是不忍，亲自过来扶起了妖月，“姑娘也别太难过，皇上这会在气头上，指不准明日心情好了，就让姑娘官复原职。”

“谢公公。”妖月淡淡地答道。

“哎……”公公叹了口气，便离开了。

她轻笑，低声念道：“逐出宫门，贬为庶人，终生不得嫁人……柳芷烟啊柳芷烟，没想到你安分守己了二十多年，最后竟落得这么个下场。”

驱逐圣旨下达的当天，妖月就收拾好细软准备离宫。手下的小宫女一个个都哭红了眼，惜若更是愤愤不平道：“皇上到底是怎么想的，平日里见他对执礼青睐有加，竟然说翻脸就翻脸!”

妖月笑道：“伴君如伴虎，这驱逐圣旨对我来说也未必是坏事。”说完打开一个红木匣子，里面尽数是些金银首饰，她递到惜若的跟前，“这是皇上及各娘娘平日里赏给我的，你跟众姐妹分了吧，我也没有其他的好给你们了。”

“执礼，这些我们万万不能要，你平日对我们的好我们都记着，你出宫后需要用到银子的地方很多，你自己留着吧。”

妖月想了想，从中挑出了自己平时里最喜爱的一个簪子还有一个手镯，“这两个我留着以备不时之需，其他的你们留下，这皇宫里的东西我若带太多在身上只怕会招杀身之祸。”

“执礼……”惜若眼中含泪，默默地接过。

“那我便走了，你们好生保重。”她对着大家灿然一笑。

她此刻着一身蓝色的翠烟衫，散花水雾绿草百褶裙，身披淡蓝色的翠水薄烟纱。折纤腰以微步，呈皓腕于轻纱。眸含春水清波流盼，一颦一笑动人心魂。

惜若久久地凝望着妖月离开的背影，只觉得这位主子即使是离开了这权势之地，也定会开辟出一片属于自己的天空。

再见，执礼……

第四十二章　君无戏言终是戏

转眼中秋在迩，妖月正在一个小摊前买菠菜，卖菜的是个小哥，因为他的摊位上经常有最新鲜的时令蔬菜，虽然贵了点，但对于妖月这个现代人来说，几个铜板就能买一堆蔬菜何乐不为。

光顾得多了，小哥便认识了妖月，经常会给她个折扣。这会儿一边殷勤地帮她挑选最好的菜，一边不停地说话，还时不时暗送秋波，虽然他的语言表达能力相对弱了点，但妖月还是听懂了他的意思，意思是，我家有房有地有菜，父母双亡，你一个姑娘这么大还没嫁就别再挑了，干脆跟我算了。

妖月只能装着一副弱智的样子，听不懂，还是听不懂，急的小哥差点就要叫出来。

“前面菜市口要砍头了，过去看看吧。”

“这次又是砍谁的头？”

“你还不知道呢，就是前阵子皇宫里派兵抓的追命坛的人啊！”

一个老太太跟隔壁摊卖水果的老头说着。

妖月手中的菠菜全都掉落在地。

“姑娘，你怎么了？”小哥问道。

妖月迅速起身，头也不回地朝菜市口跑去。

“哎，人长得是好看，可是这脑袋有问题，算了，还是娶王大妈家的狗妞吧。”小哥看着妖月跑走的方向叹息道。

待妖月跑到菜市口时，那里早已围满了人，一个身着官服的大人坐在主位上，拿着圣旨读了一通。妖月站得较远，加上边上的人议论纷纷，并未听清他在说什么，片刻后，十几个衣衫凌乱，披头散发的人被带上了砍头台，被刽子手一个个踢倒跪在地上。

妖月一个一个地望过去，并未看到慕容偲音，也没有看到苏洛梅，这才松了口气，看来皇上还是遵守了诺言放过了慕容偲音，可是为何连苏洛梅也一并放过了？

只见坐在主位上的大人不停地抬眼看天空，身边的一个娃娃问一个大人：“爹爹，为什么还不开始啊?”那个大人说：“午时还未到，一到就下令了。”

“哦，砍头头。”小孩欢喜地拍着巴掌。

妖月心中为之一震，看了一眼那个男人，只见他身穿麻黄布衣，带着一个打满了补丁的帽子，那个小娃娃也穿着破破旧旧的衣服。她摇了摇头，想必这孩子日后也得走他爹爹的贫穷路，哪有这样教育小孩的。

“午时到，行刑!”

这会儿妖月听清楚了，只见大人迅速地从面前桌上的竹筒里拿出一块令牌，将其扔置在地。

侩子手扬起了刀，阳光照射在刀面上，折射过来的光线闪了妖月的眼，她眯起了眼睛。只听周围一片尖叫声，刀起头落，十几道血水溅出。

“哦，好!”“杀得好!”“……”周围一片叫好声，心酸漫上了妖月的心头，若那台上被砍头的是他们的至亲，还有谁能叫得出口呢？心中难受，她扭头欲挤出人群。

正在这时，台上又传来一阵呼喊：“带第二批!”

妖月心一惊，迅速地回过身去。

又是五个人被带了上来，三男两女，同样披头散发的样子，其中两个女子……

“偲音!”妖月脑子如大锤所砸，那白衣女子不正是慕容偲音吗？由于隔得太远她看得并不十分清楚，但是那衣服，那发型，那身形分明就是她，而身边的那名女子无疑是苏洛梅。

妖月盯着那半人高的行刑台，推开前面的人朝前奔去。

人太多，妖月推了半天才走到原来所在的位置，那个小娃娃转过头来看着妖月，问他爹爹：“那个姐姐为什么要哭啊。”那个大人回过头来看了一眼妖月，答道：“她可能被吓傻了吧，在胡言乱语呢。”“哦，姐姐真没用，狗蛋就不怕。”“狗蛋将来一定也能当官!”“将来当官，砍别人的头!”

任妖月千呼万唤，还是阻止不了那块令牌的落地，行刑刀再次举起，她绝望地蹲在地上哭了起来。

“啊，杀人了!”“快跑，狗蛋快跑!”

突然人群开始推搡起来，大家争先恐后地跑出菜市口，妖月吃惊地站起身来，一看，竟然有十几个伪装成群众的青衣杀手跳上了砍头台，三两下就将侩子手杀死，那个负责扔令牌的大人见状连忙躲到了桌子下面，一个杀手手持大刀从桌面上刺下去，准确无误地刺在大人的头顶上。

三个青衣人解开了五个死刑犯的绳索，正欲拉走，五个人突然抬起头，从腰间抽出一把软剑挥向杀手，其中一个青衣人提前察觉到背后有异样，一剑向身后刺去，身后的白衣女子倒了下去，滚到了砍头台下，而另外两名青衣人因避之不急被杀死。

其他的青衣人见状连忙过来帮忙将其他四个死刑犯杀死，其中一个领头的说了一声“有诈，撤!”

正欲离去，却有无数的弓箭从旁边的城楼上射出来，几个在外圈的青衣人被射死，内圈的几个青衣人向菜市口出口方向奔去，却被围堵上来的官兵逮个正着，当场杀死，人群大乱，四处奔跑中，一些不幸者亦身中乱箭倒下。

那个抱小孩的男人也被一根乱箭射穿胸膛，小娃娃摔到了地上，摇着死去的爹爹哭泣着，从后面追上来的妖月连忙一把抱起小孩，跑到一个安全的角落后将他放下后又想跑回去，小娃娃扯着她的衣服不让她走，她回过身来摸着小孩的头：“你要勇敢，做个真正勇敢的男子汉，要放下杀戮之心，心存善良。”小娃娃停止了哭泣，像是听明白了一样点了点头，松开了手。

回到菜市口时，官兵跟杀手都已撤走，只有几个当地衙门的人在收拾残局，一些失去亲人的老百姓在亲人的尸体前哭泣，遍地都是尸体，杀手的，死刑犯的，老百姓的……

妖月站在中间，胃里翻江倒海地翻腾，眼光在砍头台下游走，忽看到那抹白色的身影，她急忙奔了过去，将那人的身体翻过，竟不是慕容偲音的脸，虽然神似，但对于跟慕容偲音相处过这么长时间的妖月来说，还是一眼就看出来了！再翻看苏洛梅的尸体，竟然也不是苏洛梅!

回想发生的这一幕幕，突然明白这只是执疵的引蛇出洞，他早已在城楼里布满了弓箭手跟官兵，杀的第一批人都是些不太重要的，行刑的时候躲藏着的弓箭手跟官兵一直暗中观察人群中哪些有可能是追命坛的人。

第二批带出来的是对于追命坛来说重要的人，然而却是由宫里特意命人乔装的，只为将追命坛的人引出，然后除之而后快。

真是阴毒！妖月心中暗想，不知慕容偲音跟苏洛梅现在是生是死。

“哥几个今天收获不少啊!”

妖月正走着，听到前面有人这样说着。望过去，三名男子正每人拿着一个大包裹朝她迎面走来。

因为思绪混乱想早点回去，她便挑了这平时很少有人路过的小道。三人看到妖月后停止了对话，其中一人毫不避讳地上下打量着妖月，然后对旁边那人使了个眼色，旁边那人则是一脸坏笑。

妖月感觉到情形不妙，想回头走却已来不及，只好硬着头皮继续走着，越来越近，越来越近了……

经过那三人所在位置时其中一个故意撞了上来，妖月灵敏地一躲，那人一个重心不稳摔倒在地。

“臭娘们，身手还不错嘛!”摔在地上的人在地上骂着。

妖月没理他，加快了前行的脚步。

“老大，没事吧。”另外二人赶紧过去扶。

“老子没事!”他甩掉二人的手，望向妖月的方向时见她已走出一段路，连忙喊道：“快，快把那娘们抓住，老子今天非得收拾收拾她!”

妖月赶紧跑了起来，后面三人紧跟在后面，她毕竟是一弱女子，才跑了一小会儿就被一人抓住了胳膊，她连忙甩开那人的手，那人手上的包袱掉在地上，包袱里的东西散落了一地，居然全是些金银首饰。

“你们是小偷!”她惊诧。

“老大，被发现了!”包袱被打落在地的人惊道。

老大一下没反应过来，连忙叫一声：“快跑啊!”

三人向相反的方向跑去，妖月留在原地哭笑不得，也撒腿往前跑去。

三个小偷跑了一阵后突然反应过来，“他娘的我们跑什么跑？回去!”

三人又继续追妖月。

“加油，柳芷烟，很快就安全了!”她边跑边给自己打气，跑出前面那个口子就没事了。

可是好不容易跑到胡同口时却撞到了一个人的身上，“完了完了，他们还有同伙接应，这次死定了。”妖月绝望地抬腿向前面那人命根子处踢去，要死也要拉上一个垫背的！却被人猛地一推，摔倒在地，她愤恨地抬头望去，那人逆光而立，她只看到一个高大的黑影慢慢向她靠近。

后面三个人追了上来，那个被叫作老大的人吼道："你是谁啊，这娘们是我们先看到的!"

"所以呢?"那人冷冷地说道。

这声音……

那老大被那人冰冷的语气吓到了，再一看他的腰间别着剑，心虚地后退了一步，但是被两个小弟看着，这个时候逃跑面子上挂不住，便硬着头皮说道："所以，所以你，你给我滚!"

那人将手放在了腰间的剑上，老大再也坚持不住了，"快跑啊!"

剑出鞘……

"楚歌不要!"妖月及时地叫住了仲楚歌欲挥剑的手，他这剑一挥，怕是又有三条人命因她而死。

"走。"仲楚歌将妖月从地上拉起拖着她走出了小胡同。

胡同的转角处，一个男子对另一个男子说道："掌门，要属下去追吗?"

"不必了。"柳晨东答道，他脸上露出一个深不可测的笑。

"去哪?"妖月问道，那人却不言语，"这不是我家的方向。"妖月挣扎着，却挣不脱那如铁钳般的手掌，"仲楚歌，你怎么老是这样啊，你这样是在侵犯我的人身自由!"她卯足了力气死死站定，不愿再前行。

仲楚歌回头看她，只见她杏眼怒睁："我累极了，我要回家休息!"

"那不是你的家。"仲楚歌说道。

"好吧，就算那不是我的家，可是也是我现在以及以后的很长一段时间要住的地方!"妖月气得直翻白眼。

"你以后住到另外一个地方去。"

"什么?"妖月心想，莫非他要拉自己去跟他同居?

"你别想多，你如今是皇上下令任何人都不能娶的人，我可不敢抗旨。"他戏说道，嘴角微微上扬。

妖月看着他微笑的脸，傻了眼，这冰块居然笑了!

"我给你安排了另外的住处。"说完又要将妖月拖走。

妖月使劲站定，却还是生生被拖出了几步，惹来旁人的斜眼，仲楚歌无奈地回了头，"你又要怎样?"

“哎，什么叫我又要怎样？你这人太莫名其妙了吧，你说让我搬家就搬家？好吧，就算搬家，你也要让我回去把我自己的东西带上吧！”

“你那屋里能拿的我已经帮你拿了。”说完手上加足了力，脚步也加快了，不容得妖月再停下。

“什么？这，这什么跟什么啊？你怎么知道我家在哪，还有，你怎么可以进去我房间呢，仲楚歌……”

某人被毫不讲道理地拖到了深山老林了，对，是深山老林……

“天哪……”走到了目的地后仲楚歌终于放开了妖月的手，妖月还没顾得上揉手腕，就被眼前的景象给震撼住了。

连绵不绝的山峦，葱葱郁郁的树木屹立在山坡上，他们所站立的地方是一块空旷的草地，虽已是秋季，但小草儿还是一片生机勃勃的样子，草丛中还有小小的不知名的野花，一条清澈的溪流静静地流淌。

这，不就是她穿越过来第一次遇到仲楚歌的地方吗？

可是最让她震撼的还不止这些，前面有一个实木搭建起来的小屋，看起来极其精致，像是童话世界里一般，她欣喜地奔了过去。

这木屋不大，但收拾得极其清爽干净。几案摆设皆以碧色青竹制成，夕阳的照射下恍惚落上了一层柔和的色彩，莹莹淡淡。

角落处竹制的低榻挂了青纱罗帐，上面被褥俱全。屋子一侧摆了张小案，旁边挂有铜镜，镜旁放了木梳。她这才真正体会到什么叫“麻雀虽小，五脏俱全”，更让妖月为之欣喜的是她的古琴也在。看着这些熟悉得不能再熟悉的东西，她终于肯定了，仲楚歌的确是进过她的房间，这个杀千刀的贼！

“你速度怎么这么快啊，我上午出来的时候这些都还在我的房间里呢。”妖月惊叹道。

“有半天的时间了，两个像你这样的房间都可以搬来了。”他面无表情地说着。

“谁要你搬来了？”她白了他一眼。

“不喜欢？”

“谁不喜欢了？”她又白了他一眼。

仲楚歌被这两个白眼射出内伤……

“以后我们就在这里住下了吗？”妖月看着外面天然的景致开心地说道，

说完后才意识到自己说了多么不要脸的话，这是，在邀请他同居吗……

仲楚歌看着脸微微红的妖月嘴角又稍稍上扬了，片刻后又恢复了面无表情的模样，“不是我们，是你。”

“可是，我一个人在这荒郊野外的多危险啊。”她豁出去了，不要脸总比不要命好吧。

“我仔细观察过了，这附近并没有野兽，也不会有任何人来。”

“可是……”

“我每隔一天会过来一次。”他看着她的眼睛说道。

第一次，第一次他给她的感觉不再有恐惧，而是安全感，就是那样的感觉驱使她不由自主地点了头。

入夜，仲楚歌在屋外烤着一只野鸡，还有两条鱼，而妖月则在另一个火堆上烧了一些米饭，真没想到仲楚歌把粮食跟锅碗瓢盆也带过来了，这要搁在现代准是一家庭煮男。

“烤好了。”仲楚歌将香喷喷的野鸡伸到了妖月的面前，妖月开心地接过，将鼻子凑过去深深地吸了口气，“真香，你怎么什么都会啊。”

仲楚歌笑而不语。

妖月突然想到了之前也有这样类似的场景发生过，那个铜面人，她看了看这野鸡，再看了看专心致志烤鱼的仲楚歌，这分明就是场景复制，让她怎么相信那个人不是他呢?

“鱼也烤好了。”这会儿仲楚歌没有直接递给妖月，而是将烤好的鱼搁在了一个盘子里。

“我要走了，后天再来看你。”

“这么晚还要走?”妖月焦急地问道。

“因为里面只有一张床。”他笑说道。

“你睡床，我打地铺好了!”妖月理直气壮地说着。

仲楚歌笑了笑，伸出手摸了摸妖月的头，起身离开了。

妖月没再挽留，只是怔怔地看着他离开的背影，才半天时间他居然笑了那么多次，还竟然像宠溺孩子一样摸了她的头，像是在做梦一样，难道从今往后自己的生活真的可以回复到最初的简单快乐吗?

“唉……”她叹了口气，别说回复了，就算这样的日子能长一些就已经是上天对她最大的恩赐了，她看着手中香喷喷的野鸡，狠狠地咬了一口。

“执书大人，皇上有令，这里不允许任何人进入。”汀竹被狱卒拦在了牢狱的门口。

她从衣袖里掏出一块金牌。

“大人请!”狱卒连忙将牢门打开。

这个牢狱里关的人并不多，大多是即将行刑的死刑犯，汀竹一路走过去只看到一张张面如死灰的脸，少许几个不甘心的人见到她后冲到铁栏边，大叫着“放我出去，放我出去。”

她径直走到了最里的一间，里面关押着两名女子，一个白衣，一个青衣，二人虽经历了种种酷刑，脸上身上都有血痕，但眼睛里还是有未能磨灭的光芒。

“汀竹!”苏洛梅看清来人后第一时间冲了上来，“坛主让你来放我们出去是不是?”言语里有些许激动，眼里的光芒更加强烈了。

而坐在里面的慕容偲音听到那个名字后身形微动，终究还是没有过来。

“你的其他同党都已经被处死，皇上将你们留到今日已是对你们最大的仁慈。”

“你说什么?!”苏洛梅一惊，看了看四周，小声地说：“这已经是牢房的最深处，没有人守着的，你不用做戏给别人看了，你跟我说实话，我只要听实话。”

汀竹笑了笑，将手中提着的木匣子打开来，里面有一条白绫，还有一瓶鹤顶红。

“你选一样吧。”

“不!”苏洛梅退后一步，“这不可能！我不可能就这样死掉，就算死也不该由你来!”她突然抬起了头，阴冷得看着汀竹：“是不是你背叛了坛主，是不是！是你勾引了皇上!”说完她又摇了摇头，“不，训练的时候你什么都是最好的，唯独勾引男人那关过不了。”

汀竹没有回答她的问题，淡淡地问道：“你相信命吗?”

苏洛梅不说话。

“我给你们讲一个故事吧。”

慕容偲音直了直身子，目不转睛地望着汀竹。

“先帝在世时，鸾妃娘娘宠冠后宫，那时当今太后还是怡贵妃，虽名分上高鸾妃一等，但论风光，谁也比不过鸾妃，因此，鸾妃遭到众嫔妃的妒忌，以怡贵妃为主的一群妃子便合起来算计鸾妃，岂料鸾妃冰雪聪明一次次躲过劫难，直到怡贵妃怀上龙胎，贵妃大喜过望，便放弃了陷害鸾妃，一心养胎。一个月后，宫内再传喜讯，怡贵妃的妹妹如妃娘娘竟也喜获龙子，并且与她怀上的时辰不相上下。”

“如妃娘娘先生产的。”苏洛梅接道，“那婴儿就是音王。”

汀竹点了点头，接着说道：“那年，先帝正好西征，听闻两位贵妃怀孕，军心大振，那一战获得空前绝后的胜利。为褒奖二位贵妃，远在千里的皇上传回圣旨，谁先诞下男婴便封为太子。怡贵妃为了给自己孩儿博得太子之位，不惜暗地里利用催生之法，终于早如妃半个月生产。”

“太后娘娘第一胎不是胎死腹中了吗？”慕容偲音惊讶地接道。

汀竹凄凉地一笑，那一个笑容落在慕容偲音的眼里，她便明白了。

“那夜，怡贵妃本以为一子落地便可以为自己争得无上荣誉，岂料生下的是一位小公主，她顿时绝望，绝望之余又心生一计，随着那个计划的诞生，当天夜里，除了怡贵妃的心腹宫女之外，知道小公主诞生的所有人全被灭口，贵妃假装着继续怀孕，直到如妃生产的那天她在一片慌乱中与鸾妃相撞，当时场面本就慌乱，她便成功地制造了流产的假象，并将罪名栽赃到鸾妃的头上。”

苏洛梅跟慕容偲音抽了一口冷气，苏洛梅隐隐也猜出了一些，但还是不甘心地问道：“那小公主呢？”

“太后在小公主的背上做了一个印记后就命宫女将小公主送出宫，小公主被送到了一户家境还不错的寻常百姓家，两夫妇起初将小公主视如己出百般疼爱，直到女主人诞下一个男孩，二人对她态度一百八十度大转弯，常常打她骂她，小小年纪就要她做很多粗活，一个夜晚，她因为摔破一个碗被男主人锁在了柴房里，那是一个冬天，屋外下着好大的雪，她好冷好冷，她从柴房里找出了两个火石，点燃了一些柴火取暖，可是天那么冷，她还是不够暖和，她便将整个柴房里的柴火都点燃了，她从窗户爬了出来，看着那火龙将柴房吞没，将与柴房相连的房屋吞没，她就感觉没那么冷了，听到里面传来声声惨叫，她第一次知道什么叫痛快，那年，她八岁。”

苏洛梅跟慕容偲音不可置信地看着她，她笑着：“然后，我就被带到了追命坛，他们说，想要不被人欺负自己就要强大起来，我从来都没有想到通往强大的道路那么那么地远，那么那么地痛苦。”

她看着苏洛梅说：“你，苏洛梅，总督大人的女儿，本已集万千宠爱于一身，可是你想要得到更多，于是将自己置于这万劫不复的境地。”

“哈哈，集万千宠爱于一身？”苏洛梅大笑了一声，“从我懂事起爹爹就没正眼瞧过我！众兄弟姐妹中明明我的字写得最好，我的画画得最好，可是他们还是看不起我，蹂躏我，践踏我，就因为我的娘亲曾经是一名风尘女子！”她眼睛里闪出泪光，“你说得对，想要不被人欺负自己就要强大起来，我从来都没有后悔过自己所做的一切！”她狠狠地看着汀竹，“而你，却背叛了追命坛！”

“背叛？我本就是太后的女儿，皇上的胞姐，楚国的公主，他们竟然将我送回了家，让我在自己的家当卧底，哈哈，我进宫不到一个月太后就从我身后的印记上认出了我！”

苏洛梅突然冲上前来，抓住了汀竹的衣服，怒道：“是你，是你告发的我们，你该死！”

汀竹拉下苏洛梅的手，从衣袖里抽出一把匕首，迅速地割破了苏洛梅的脖子。

苏洛梅直直地躺了下去，在地上抽搐着。

慕容偲音冲到了苏洛梅的身边，惊诧地捂住了嘴。那道刀痕割破了苏洛梅的喉咙，虽不会让苏洛梅迅速致命，但她再也说不出一个字，只能任凭鲜血源源不断地从体内喷出，一点一点地感受着死亡的来临。

苏洛梅眼睛死死地盯着慕容偲音，破碎的喉咙发出一些破碎的字音，慕容偲音听出来了，是“杀了我……”慕容偲音忍住心里的悲痛，一掌劈在苏洛梅的胸膛上，苏洛梅这才停止了抽搐，虽已死去，眼睛却还睁大了望着上方，慕容偲音不忍心看，别过了头。

汀竹将木匣子递到了慕容偲音的面前，淡淡地说道：“她不愿意选，你选一个吧，给自己一个痛快，别落得跟她一样的下场。”

慕容偲音看着汀竹面无表情的脸，只觉得曾经跟自己说笑的汀竹像是虚幻的一般，眼前的这个冷血女子是那样的陌生。

她伸出手，拿起了那瓶鹤顶红，她说：“我可以再见一眼皇上吗？”

汀竹看着她，摇了摇头：“他不想见你。”

慕容偲音看着鹤顶红没有说话，片刻后揭开了瓶塞。

“可以告诉我妖月现在的处境吗?”

“她被逐出了宫。”汀竹答道，末了又加了一句，“皇上终究是更爱她。”

慕容偲音笑了笑，拿起那瓶鹤顶红，头一仰便入了喉，倒下前她对汀竹说:“我也更爱她。”

汀竹在慕容偲音倒下前便转过了身，她的手上还端着那个木匣子，木匣子里还装着那条白绫，泪水从眼中滑落，落在了洁白的白绫上。

第四十三章　空留一夜梦相思

夜半无人，一弯弦月依苍穹而悬，清风不问人间换颜流年抛却，自在青竹翠色间淡淡穿绕。黄盈盈的月牙着一袭朦胧的雾纱，缥缥缈缈，如半点明眸初妆般素雅。花间草木清香万里，浸染屋室，醉人心神。

仲楚歌悄悄推开门，进入木屋中，清新的气息扑面而来，依稀风摇翠竹的轻响，反而更衬得四周寂静，叫人连呼吸都屏住。

妖月已在小床上静静地睡去，睡梦中嘴角含笑，乌黑如泉的长发滑落在床角，皎洁的月光透过小木窗照射进来，印在她洁白无瑕的面颊上，仿洗尽铅华，是谁为她袖手天下，陪她并肩踏遍天涯？

他在她的床边坐下，俯下身去，轻轻碰触着她娇艳欲滴的朱唇。

妖月微微睁开眼来，夜凉如水，仲楚歌一身青衣如穿梭在夜色中的青烟，被夜风轻轻抚动，带着飘然出尘的潇洒。

一个多月来，他果然如之前所说，每隔一两天就会来一次，只是从来都是中午过来傍晚就离开，从未深夜还未离开的情况，也从未对她有过非礼行为，今日这般亲近倒是第一次。

她望着他近在咫尺的眼，那双眸里带着令人沉坠的幽深，还有，一种清冷的安定。她双眼流露出温柔之极的笑意，这个曾经嗜血的杀人魔，冷硬，刚强，桀骜不驯，可是一直没对她下过狠手，一直没有伤害过她。而她，这么多年来也始终记得那温暖的怀抱。

迎上那温柔的双眸，仲楚歌喉头一动，一把勒紧妖月的腰身，低头就吻了下去，极尽缠绵的勾引上那丁香小舌，与之共舞。

妖月被他紧紧地压在床上，纤细的腰被扣在那双大手中，腰带被解了开来，一只大手顺着光滑的皮肤滑了下去。那粗糙的大手，那炙热的温度，立刻点燃了欲望的火焰，月光不再清冷。

黑夜中，妖月看见仲楚歌的眼里燃烧着如篝火般明亮的火焰，那里面的温度，几乎可以将她焚尽。妖月身子一颤，轻轻推开仲楚歌，身子微微扭动，想避开他的侵袭，无奈身下的是坚实的床，身上是仲楚歌强壮霸凌的身体，根本就无法动弹，那微微的扭动，反而让身前的人温度更加的高了起来。

妖月抬眸对上他眼中的熊熊火焰，只感觉到自己已被燃烧，整个身子都软了下来，她轻轻地迎上了他薄凉的唇，直道相思了无益，未妨惆怅是清狂。

第二天，妖月在山野云雀的呼唤下醒来，仲楚歌已经不在房中，如若不是被中自己赤裸的身体，她甚至怀疑昨晚发生的一切都是自己的一场春梦，她回忆起昨晚的一幕幕，不禁羞红了脸。

“起来了？”

正出神间，仲楚歌端着一碗白米粥走了进来。

她吓得一把抓紧了被子，“你别过来。”

仲楚歌像是没听到一样面带笑意地走了过来，她赶紧往床角缩。

仲楚歌嘴角的笑意更深了，他将白米粥放在桌上，又从她的衣柜里拿出了一套新的衣服放在了床上，这才走了出去。

屋外的锅炉还热着，火已经熄灭，仲楚歌坐在河岸边。妖月走过去，在他的身边坐下。仲楚歌将她轻轻搂在怀里，两人望着静静流淌的河流，只觉得安逸无比。

“她们两个死了。”许久，仲楚歌轻轻吐出这一句话。

妖月蓦然一惊，竟不知该说什么。

“她们俩的头颅被悬挂在城楼上。”

妖月只觉得脑袋顿时炸开，一片空白。双眼无神地坐立在那儿，只觉得眼前纯净的河流似乎都流成了血红色。

“能不能放下剑，不再有杀戮？”她的语气里满是哀伤，她知道执疵绝情，但断然想不到会这样冷血，帝王的位置真的需要用血肉筑成吗？

“拿着剑，我无法抱你，放下剑，我无法保护你。”仲楚歌的语气里同样是哀伤，“等到这一切有了一个了结，我会放下一切，带你离开这片土地。”

“还要多久呢？”

“不会太久了。”

他复将她揽至怀中，却觉得怀里的人儿已是僵硬冰冷的。

她挣脱他的怀抱，“我弹琴给你听吧。”

径直走入屋内，出来时手上已抱着那一尾古琴。拨动几下丝弦，缓缓理韵，一声悠扬的琴音应手而起。

曲调低缓，沉远平旷，她弄弦随意低唱：

繁华烬 凭栏浅影 箜篌弦惊 一曲无音

望断雁字回时 如当年旧景 痴叹酒独倾

空留一梦相思 白发三千

前缘逝尽 执手已无言

剑断花零 难抚瑶琴

旧忆昨夜 泪自流

阵阵琴音绕指丝柔，随着她清缓的嗓音透出哀情无限：

凝眸漫天烟花 何处琼华

弦歌天下 瞰舒卷云霞

只影天涯 何处归家

浮云千载 惟忆君颜

曲终弦未收，余音袅袅，轻绕在屋前明淡的阳光中，浮沉微动，一遍遍倾述心中凄凉。

仲楚歌在袅袅琴音中起身离开，妖月也未作挽留，余光中望到仲楚歌走向山林深处的身影那般寂寥落寞。

又是一曲罢，琴音终于停止。这浮尘乱世，岂是她说抛下便能抛下的，那让人想要远离的京城里除了有纷扰喧嚣，还有让她太多放不下心的人和事。

临走前她望着这精致的小屋、这一草一木、这流淌的河流，甚至是聒噪的云雀，不知还有没有机会再回来。

天已经渐渐转寒，百姓都归了家，看着道路两旁屋内明灭的灯火，妖月觉得又温馨又窝心。

走到城楼时天已经完全黑了下来，但妖月还是看清了那惨不忍睹的一幕，那两个曾经风华万千的首级真的被悬挂在了城楼上，许是死去的时间太长，那两张脸已有些许腐烂霉变，她远远便闻到一阵腐臭味。

胃里翻江倒海，她蹲在地上狂呕起来，直呕到胃中只剩下酸水，无可呕之物时，眼泪才落了下来，这竟然是真的！虽然早已做好了心理准备，但看到这样残忍而真实的一幕时还是无法接受，她突然不知所措，强忍着心中的悲愤与痛心，从肩上拿下古琴，一串音刃飞上城楼，眼看就要划过那捆绑着两个首级的白布时，突然她发出的所有音刃被另一串音刃一一挡下。

她转过身去，看见熊毋康站在不远处，他慢慢地走近她，神色清冷中夹杂着伤痛。

“你不要过来!”妖月低喝道，“为什么要阻止我?”

“你会没命的。”

“像他们一样吗被挂上城楼示众?”说着说着眼泪又掉了下来，“人已死，为何还要受到这般凌辱?”

“芷烟，有很多事情都是你我无能为力的。”他又走近了一些。

无能为力……

妖月慢慢地蹲下身去，双手抱膝，即使她跪了一夜，任凭风吹雨打，即使她毫无怨言地离开皇宫，她以为这样就可以保慕容偲音一命，却不想……

“我该怎么做?”她抬头，泪眼婆娑。

熊毋康从怀中掏出白手绢，轻拭着她脸上的泪痕，“活着，即使被痛苦吞噬。”他将她揽入怀中，妖月无力地靠在他的肩上，轻喃：“活着……”

醒来时第一眼看到的又是那朦胧的罗纱帐，纱窗外有阳光折射进来。

“这里是我的王府。”熊毋康端着一碗白粥走了进来，“抱歉，怕你太过伤心，就点了点迷香。”

“王爷可知我现在……”

“皇上不让任何男子迎娶你。”熊毋康接道，淡淡一笑，“但并没有说谁都不许收留你。”

“多谢王爷!”她找不到拒绝的理由。

“你先休息着，我命下人去准备午膳。”说完他便转身离去，顺手带上了房门。

妖月静静地坐在梳妆台前，望着铜镜里姣好的容颜，尽管时过境迁，容貌上的岁月也只不过是回到了 21 世纪的样子，然而内心却已百转千回，沧海桑田。

几天后，挂在城楼上的两个头颅被人劫走，据说是追命坛的人，朝廷早已派人在暗处看守，那一次行动中又死了不少人，所幸的是二人终于成功被带走，虽是死无全尸，但好歹也能入土为安。

妖月听到这个消息时只是默默地弹琴，琴弦通透的声音虽淡，却令繁复的心事沉静下来。突然听到一个温和的声音说道："商音往角音时再慢些，会更好。"

她抬头，熊毋康不知什么时候已经行至窗前，立在那儿听她弹琴。

"音王……"妖月才站起身来准备行礼就被他制止了。

"我府里不比皇宫，你大可抛掉那些繁文缛节，更何况你我本不需如此。"

妖月淡淡一笑，问道："是不是我吵醒你了？"

熊毋康摇摇头，问道："什么曲子？"

她微微一笑，答道："随手拨弄而已。"

他慢慢走了进来，"有些烟雨飘摇，笑傲人世的意趣。"

妖月眸眼一动，她弹的正是《沧海一声笑》，不想他竟能听出曲中之意。

他又道："此曲若以箫相和该不错，我倒是有幸听皇上吹奏过。"

"皇上吹奏过？"她哑然，记忆中自己似乎从未给执疵弹奏过，而且这首来自21世纪的曲子她在皇宫里也只弹奏过一次而已。

"你可知皇上为什么会颁发那样的圣旨？"

她轻咬朱唇，想起那个雨夜执疵眼中片刻的柔情。无意抬眸，正遇上熊毋康看向她的目光，若有所思，眼里有研判的意味。

她又恢复了风轻云淡的样子，"知道也好，不知道也罢，无缘便不可强求。"

熊毋康看着眼前的女子，觉得自己无法揣测到她在想什么，就像深湖之中遥远的青峰，倒影明澈而清净，却是云深不知处。

妖月以为两个人又要就此陷入沉默的时候，听他道："青枫叶赤回了京城，可要一见？"

"青枫叶赤？"她不解其意。细细一想才明白过来，楚国的四大传奇琴棋书画，早就想一睹庐山真面目，可惜进宫后始终没有机会，渐渐地就忘却了。

"在哪儿见？"

“我曾与他们有些交情，过些时日他二人会来府上住上几日。”

“那妖月就沾王爷的光了。”想着不久后可以看到传奇人物，妖月的心情这才稍为舒展。

初冬的第一场雪迎风而至，碎银烂玉一般落个漫天遍地，枝叶上缀了银装素裹，明瓦飞檐此时看来格外有些清高，素寒一片。

熊毋康为了让她得以清净，特意给她安排在了一个偏远一点的屋里，她也懒得去跟他的王妃侍妾们交流，免得惹出什么争风吃醋的事来。平时也不太敢出去逛，虽然皇上赦免了自己，但怕给音王带来麻烦，平时除了练琴就还是练琴，几乎要被闷死。

好在这场雪来得及时，她欢喜地沿着这轻雪飞舞缓缓独行，回头看去，身后留下一行浅浅足印。心情大为愉悦，青缎缀了芷兰花绣的锦靴自紫罗裙下伸出，一步一步在雪里跳转了起来。双目半掩，眸光迷离，一丝微薄的笑轻轻漾于唇角。

雪越下越大，她忘情地舞着，长袖展动，罗带飘舞，身姿或软若绵柳随风摆，或灼似芙蕖出渌波，仿佛兮若轻云之蔽月，飘飘兮若流风之回雪，冰消雪融的美极尽那一刻的灿烂，穿破了雾霭迷漫的红尘似有梵歌吟唱，天外飞花，宁静而光明。

一舞罢，掌声响起。

一转身，后方的长廊里竟站了好些个人，除了音王，还有两个陌生的男子。

“见过音王……”见有外人在场，她不敢怠慢，连忙行礼。

“这雪比往年来得都早。”熊毋康走进雪地里，“没想到你竟有如此美妙的舞姿。”

“王爷谬赞了。”她低下了头。

“想必这就是揽月妖姬吧，真是百闻不如一见。”其中一个男子说道，也行到了雪地里。

“在下青枫。”男子自我介绍道，说话的男子比熊毋康年龄见长的，俊逸无比。

另外一个略显孱弱，表情冷冷的，微微点了点头说：“叶赤。”

“你们……”妖月大为惊讶，“跟传说中的不一样。”

两个男人闻言对望了一眼，彼此眼里渗出的柔情落入妖月的眼中。

“这就是我愿意放下一切离开的原因。”青枫说话间深情地望着叶赤。

“生命诚可贵，爱情价更高。”妖月敬佩地看着他们，看出他们不同常人的深情。

熊毋康与青枫赞许地望着妖月，就连原本不那么友善的叶赤也对她露出了一个微笑。

熊毋康轻轻将妖月肩上的雪花弹掉，说道：“咱们先进屋吧。”

进屋后妖月惊喜地发现一只雪白的兽正在厅堂里站着。

“茯苓!”她欣喜地跑上前去，抱住了茯苓的脖子，茯苓起初傲气地闪躲着，妖月只一个劲抓住不放，茯苓拗不过，不满地叫了一声也没再躲开。

“想不到平时都不让人靠近的雪獒竟然允许你这样对它。”青枫惊讶地说道。

“雪獒？是茯苓的真名吗?”

“它是雪国的灵兽。”青枫望了眼熊毋康，“少主没有说与你听?”

熊毋康表情略为凝重地答道：“还未说到此。”

“少主?”妖月一脸疑惑地看着他们，站起身来。

熊毋康看着她没有说话。

“少主，不妨趁此次机会与妖月姑娘说清吧。”青枫追言，表情也严肃了起来。

熊毋康不语，这时丫鬟正好端上茶水，几个人便都坐了下来。

熊毋康将茶杯端至鼻边闻着，飘离的神情，意味深长而带笑，笑中不似往日的他，但又说不出有什么不同。

“少主!”青枫显得有些焦急，首先打破了沉默。

熊毋康饮了一口茶水，似乎有些苦涩，只见他眉头微皱，临了轻声说道：“你可知，我已不再想去争夺些什么。”

“多年前，少主将楚国江山拱手相让，如今也要弃雪国于不顾吗？那本属于雪国，属于少主的东西，如今已近在咫尺。”青枫言语间略显激动，一旁的叶赤伸出手来覆在了他的手背上，他这才平静下来。

“什么东西?”妖月问道，心里隐隐有了猜测。

“碧落石，黄泉玉。”叶赤答道，同时眼眸凝紧，盯着妖月。

妖月只觉得头一阵剧痛，像是被某种无形的力量牵扯着。

“叶赤!”熊毋康一声怒斥，“你竟敢在我府里对我的客人用摄心术!”

叶赤低下了头，那股剧痛这才消失，妖月手紧抓着自己的裙子，迫使自己静下心来，这才慢慢地舒缓过来。

“少主，叶赤所做的一切都是因为忠于雪国。”青枫迅速从座位上起身，跪倒在熊毋康的面前，叶赤见状也跟着跪了下来。

“我可以配合你们的任何行动，但是她，你们不能动!”熊毋康一字一句地说，眼神里竟也布满了戾气。

“你们是要我的戒指。”妖月说道。

三个人同时望向了她。

妖月抬起手来，戒指上的宝石发出绚烂的光芒，她轻轻地抚摸着，喃喃说道：“它就是碧落石吗？这么多年来，总有人想要把它抢走，可是他们谁也带不走，因为他们无法碰触它。”

“因为那是雪国的圣物，只有雪国皇室血脉才有资格碰触。”

“那我……”妖月的手顿住了，这话放在21世纪说她肯定觉得可笑至极，但是她的确亲眼见过好些人来碰触这枚戒指时像是摸到烫手山芋一样被弹开。

“这也是我们所疑惑的。”青枫答道。

妖月想了想，可能因为自己是来自21世纪的灵魂，所以并不受此控制。

“你们先坐下吧。”熊毋康说道。

青枫叶赤二人道了谢便坐回了座位上。

“我现在不能把它给你们，它对我来说有很重要的意义。”妖月认真地说道。

“那可由不得你!”叶赤冷冷地说道。

一道音刃飞向叶赤，青枫见状连忙挡在了叶赤的面前，强大的冲击力使得青枫叶赤二人从椅子上摔落在地，“我最后说一遍，谁敢对妖月无礼，就是对我不敬!”妖月向熊毋康处看去，那张不辨喜怒的面容冷如严冬。

“青枫!”叶赤惊慌地扶起青枫，青枫背上的衣服瞬间被划破，一道深厚的血痕出现在他的背上。

“少主饶命!”青枫轻轻地推开叶赤，低头跪在熊毋康的面前，少主一向性格温和，第一次因为一个女子发这么大的脾气，想必这揽月妖姬在他心中很有分量。

“你们还有把我这个少主放在眼里吗?”熊毋康冷冷地说道。

“属下今后愿听候妖月姑娘差遣，以弥补今日之过。”青枫反跪到妖月的面前，双掌落地，发出追随宣言。

“等京都里的纷乱退去，我自会给你们一个结果。”熊毋康面上不悦之色稍霁，转身离开。

第四十四章　自古多情空余恨

腊月微雪，百花尽偃的时节，音王府里却有几株素心腊梅开得甚好，玉质金衣，傲寒怒放，未进门便有梅香盈来，浮动于冬日静冷，沁人心脾。

妖月早早起来散步，天空中还飘着朵朵雪花，已是半月不见停。

音王府的每一处都透着祥和与安宁，纵然时值寒冬万物萧索，府里仍旧随处可见绿意。

虽然与书画二人的初见闹得不太愉快，但他俩的才气都让妖月大为欣赏，妖月利用自己现代人的优势，将现代书法画作的精髓理论拿来跟二人讨论，亦让二人钦佩不已，很快三人便化干戈为玉帛。

前些日子她去了趟齐府，齐老爷对她仍然像以前一样视若上宾，拉着她讲了许久如今的经营状况，妖月给齐家各个门店引入的那些销售理念让他们的生意蒸蒸日上，但是，同时管理上却显现种种漏洞，妖月只好将自己所领略到的管理方针倾囊相授。

好不容易从齐老爷处脱身，她赶忙去找齐子珂，却遍寻无果，管家告诉她说齐少爷带着少奶奶去了醉月轩。

“少奶奶?”妖月惊讶地问道，“齐子珂他又结婚了?”

“少爷在中秋前就已完婚。”

妖月只觉得大脑一片空白，竟是玲珑公主死了不到半年时间，想到那日齐子珂在屋里的悲痛，还担心他会不会从此一蹶不振，竟不想也是个薄情郎。

“是哪个大户人家的小姐?”或许，这是齐老爷的意思，只是为了家业的兴旺才逼得齐子珂再娶。

“少奶奶是平民出身。”

“平民？齐老爷竟也允许了?”妖月更为惊诧，想到以前齐子珂对自己有意时齐老爷的百般阻挠。

“虽然家世一般，但很有修养，长得也颇有姿色，是少爷再三提出迎娶，老爷怕少爷一度沉浸在公主逝世的悲痛中，便答应了。”

“颇有姿色……”妖月苦笑了一声，心中失望到了极点，这一次，小少年是彻底走远了。

妖月失魂落魄地走出齐府，走到门口时跟一个女孩撞上，女孩的包袱掉落在地，胭脂水粉，头饰珠宝洒了一地。

“对不起，对不起。”妖月这才回过神来，连忙弯腰帮她拾捡。

“妖月姐姐!”女孩失声叫出来。

妖月抬头望去，面前是一个十二三岁的女孩儿，明眸皓齿，长得甚是好看。

“你不记得我了，我是子柔，齐子柔!”她蹲下身来，抓住了妖月的手。

妖月想到了几年前那个蹲在冰天雪地里哭泣的小女孩，“你长这么大了。”

齐子柔眼中噙满了泪水，“没想到子柔有生之年还能再见到姐姐。”

“傻丫头，说的什么话呢，楚国就这么大，以后有的是机会呢。”她抚着齐子柔的肩膀说道。

齐子柔没有接话，别过了头，眼泪如断了线的玉珠落了下来。

妖月感觉到不对劲，再一看地上的头饰珠宝都是出嫁新娘用的。

“子柔……”她心里有不好的预感，“齐老爷不会是给你安排亲事了吧。”

齐子柔眼泪掉得更欢了。这时有几个齐府的人往门口走来，妖月迅速地将地上的东西捡起，拉着齐子柔往不远的茶楼走去。

刚在茶楼的包厢里坐定，齐子柔便趴在妖月的肩上哭了起来。

“嫁人是好事呀，虽然你现在的年纪是小了点。”

“爹爹要把我嫁给北辽侯!”

妖月心里一惊，北辽侯常年驻守边境，离家远不说，最重要的是据说北辽侯在边境地区自立为王，不时向京都要求送美貌女子过去，凶狠残暴，已有不少少女被他蹂躏至死。因北辽侯手握军权，又有卓越的功绩，皇上也只能对此行为睁只眼闭只眼。

“齐老爷为何如此糊涂!”妖月气愤地说道，都说虎毒不食子，即使齐子柔是庶出女儿不受喜爱，但也不至于毁了她。

“三个月前，宫里派人来吊唁玲珑公主，来人跟爹爹提起北辽侯向京都要人的事，爹爹为了弥补公主的死，便主动提出为皇上排忧解难，便……”说完，她已泣不成声。

妖月将齐子柔揽在肩上，皇命难违，皇上派人前来本就是要定了齐子柔，不管齐老爷说不说都难逃此劫。

“子柔，或许，北辽侯他也没有那么可怕。”她安慰着。

齐子柔摇了摇头，停止了哭泣，眼神坚定地说道：“等到了边境，我就服毒自尽，死在北辽侯的地盘，便不会连累到爹爹。”

“子柔！”妖月一把抓住了齐子柔的手，“你大可不必这样，前路未必真有我们想象的可怕。”

齐子柔苦笑了一声，不再说话。

妖月只觉得那一声苦笑深深地刺进了自己的心里，她甚至说不出一句安慰的话出来。

齐子柔一声轻叹：“自古红颜多薄命，我已经不再害怕了，玲珑公主、邵平公主，她们贵为公主都难免一死，我又有什么好舍不得的呢。”

“子柔……”正想安慰，突然一个名字窜进了她的大脑，她抓住齐子柔的手臂问道，“你刚刚说什么，邵平公主？”

齐子柔被她强烈的反应吓了一跳，愣愣地点头，“我昨日听爹爹说的，邵平公主三日前暴毙王府中。”

“可是仲……弘武侯的府中？”

“正是。”齐子柔点了点头。

妖月“腾”地站了起来，掀开帘子准备出去，末了又回过头来对子柔说：“你要相信，只要活着就还有希望，连死的勇气都有，还有什么可怕的呢？”说完也没管她能不能理解，径自走了出去。

妖月心急如焚地赶到音王府，得知熊毋康在昨日就已被召进宫，至今未回，妖月瘫坐在椅子上，想必邵平公主的死已成定局，脑海中不由回想起那日山林里的温情，情到深处她说了一句：“为何你已是有妇之夫？”

她急急地走回自己的房间，将房门关上，倒在了床上，脑海中不停地回忆着邵平公主一脸平静暗中掩藏着凄楚的容颜，胸口中的一口气愈加无法出来，她紧紧地咬着自己的胳膊，发出痛苦的呜咽声，“我不杀伯仁，伯仁因我而死。”

傍晚时分，她仍然蜷缩在房间里，丫鬟送来晚膳，却见桌上中午送来的饭菜她丝毫未动，说着：“姑娘，你好歹吃一点吧。”

“我没胃口。”

“姑娘这是怎么了?”丫鬟关切地问道，“王爷看着姑娘这样，必是又要心疼。”

妖月叹了口气，从床上爬起，“我吃便是。”拿起筷子夹了几口吃，美味佳肴对她来说却如同嚼蜡，唯独那碟酸萝卜对了她的胃口，她三两口便将一碟食尽，最后一块放进嘴里后她说：“把这些都端下去吧，再给我来两碟酸萝卜就行了。”

丫鬟见妖月向着那碟酸萝卜吃时就心生疑惑，却不好多说什么，两碟酸萝卜第一时间端了上来，妖月三两口又吃光了。

入夜，妖月心中烦闷，便披了件衣服出来散步，连连下了半月的雪总算停了下来，将世界装点成一片银白，提着灯笼在长廊里独自行走着，走到一个别院时听到一间屋子里有窸窸窣窣的声响，那是放置杂物的房间。

妖月提着灯笼走近那个房间，里面声响不断，“是谁在里面。”声音停了，却没有人说话。妖月鼓起勇气推开房门，一只猫窜了出来。

“呀!”妖月吓得差点将手中的灯笼扔掉，抚了抚胸口压惊，心还未平静下来只听屋内“啪”地一声响，妖月又被吓了一跳。

提着灯笼走进了屋子，就着灯光看到地上有一个小木匣子，木匣盒子已经打开，露出里面的两幅卷画。

在好奇心的驱使下，妖月将两幅画拾起，抽开丝带打开了其中一幅，画中是两个女子，其中一个雍容华服，坐于湖心亭内，望着湖中鱼儿自在遨游，另一个是侍女打扮，正托着茶壶向杯中倒茶。画工极好，将人物神态生动地搬到了宣纸上，妖月只一眼便认出了那坐着的是如妃，而那站着的侍女也甚是眼熟，尤其是头上那只木兰簪子，总觉得在哪见过，却又回忆不起来。

她将这幅画轻轻放下，又拉开了另一幅画的丝带，画作上出现一个惊为天人的美貌女子，媚含春水脸如凝脂，白色牡丹烟罗软纱，肩上披着一个纯白的雪貂坎肩，坐在雪地里弹奏古琴，身后的一片桃林应声开花。

“真美，这是谁呢?”妖月身为一名女子，都被其美艳绝伦的姿态所吸引。

“那是鸾妃。”身后传来一个深沉的男声。

妖月吓得连忙转过身去，熊毋康正站在门外，神情冷淡，眸中一片空澈，他只是安静地站着，却有入骨的清冷淡在周身。

“王爷恕罪。”妖月低下头去。

“也罢，这些我迟早要说与你听的。”他走过来，将两幅画拿在手上，“随我来吧。”说完便走出了屋子。妖月紧跟了上去。

到了熊毋康的房内他才停下，妖月别扭地站着，这深更半夜到一男人的房间里，多招人闲话呀。

“我一直以为你不会在乎那些凡尘俗世。”他看出她的心事，说道，“你若觉得不方便，便明日再说吧。”

“不，没事的，你说得对，我不在乎。”她知道这事关重大，也许很多谜团将会在今夜解开，她再不想暗自猜测。

“你可知我那日为什么要花重金与你独处一夜?”熊毋康将其中一幅画慢慢展开，问道。

“难道不是因为我的绝佳气质?”妖月脱口而出。

熊毋康起初愣了愣，见妖月一副理所当然的样子忍不住笑了。

“那只是其一。”熊毋康收了笑，淡淡说道，“你再看看这幅画。”

妖月走过去，细细地端详着，是那副美女抚琴的画。“她很美，除此之外，看不出来什么了。”

“你看她的右手。”熊毋康指过去。

“碧落石戒指!”妖月低呼一声，画上那名女子右手无名指上戴着一枚戒指，戒指上的宝石散发着微弱的光芒，正是自己手上戴着的那枚，虽然画上只是轻描淡写的一笔，但只要熟悉那枚戒指的人还是能一眼看出来。

她惊讶地望向熊毋康求证，熊毋康点了点头。

“可是青枫说这是雪国的圣物，怎么会在鸾妃手上呢?”

“因为鸾妃就是雪国公主。”

“他们叫你少主，那你不就是……”妖月大惊，按照这样的逻辑推理，熊毋康就是鸾妃所生，可他现在的身份是如妃的儿子，这……

“这只是他们的猜测，并未得以验证。”

“可是他们态度那样肯定，是有什么证据呢?”

“音攻。”熊毋康淡淡地答道，“鸾妃生前是音攻高手，而我无师自通，他们说是遗传。”

“也许你体内就有音乐的天赋，仅凭此断定为免太可笑吧。”

“还有圣印，凡是雪国的皇室血脉，后背上都有与生俱来的圣印，男为龙印，女为凤印。”

妖月久久地怔住，凤印……

她想起跟方静一起洗澡时她摸着自己后背说：“芷烟，你的后背上有一条浅浅的胎记耶!”

“啊？我怎么不知道，那不是好丑。”

“不会啦，很美呢，像是一只凤凰，不过很浅，不仔细看不太能看出来。”

她一直以为方静只是跟她闹着玩，就没有放在心上，现在一想，莫非这就是自己可以碰触碧落石的原因？可是自己怎么可能跟雪国皇室扯上关系呢？

“怎么可能？”她摇着头，“这太不可思议了。”

熊毋康以为她说圣印不可能，便将自己左肩的衣袖拉下。

“没有啊。”妖月走过去，只看到熊毋康的皮肤，并没有看到什么圣印，她不甘心地将他的衣服又往下拉了一点。

“拿这个。”熊毋康递给她一个精致的小药瓶，“将里面的药水抹在这儿。”他用手指示着。

妖月将药水抹上，一条若隐若现的龙果然显现了出来，在药水的作用下越来越明显，她惊讶地捂住了自己的嘴。

“帮我覆盖上。”熊毋康又递过来一个小药瓶。她接过，将其擦上，那条龙慢慢地消失，皮肤又恢复了光洁如初的模样。

“为什么？”她问道，随后又自己答道，“明哲保身。”

熊毋康点了点头，说道：“皇宫里有太多说不清道不明的事情，我不想陷入权益之争的洪流中。”

妖月钦佩地看着熊毋康，他从小背负着罪妃之子的名义过活着，只要他愿意，大可凭借皇上对鸾妃的爱要到太子之位。

“那如妃娘娘的儿子……”

熊毋康又打开了另外一幅画，指着上面的侍女说：“她你可觉得眼熟。”

“甚为眼熟，只是实在想不起来。”

“那这个木兰花簪你可还记得？”

妖月极力地在脑海中捕捉记忆，“苒姬！”她叫出声来，“那年给揽月阁的姑娘们彩排时我见她戴过！”

“原来她本是如妃的侍女！”妖月惊讶地说道，想起苒姬曾说过的一句‘我为楚歌活’，“如果她是如妃的侍女，现在极力追随的人却是仲楚歌，那么只有一个原因，仲楚歌就是如妃之子！”

熊毋康赞同地点了点头，戏说道：“皇上当初实在应该让你做执法。”

妖月却没有心情跟熊毋康开玩笑，说道：“我去找苒姬求证！”

熊毋康眼神暗了下来，“恐怕是没时间了。”

“为什么？”

熊毋康从案牍的一摞书里抽出一样东西递给妖月。

妖月接过细细地看着，是宫内刑案的密旨，这本该是朝廷私密之物，妖月疑惑地看了熊毋康一眼，他示意她看下去。

密旨上的字润朗倜傥，风骨清和，字字珠玑，通篇如玉带织锦，几乎叫人沉迷字中而忘了里前写的是什么。一遍过去只看到最后几笔朱墨，批着“慎重，严办”四个字。

她再回头看了一遍，“揽月阁与追命坛营私舞弊内外勾结，即日查封，所有相关人员关押于天牢。”

有几个朝中大臣的名单附于上面，其中赫然写着：仲楚歌。

妖月眼前一黑，身形晃动，熊毋康忙一把扶住，手中的密旨瞬间如烫手山芋从妖月手中滑落，眼前变得迷蒙。“怎么会这样。”

“邵平公主的死刺激了皇上，这次是追命坛主动向皇宫挑衅。”

“你们早就知道了他是追命坛的人？”

熊毋康点了点头。

“那为什么一早不抓，非要等到现在？”

“揽月阁每年可以给国库增加好一笔税收。”

妖月冷笑着：“只是利用而已，现在利用完了就杀之而后快，真是狡兔死，走狗烹。”

熊毋康见妖月的脸变得煞白，安慰道：“你别太难过，只是暂时关押。”

“暂时关押？当初慕容偲音也是暂时关押，可是后来呢？皇上为了巩固他的帝王之位早已变得冷血无情、毫无人性！”她低吼着。

熊毋康倒抽几口冷气，双手用力地捏着她的双肩，冷着脸，严肃地说：

"他纵是做了什么你所不能容忍的事，这些大逆不道的话，你也不能说!"

妖月紧咬着嘴唇，沉默不语。

熊毋康不肯罢休地紧盯着她的眼睛，冷声说："听到没有?"

妖月冷笑了一声，牙齿终于松开了自己的唇，瞬间渗透出来的鲜血让熊毋康触目惊心。

"君要臣死，臣不得不死。"她无力地说道。

熊毋康突然疯狂的吻上了她被鲜血浸染的唇，疼痛和麻痒交织在一起，几入心扉。

在妖月以为自己要窒息的时候，熊毋康放开了她，"明日清晨就抓人，你还有一个晚上的时间。"说完转身欲离去。

妖月轻抚着唇上残余的温热，对着正欲走远的熊毋康叫道："王爷!"

熊毋康停住了脚步。

"若我助他们逃过此劫，你可愿带我远走高飞，去一个谁也不认识我们的地方，远离这纷扰喧哗，远离权益之争。"

熊毋康缓缓地转过身来，妖月慢慢向他走近，他将她狠狠地揽入怀里，"烟儿。"妖月只觉得无限的温情漫入心头。

他低吻上她的额头，然后轻轻浅浅一路往下温柔地吻在了她的双唇上。妖月闭上双眼，回应着他的吻。与刚刚的强吻不一样，这一次这样温柔，怜惜，爱恋都通过唇齿间的缠绵传递给了她。妖月只觉如同身置云端，晕晕糊糊，身心俱软。

"烟儿，你知道我等你这句话等了多久吗?"他轻轻地问道。

妖月摇了摇头。

"从见到你的第一眼起。"他看着她的眼睛认真地说道，"可能你不会相信，连我自己都不相信，为什么看见你就再也忘不掉你的音容笑貌，从看见你就想要带你远离这红尘纷扰，你不属于这里，你应该生活在一个干净的、没有一丝尘埃的地方。"

"我信。"妖月喃喃地说道，回应了他一个吻。

一阵热吻后，妖月带着古琴独自前往了揽月阁，她要告诉苒姬他们的危险，她要替仲楚歌争取更多生存的时间，她曾深爱的仲楚歌，从此以后，便抛开一切，守着那一方平静，为自己而活!

第四十五章　望断鹊桥归路

妖月赶到揽月阁时，门口挂着一块木牌，写着：暂不迎客。平时的这个时候都是歌舞升平的。

一个小丫头提着一个灯笼从侧门处探出了头，叫了一声：“妖月姑娘。”她急忙走了过去，小丫头将她迎了进去，又谨慎地看了看门外，发现没有异常后又把门紧紧关上了。

“今儿个怎么这么早就关门了，姑娘们人呢？”

“都被苒妈妈遣散了。”

想必是事先得到了消息，妖月心想，看来她是低估了追命坛的势力。

“姑娘，苒妈妈在里面等你。”小丫头将她带到一个房间外，说道。

妖月疑惑地走了进去，苒姬正半躺在软榻上，微闭着眼睛，脸上略施粉黛，身穿宫女服，头上也绾着宫女的发髻，一支木兰簪子斜斜地插在上面。

“你来了。”苒姬微微地睁开眼，轻声说道。

“你怎知我要来？”

苒姬轻轻一笑，“你昨日没来，今日便会来，今日不来，明日便会来，只是，我未必能等你到明日。”

“楚歌是如妃所生是吗？”妖月开门见山地问道。

苒姬的笑容更深了，道：“楚歌果真没看错人，你真是个性情女子。”说完，她从软榻上起身，在圆木凳上坐下，拿出两个茶杯，一个放在了妖月的面前，然后又提起茶壶，将茶杯倒满。

妖月坐了下来。

苒姬端起面前的茶杯抿了一口，“好茶，只可惜，凉了。”

妖月望着她，只等自己要听的。

苒姬又倒了一杯茶，这才说道：“那年，鸾妃被太后陷害入狱，在此不久前先帝就已发现她心里有另一男子，本已对她心存芥蒂，在发生这桩陷害龙子案后更加心如刀绞。”

“先帝心痛，她不爱他竟到了要伤害他亲生骨肉的地步。”妖月说道。

苒姬点了点头，继续说：“而鸾妃心知自己有愧于他，早已生无可恋，明明知道自己是被陷害的也不反驳，先帝终是不忍杀她，加之她此时已有身孕在身，便暂时将她圈禁于天牢，其间先帝曾多次质问她是否愿意将心从那人身上收回。”

妖月叹息一声，“交付出去的真心又怎能收回。”

“当初鸾妃娘娘也是这么说的。那年楚国连续不断地发生灾害，加之龙子的死亡，外界盛传来历不明的鸾妃是妖孽，给楚国带来了灾祸，便一致上书要求处死鸾妃，先帝于心不忍。不久后，鸾妃在天牢里生出了一个男婴，刚刚诞下龙子不久的如妃娘娘去天牢看望她的时候她哀求娘娘将孩子带走，她知道孩子并非先帝的亲生骨肉，他的存在只会令皇族蒙羞，但他始终是自己身上掉下来的一块肉，要看着他死她是怎么也不忍心的。”

“如妃帮了她?”妖月惊讶地问道，她当初只听汀竹说如妃替鸾妃送了毒药进去，竟然还救走了她的孩子。

“鸾妃曾对如妃有恩，加上娘娘本是个重情重义的刚烈女子，她不听我们的劝阻，只说她懂鸾妃。”

妖月感慨道：“如妃太过善良。”

“这还不算，娘娘过于善良，经过几度思索，竟将太子送出了宫，留下了鸾妃的儿子。鸾妃心事已了，在天牢服毒自杀，先帝得知鸾妃服下的毒药是娘娘帮她带进来的，还将鸾妃的亲生骨肉送出宫外，龙颜大怒，当即下旨赐三尺白绫，后因众大臣以及太后的反对，再加上小皇子才出生不久，便免死打入了冷宫。”

“鸾妃爱的那个男人是谁?”妖月追问。

“是追命坛坛主。”苒姬说道，“娘娘命我将孩子抱出宫，谁知在路上就被追命坛的人捉走。”

“他们把仲楚歌当作是鸾妃所生。”

苒姬点了点头，“只有这样，才能让他夺回原本属于他的，娘娘的儿子才是真龙天子。”

妖月看着苒姬似乎被点燃的眼睛，心痛地说道：“可你们从来都没有问一下这是不是他要的，你们只是把自己的奢求与期许强加在他的身上，让他终生背负着仇恨过活。”

“这是他的使命！”苒姬说道。

妖月摇了摇头，不再与她争辩，问道：“鸾妃是雪国公主你可知道？”

“娘娘曾与我说过。”

“那雪国的皇室血脉背后都有圣印你知道吗？”

苒姬点了点头。

“可是楚歌并非雪国皇室血脉，又怎么能骗过坛主呢？”

苒姬笑了笑，“娘娘是何等聪明，从她决定送太子出宫时就已料到他可能会被劫持，早已在他的背后刻上了圣印。”

“如妃娘娘如此做只是为了给孩子多一条生路，并非要因此成为他抢夺皇位的筹码！”妖月于心不忍地说道。

苒姬怔了怔，没有说话，片刻后长叹一口气说：“这都是命。”

“你们赶紧逃吧，皇上已经下密旨要关押你们了。”

“逃？逃到哪里去？”苒姬大笑道，推开房门对着大厅说道，“揽月阁就是我的家，离开了自己的家，我活着还有什么意义呢？”

这时其他几个房间的门打开了，几十个美貌女子从房间里走出来，有的泪痕未干，听闻苒姬的话后，一并眼神坚定地喊着：“与揽月阁共存亡！”

这时大门外面聚集了许多火把，有人在外面粗鲁地敲着门，大喊着：“给我开门！”

里面肃然安静了下来，苒姬拉起妖月的手跑进了房间里，将床榻掀开，下面竟是一个密道，她将妖月一把塞了进去，“你沿着密道一直走就能走出去，快！”

“那你呢？”妖月焦急地问着。

苒姬凄然一笑，“我本就是皇宫的人，就算被抓去，也只不过是回了另一个家。”

在灯光的映衬下，在木兰簪子的摇摆中，妖月觉得苒姬带笑的眉目风华绝代，似乎又回到了二十多年前她伺候主子的时光。

妖月顺着密道不停地奔跑，后面传来厮杀声，她甚至可以想象那些刚烈的女子是怎样齐心协力地保护自己的家，那些平日柔弱对着男人万种风情的女子此时此刻是怎样毅然加入了厮杀的队列里，那些泪痕未干的脸即将被鲜血所沾染，她们的巧笑嫣然，她们的嬉笑怒骂却永远留在了丹阳城的食客心里。

泪水滑落，也不知道前面的道路到底还有多长，不知道即将通向哪里，她只是争分夺秒地在黑暗中奔跑，她要跑出这黑暗的世界，跑出这被鲜血浸染的世界。

终于跑到了密道的尽头，她推开顶上的封盖后发现密道口竟然是菜市口行刑台旁边的那口荒井，来不及赞赏苒姬的智慧，她就看到了不远处的一股巨大的火光冲上天空，妖月心里一沉，那正是音王府所在的方位！

“不！”妖月不顾一切地奔跑起来。赶到音王府时整个府第已经被大火吞没。

“王爷！”她正要往里冲，一个人冲过来抱住了她。

“里面危险！”是青枫。

“王爷呢，王爷呢？”她抓住青枫的胳膊大声地问道。

青枫摇了摇头，他的脸上满是灰烬，衣服也有多处被烧焦，想必刚刚死里逃生。

突然听到里面传来“琤琤”的声音，妖月甩开青枫的手臂冲进了火光里，青枫连忙也跟了进来。

冲过前庭，终于在后院看到了熊毋康，后院的火势稍小，熊毋康一身伤，仍在竭力地与黑衣人对抗着，音刃形成了一个保护圈，将熊毋康包围在里面，他出不去，外面的人也攻不进来。妖月远远地也发出了音攻，可惜力道太小，不能置人于死地，几个黑衣人闻音向妖月围了过来。

熊毋康连忙将进攻方向转到了对妖月构成威胁的几个人身上，几个黑衣人从熊毋康势弱的方位攻了进去，一道道血痕出现在熊毋康的身上，青枫连忙杀了过去，妖月也跑了过去，二人将熊毋康护在身后，黑衣人终于被击退，熊毋康却倒在了血泊里，火光映在他的眼眸里，那眼神似乎在笑，他将古琴从自己腰上取下，强撑着最后一丝气力递到她的面前，她颤抖着双手去接。

“小心！”青枫突然将妖月狠狠地推了出去，房梁上的火柱砸了下来。

“王爷，青枫！”她惨叫着，不等她爬起来，二人已经倒在了火光里，火舌向她卷来，她顾不上，仍要冲过去，因为火光里那双含笑的眼睛还在看着她。

她的手被人拉住，她回过头去看见了仲楚歌还有他身后的几个黑衣人，一切都明白了，巨大的伤痛侵袭了她的五脏六腑，她“噗”地吐出一口血，抬头后眸子里只有深深的恨意。

她用力地将他推开，抬头发出一声长吼，歇斯底里地，如母狼一般的嘶吼，那叫喊里传出的痛苦情感足以让任何一个人动容，她浑身颤抖，那眼眶已经通红，几乎喷出血来，牙齿咬得紧紧的，她双手在古琴上快速地拨动，“琤琤”几下，仲楚歌身边的几个黑衣人便应声倒下，脖颈上是一道清晰而深刻的血痕。

仲楚歌倒抽了一口冷气，这个女人……

“是你，是你杀了他，是你!”妖月看着仲楚歌，那眉目中的憎恨和愤怒几欲疯狂的杀气。

仲楚歌脸色一沉，眉眼中闪过一丝不悦，袖袍一挥拉住她就欲往外走。

妖月哪肯跟他走，手腕一动，十指全按向那古琴第三弦杀弦而去，是起了绝对的杀心。仲楚歌眉眼一沉，暗喝一声：“该死。”迅猛之极的一个前扑，压向了妖月。两人本离得就很近，妖月的手指快，仲楚歌的身形见势更快，琴音还未发出，就已扭住了妖月的手腕，将她压倒在地，剑气划出所有琴弦被斩断。

妖月此时已满是愤怒和杀气，十指狠狠地掐进掌心，鲜血从拳头缝隙中流淌下来，不挣扎，只是冷冷的，没有一丝温度带着无尽的杀意看着仲楚歌，那冷漠的眼神让仲楚歌心中一冷。血红着眼怒吼道：“你杀了他，我不会放过你!”那冷冷的眼，虽然没有挣扎，却比任何武功还能置人于死地，那份肃杀，侵入仲楚歌的心里。

“他对你来说真的那么重要吗?”仲楚歌眉眼一沉，单手狠狠一使力一点也不怜香惜玉地掐住了妖月的脖子

妖月也不叫疼，也不惧怕，眉眼死死地瞪着他，头一抬，狠狠地咬上了仲楚歌的肩膀，血顺着嘴角流下，是下了狠口。仲楚歌伸出手一把打在了妖月的脖颈上，她这才晕了过去，只是口中的力道还未减，仲楚歌费了一番力气才将肩膀从她的牙齿上取出，血瞬间喷了出来。

寒气入身，她轻咳了几声，又是一口鲜血从嘴里吐出。

“喝了它。”仲楚歌从屋外走进来。

妖月这才发现自己正躺在林间小木屋的床上，她一把打掉了仲楚歌手上的碗，冷冷地看着他说：“你杀了他。”

仲楚歌愤怒地起身上前，捏住了她的下巴，她精致的脸庞被他捏得几乎变形，同样冷冰冰的声音：“你肚子里的孩子是谁的？”

妖月下意识地抚摸了一下自己的肚子，难怪最近总是没食欲，难怪那么想吃酸的，原来……

她狠下心，冷笑了一声：“你以为会是你的吗？”

他怒气上升，侧身将桌上的东西全部扫到地上，“你信不信我杀了你！”

“你应该杀了我，你早就应该杀了我！”妖月嘶喊道。

仲楚歌扑过来头一低，狠狠地以口封口，把妖月压倒在地上，把他满腔的怒火，以嘴述说了出来。激烈的挣扎，剧烈的抵抗，就如两头野兽，在争斗着，肌肤相贴，呼吸相闻。一片血色弥漫中，居然该死的诱惑。

“只要你还爱我，愿意一直陪在我的身边，我就原谅你。”仲楚歌松开她的唇，说道，“你要生下这个孩子也行。”

妖月冷哼一声，只是傲然地回视他嗜血的冷冽，轻轻吐出：“要我爱你，除非我死！”薄凉如风，淡雅似水，却让仲楚歌失去了所有的神志。

那日，他甚至不知道自己是凭借怎样的气力走出那个木屋的，身后有滚滚浓烟，妖月在熊熊烈火旁大笑着，仅一把火，就烧掉了他们两个所有的记忆，她的身上只留着那把断了琴弦的古琴，还有两行清泪。

“你决定好了吗？”叶赤将包袱递给妖月。

妖月点了点头，接过他手中的包袱。

“去雪国的路很遥远，会有很多艰难险阻。”

妖月抚摸了一下包袱里的木盒子，轻声道：“那是他的国，他生前没来得及回家一趟，也算是落叶归根了。”

她抬头凝望着叶赤苍白憔悴的脸，深感哀伤：“对不起。”

“他曾跟我说，所有即将发生的一切都是宿命的安排。”叶赤边说边上了马。

茯苓匍匐在妖月的脚下，她抚摸了一下茯苓的头，骑了上去。

妖月回头看了一眼城门，那被岁月覆盖的花开，一切白驹过隙成为空白，曾倾尽容颜曾举世无双，那留在楚国所有的记忆，容华谢后，不过一场梦，山河永寂。

“驾!”叶赤率先飞奔而去。

妖月轻抚了一下腰间断了琴弦的古琴，跟了上去。